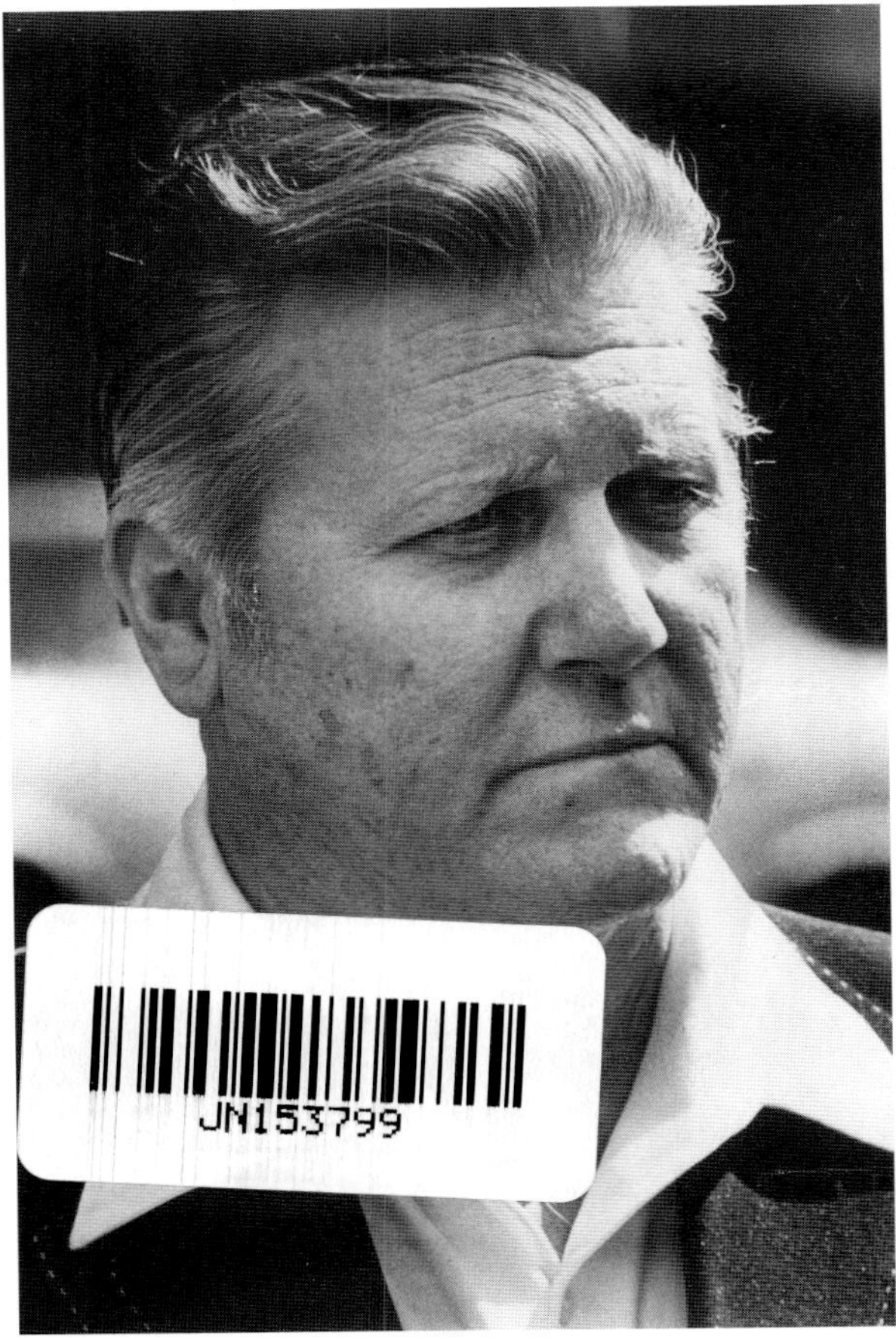

フランク・〝アイリッシュマン〟・シーラン。1970年頃。
Courtesy of Frank Sheeran.

戦友アレックス・シーゲルと写るフランク・シーラン（左）。
この１カ月後、シーゲルはサレルノへの上陸作戦時に死亡した。
Courtesy of Frank Sheeran.

友人のチャーリー・"ディグシー"・マイヤーズとともに第二次世界大戦終結を祝うフランク・シーラン。
Courtesy of Frank Sheeran.

デトロイトでの初の任務で、同じくチームスターズの渉外係たちと写るシーラン（上左）。 Courtesy of Frank Sheeran.

1961年にフロリダ州マイアミビーチで開催されたチームスターズの総会で、仲間の守衛官たちと並ぶシーラン（右）。

Courtesy of Frank Sheeran.

1958年、労働争議委員会の場で大敵ボビー・ケネディに抗議するジミー・ホッファ。 Photo © Bettmann/Getty Images.

囮捜査でホッファに機密文書をわたす、上院の調査員ジョン・サイ・チースティ（左）。ホッファはこの極秘の情報に2000ドル支払った。

Photo © Bettmann/Getty Images.

CIVIL DOCKET CONTINUATION SHEET

	DEFENDANT	
MERICA	INT'L BROTHERHOOD OF TEAMSTERS etc et al	DOCKET NO. PAGE 1A OF

INTERNATIONAL BROTHERHOOD OF TEAMSTERS,
CHAUFFEURS, WAREHOUSEMEN AND HELPERS
OF AMERICA, AFL-CIO,

* THE COMMISSION OF LA COSA NOSTRA,

ANTHONY SALERNO, a/k/a "Fat Tony,"
MATTHEW IANNIELLO, a/k/a "Matty the Horse,"
ANTHONY PROVENZANO, a/k/a "Tony Pro,"
NUNZIO PROVENZANO, a/k/a "Nunzi Pro,"
ANTHONY CORALLO, a/k/a "Tony Ducks,"
SALVATORE SANTORO, a/k/a "Tom Mix,"
CHRISTOPHER FURNARI, SR.,
a/k/a "Christie Tick,"
FRANK MANZO,
CARMINE PERSICO, a/k/a "Junior," "The Snake,"
GENNARO LANGELLA, a/k/a "Gerry Lang,"
PHILIP RASTELLI, a/k/a Rusty,"
NICHOLAS MARANGELLO, a/k/a "Nicky Glasses,"
JOSEPH MASSINO, a/k/a "Joey Messina,"
ANTHONY FICAROTTA, a/k/a "Figgy,"
EUGENE BOFFA, SR.,
* FRANCIS SHEERAN,
MILTON ROCKMAN, a/k/a "Maishe,"
JOHN TRONOLONE, a/k/a "Peanuts,"
JOSEPH JOHN AIUPPA, a/k/a "Joey O'Brien,"
"Joe Doves," "Joey Aiuppa,"
JOHN PHILLIP CERONE, a/k/a "Jackie
the Lackie," "Jackie Cerone,"
JOSEPH LOMBARDO, a/k/a "Joey the Clown,"
ANGELO LAPIETRA, a/k/a "The Nutcracker,"
FRANK BALISTRIERI, a/k/a "Mr. B,"
CARL ANGELO DELUNA, a/k/a "Toughy,"
CARL CIVELLA, a/k/a "Corky,"
ANTHONY THOMAS CIVELLA, a/k/a
"Tony Ripe,"

連邦検事ルディ・ジュリアーニがRICO法違反の罪でギャングを訴えたときの訴状の表紙。ここに名前を挙げられたシーランは、コーザ・ノストラの委員会でふたりしかいない非イタリア人のひとりだった。

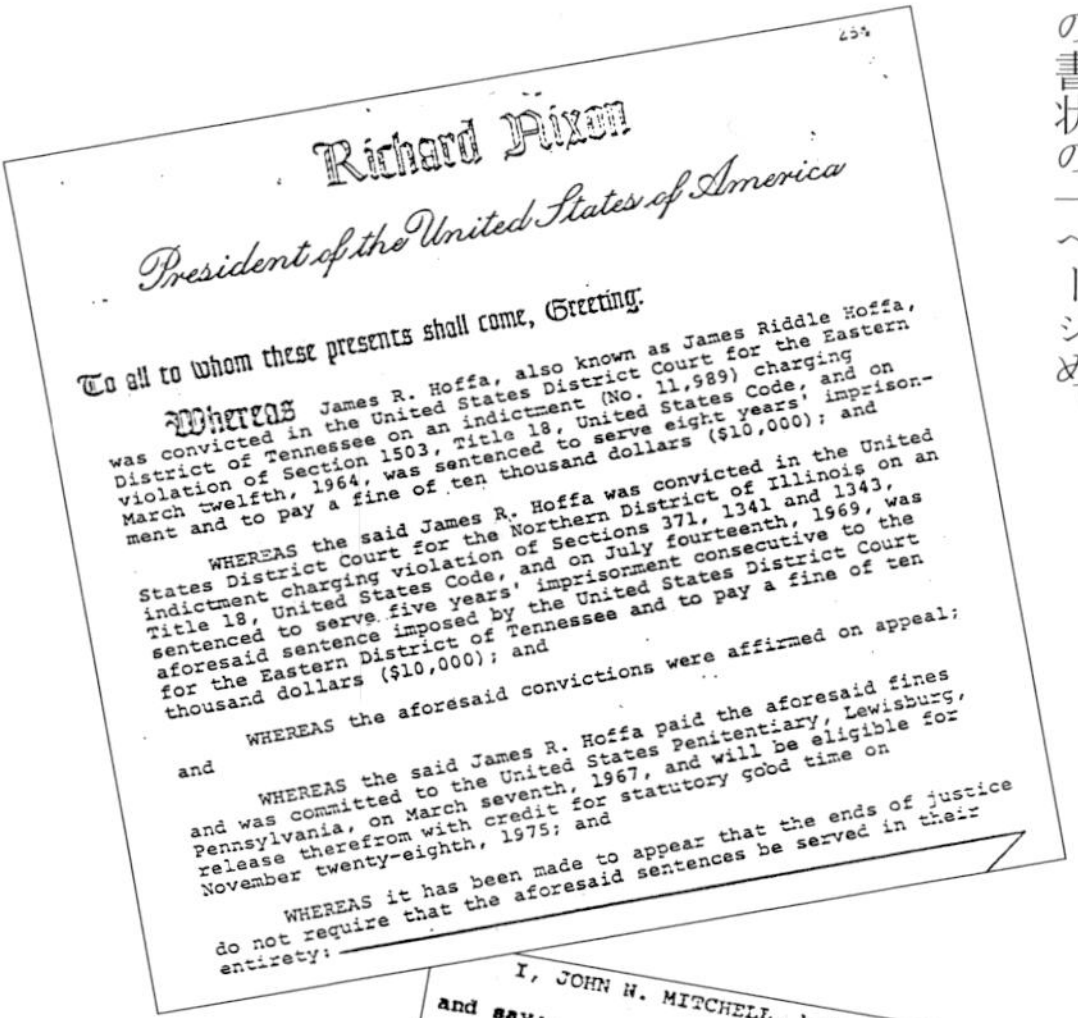

234

Richard Nixon

President of the United States of America

To all to whom these presents shall come, Greeting:

Whereas James R. Hoffa, also known as James Riddle Hoffa, was convicted in the United States District Court for the Eastern District of Tennessee on an indictment (No. 11,989) charging violation of Section 1503, Title 18, United States Code, and on March twelfth, 1964, was sentenced to serve eight years' imprisonment and to pay a fine of ten thousand dollars ($10,000); and

WHEREAS the said James R. Hoffa was convicted in the United States District Court for the Northern District of Illinois on an indictment charging violation of Sections 371, 1341 and 1343, Title 18, United States Code, and on July fourteenth, 1969, was sentenced to serve five years' imprisonment consecutive to the aforesaid sentence imposed by the United States District Court for the Eastern District of Tennessee and to pay a fine of ten thousand dollars ($10,000); and

WHEREAS the aforesaid convictions were affirmed on appeal; and

WHEREAS the said James R. Hoffa paid the aforesaid fines and was committed to the United States Penitentiary, Lewisburg, Pennsylvania, on March seventh, 1967, and will be eligible for release therefrom with credit for statutory good time on November twenty-eighth, 1975; and

WHEREAS it has been made to appear that the ends of justice do not require that the aforesaid sentences be served in their entirety:

ニクソンがホッファにあたえた大統領恩赦の書状の一ページめ。

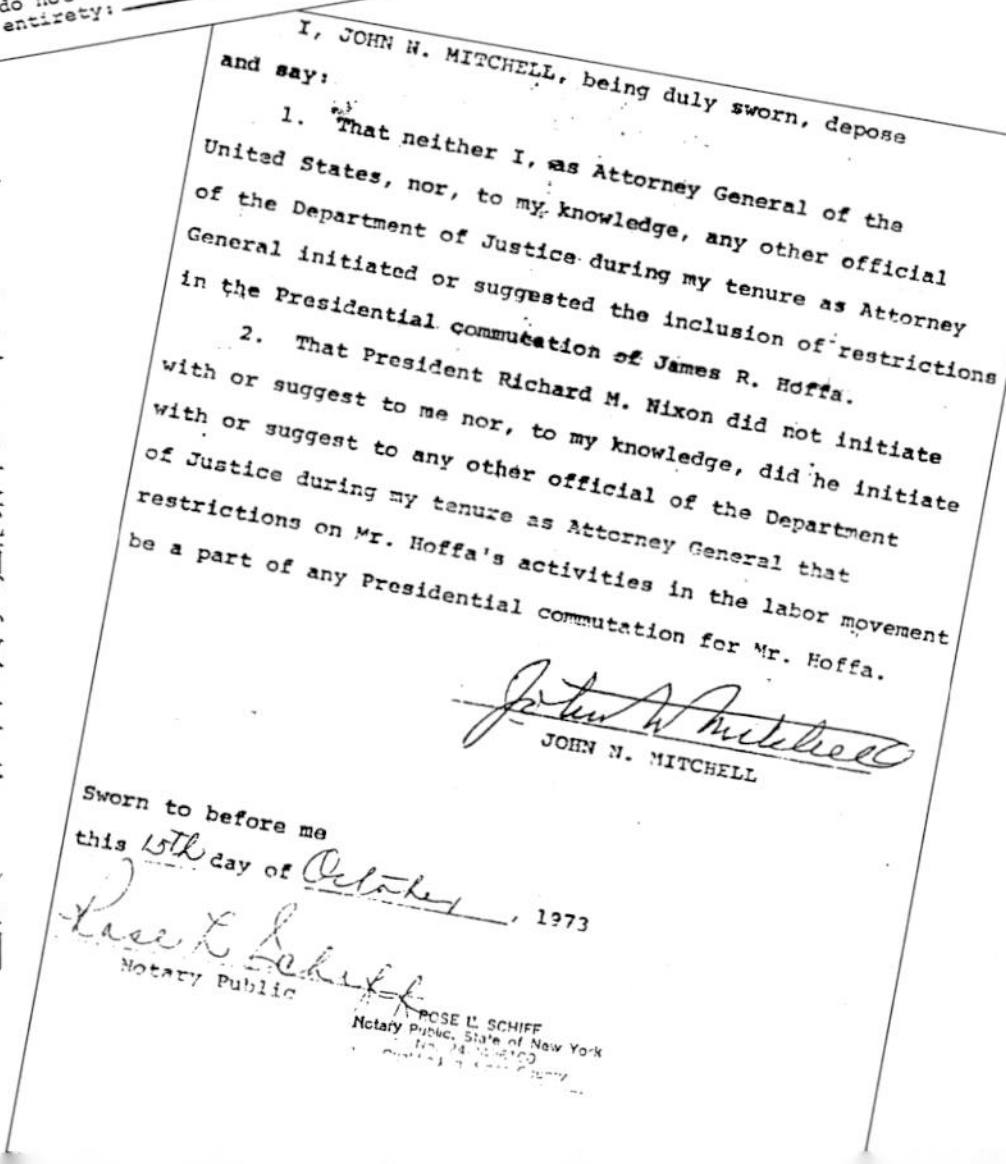

I, JOHN N. MITCHELL, being duly sworn, depose and say:

1. That neither I, as Attorney General of the United States, nor, to my knowledge, any other official of the Department of Justice during my tenure as Attorney General initiated or suggested the inclusion of restrictions in the Presidential commutation of James R. Hoffa.

2. That President Richard M. Nixon did not initiate with or suggest to me nor, to my knowledge, did he initiate with or suggest to any other official of the Department of Justice during my tenure as Attorney General that restrictions on Mr. Hoffa's activities in the labor movement be a part of any Presidential commutation for Mr. Hoffa.

John N. Mitchell

JOHN N. MITCHELL

Sworn to before me this 15th day of October, 1973

Rose L. Schiff

Notary Public

ROSE L. SCHIFF
Notary Public, State of New York

ニクソンによる大統領恩赦に付帯された制約条件の解除を求めるホッファを支援するジョン・ミッチェルの宣誓供述書。

ハヤカワ文庫 NF
〈NF549〉

アイリッシュマン
〔上〕

チャールズ・ブラント
高橋知子訳

HAYAKAWA NONFICTION

早川書房
8441

I HEARD YOU PAINT HOUSES

Frank "The Irishman" Sheeran and Closing the Case on Jimmy Hoffa

by

Charles Brandt

Translated by
Tomoko Takahashi
First published 2019 in Japan by
HAYAKAWA PUBLISHING, INC.
This book is published in Japan by
arrangement with
STEERFORTH PRESS LLC
through THE ENGLISH AGENCY (JAPAN) LTD.

わが妻ナンシー・プール・ブラント、子どもたちとその配偶者――トリップとアリソン、ミミとジョン、ジェニー・ローズとアレックス――孫のマギー、ジャクソン、リビー、アレクサンダーへ。

双方の両親、カロリーナ・ディマルコ・ブラントとチャールズ・P・ブラント、マギー・プールとアール・T・プール大尉を偲んで。

いまの私をつくってくれたマルケ出身の母方の祖父母、ローザとルイジ・ディマルコ夫妻を偲んで。

目次

下巻目次

謝辞

信じられないほど美しく才能豊かなすばらしき妻、ナンシーに感謝を捧げる。彼女は私が原稿を出版社に送るにあたって、すべての章、すべての版に真剣かつ丹念に目を通してくれた。ニューヨークやフィラデルフィアで本書を執筆しているあいだ、あらゆることをこなし、日々私にひらめきを与え、励まし、支えてくれた。フランク・シーランを訪ねる際にナンシーをともなって行くと、彼はいつも若者のように顔を輝かせた。協力的だったわが子どもたち、トリップ・ウィア、ミミ・ウィア、ジェニー・ローズにも深く感謝している。

八九歳にして凜としている母に感謝したい。マンハッタンにある母のアパートメントに何週間も居候してノートパソコンに向かっているあいだ、イタリア料理をつくってくれ、文句ひとつ言わず激励しつづけてくれた。

親友であり出版界の顔であるウィリアム・G・トンプソンに謝意を。本書を書き進めるにあたって、スティーヴン・キングやジョン・グリシャムを世に出した彼は、編集者の視点から惜しみなく助言を与えてくれた。

幸運にも、リテラリー・グループのフランク・ワイマンが代理人になることに同意してくれた。フランクは本書を、書かなければ忘れ去られてしまう歴史の一ページだと心し、本書のタイトルを考え、フランク・シーランを最後のインタビューで正しい方向に導いた。

いまは亡きニール・リシェンが私の代理人にスティアフォース・プレスの扉を叩くよう勧めてくれたおかげで、常に物事を考え、常に後世に残る書物を出版し、いまや私のよき友となった発行者に本書をゆだねることができた。ありがとう、ニール。きみがいたから、すばらしく優秀なチップ・フライシャーと彼の助手ヘルガ・シュミットに出会えた。

ダン・モールデア、スティーヴン・ブリル、ヴィクター・リーゼル、ジョナサン・クウィットニーをはじめ、ジミー・ホッファの生涯や彼が生きた時代、彼の失踪事件について、身の危険をかえりみず、卓越した調査能力で多くのことをつまびらかにし、常に光をあてつづけた作家や記者たちに感謝している。

ホッファ失踪事件にFBIの捜査官として、まさしくプロといった手腕で徹底的な捜査をおこなった元特別捜査官のロバート・A・ギャリティに謝意を表したい。本書を執筆できたのは、彼や彼の仲間がいたからこそだ。

参照したトップ記事やニュース記事の多くを生み出した捜査官、調査員、検察官、それぞれのスタッフたちに感謝の念を送りたい。

創造力豊かないとこ、カーマイン・ゾッゾーラにも足を向けて眠れない。執筆が不調なとき、彼が日々励ましてくれたおかげで、気持ちが途切れずにすんだ。最初から最後まで、彼は当を得た助言を与えつづけてくれた。私が愚痴をこぼすたびに、彼はこう言った。「とにかく書けよ。なんとかなるさ」

ずっとそばにいてくれた姉と彼女の夫、バーバラとギャリー・ゴールドスミス夫妻、そしてふたりの家族デニスとローラ・ローズ、ダニー、パスカル、ルーカス、ローズにはいくら感謝してもしきれない。

本書と新たにくわえた結びを応援してくれたかけがえのない友人や家族、幾度となく助言や激励、支援をあおいだ仲間、なかでもマーティ・シャフラン、ピーター・ボッシュ、スティーヴ・シモンズ、ジェフ・ワイナー、トレイシー・ベイ、セオ・ガンド、ジョー・ピストーネ、リン・デヴェッキオ、アル・マルティーノ、レスリー・リトル、ローランド・デロング、コリン・ジェンセン、エド・ガードナー、シェリル・トマス、キャスリーンとジェリーのシャメイル夫妻に大いに感謝している。ロブ・サトクリフには計り知れない恩恵をこうむった。

リン・シャフランに感謝を。助言を与えてくれ、それに何より、いまは亡きテッド・フューリーをナンシーと私に引き合わせてくれた。テッドに心から感謝を捧げたい。

受賞歴のあるイラストレーターであり作家、アーティストであるわが友ユリ・シュルヴィッツに礼を述べたい。二〇年以上まえ、彼は本格的に執筆活動をするよう勧めてくれた。

いまは亡きサッサーノ出身のおじ、フランク・ゾッゾーラ教授にレモネードを。私がデラウェア大学に通っていたころも、卒業してからもずっと教えを授けてくれた。

最後に、一九五七年、私がスタイヴェサント・ハイスクールの一一年生だったとき、いつも励ましてくれた英語教師エドウィン・ハーブストに感謝を表する。

アイリッシュマン
〔上〕

プロローグ　ラスとフランク

湖畔に建つ別荘のひと部屋で、ジミー・ホッファの家族が顔を曇らせて涙を流すなか、FBIが一枚の黄色いメモ用紙を発見した。ホッファが電話の脇に置いた用紙だ。そこには鉛筆でこう書かれていた。「ラスとフランク」

「ラスとフランク」はジミー・ホッファの親友であり、信頼できる協力者だった。巨漢で鉄のごとき筋肉を持つフランクは、ジミーが司法やボビー・ケネディと対立したときもずっとそばで忠誠を尽くし、家族も同然の間柄だった。

この日、湖畔の別荘に集まった家族たちは、人一倍用心深いジミー・ホッファ――自分の命を狙っている敵を完璧に把握していた男――に危害をくわえられるほど近づけたのは、ごく少数の親しく信頼の置ける友人だけだという事実に震えあがっていた。同日、アメリカ史上最も悪名高い失踪事件の主要容疑者として、「ラスとフランク」――ギャングの用心棒フランク・〝アイリッシュマン〟・シーランとボスのラッセル・〝マクギー〟・ブファリーノ――の名前が挙がった。

ホッファ失踪事件に関する書物や仔細《しさい》な調査報告書のいずれもが、全米トラック運転手組《チームスター》合《ズ》内部のホッファの忠実な支持者フランク・〝アイリッシュマン〟・シーランが、友人でありよき指導者であるホッファを裏切ったとしている。シーランは殺害現場にいた実行犯のひとりであり、殺害を容認し計画を立てたのはラッセル・〝マクギー〟・ブファリーノだったとのことだ。参照した書物には、事件記者ダン・モールデアの『ホッファの闘争』、〈コートTV〉を創設したスティーヴン・ブリルの『チームスターズ』、大学教授アーサー・スローンの『ホッファ』もふくまれる。

失踪事件発生から二六年以上経った二〇〇一年九月七日、くだんの日に湖畔の別荘で母親や姉とともに恐怖の時を過ごした家族のひとりが記者会見をおこなった。ホッファの息子でありチームスターズ会長のジェイムズ・P・ホッファが、父親の失踪事件に新たな展開があり、真相解明への光が見えたと述べたのだ。FBIの発表によると、毛髪のDNA検査の結果、事件に使われたと目されていた車に、ジミー・ホッファが乗っていたのはたしかだとのことだ。

《FOXニュース》の上級記者エリック・ショーンが、ホッファはほかに名前の挙がっている容疑者のいずれかによって車に誘いこまれた可能性があるのかと尋ねると、ジェイムズはリストに並んでいる名前すべてにかぶりを振り、最後に言った。「いいえ、父はその人たちと知り合いではありませんでした」ついでショーンが、フランク・シーランが誘いこんだと考えられるかと問うと、ジェイムズはうなずいて言った。「ええ、父も彼となら車に乗ったでしょう」

記者会見の終わりにジェイムズは、事件の真相が「臨終の告白」で解明されることを願っていると述べた。このとき、当初からの容疑者のなかでまだ生存し、「臨終の告白」をする年齢に迫っていたのはフランク・シーランだけだった。記者会見から四日後の二〇〇一年九月一一日、悲劇が起きた。このため、翌週に予定されていたジェイムズの『ラリー・キング・ライヴ』への出演は中止になった。

一カ月後、新聞の第一面からホッファ関連の記事が消えた。彼のゆいいつの娘バーバラ・クランサー判事は、セントルイスの自身のオフィスからフランク・シーランに電話をかけた。そして伝説的な父親と同じように単刀直入に切り出し、家族が終止符を打てるよう、失踪事件について知っていることを話してほしいと訴えた。「正しいことをしてちょうだい」彼女はシーランに言った。彼は弁護士の忠告にしたがって何も洩らさず、丁寧な口調で、弁護士を通してもらいたいと述べた。

バーバラ・クランサー判事が手紙や電話で、〝アイリッシュマン〟に封印している秘密を明かすよう求めたのは、これが初めてではなかった。一九九五年三月六日、バーバラはフランクに手紙を書いた。「ジェイムズ・R・ホッファの忠実な友を自称している人のなかに、彼の身に何が起きたのか、誰がどうしてそういうことをしたのかを知る人が何人もいると思っています。彼らの誰ひとりとして、わたしたち家族にはいっさい何も語らない――絶対に他言しないと誓っても――という事実にわたしは耐えられません。あなたもそのひとりだと考えています」

バーバラが電話をした一週間後の二〇〇一年一〇月二五日、すでに八〇歳を超え、歩くのにも歩行器が必要になっていたフランク・〝アイリッシュマン〟・シーランは、一階にある自身のアパートメントのパティオのドアがノックされるのを聞いた。ふたりの若いFBI捜査官だった。彼らは人生の終わりが近づいている男に対して、いたわりと尊敬の念を持って接した。捜査官はフランクが年齢とともに鷹揚《おうよう》になり、後悔さえしているのではないかと考え、「臨終の告白」を期待していた。自分たちは若いので事件のことは憶えていないが、何千ページにもなるファイルを読んだと述べた。そして最近バーバラがかけた電話のことで来た、話の内容は彼女から聞いていると伝えた。シーランはジミーが失踪した一九七五年七月三〇日以来何度も繰りかえしたように、憂えた表情で、弁護士であるフィラデルフィアの元地方検察官F・エメット・フィッツパトリックと話をしてくれと言った。

シーランに協力を促して「臨終の告白」をさせることができなかったFBIは、二〇〇二年四月二日、一万六〇〇〇ページにおよぶ最終報告書をミシガン州の地方検察官に提出したと発表し、うち一三三〇ページをマスコミとジミー・ホッファのふたりの子どもに公開した。これで連邦政府による起訴はなくなった。事件からおよそ二七年、FBIはついに捜査に幕を引いた。

二〇〇二年九月三日、ジェイムズ・P・ホッファの記者会見からおよそ一年後、ミシガン州当局は捜査を打ち切ってファイルを閉じ、ホッファの子どもたちへ以前と変わらぬ哀悼の意を表した。

ミシガン州地方検事のデイヴィッド・ゴーサイカは、捜査終了を発表する記者会見で言った。「遺憾ながら、本件は最終章のない〝推理《フーダニット》〟小説の大作になった」

本書『アイリッシュマン』は「フーダニット」ではあるが、小説ではない。フランク・シーランとの一対一のインタビュー——その大半は録音してある——にもとづく史書だ。一回めのインタビューは一九九一年、私が事務所のパートナーと協力して、シーランを健康上の理由で早期釈放させて間もなく、彼のアパートメントでおこなった。この直後、彼はインタビューは尋問と変わりがないと考えを変え、二回め以降のインタビューを拒否した。彼は明かしたくないことまで吐露していた。私は、心境が変わって質問に応じる気になったら連絡してほしいと伝えた。

一九九九年、シーランの娘たちは老齢で体の不自由な父親が、フィラデルフィアのセント・ドロシー教会のヘルデューサー神父に内密に面会できるよう手配した。神父に会ったシーランは罪の赦《ゆる》しを受け、カトリック教会の墓地への埋葬を許可された。フランク・シーランは私に言った。「死後の世界はまちがいなく存在する。狙いを定めたら、的をはずしたくない。道を閉ざしたくないんだ」

神父との面会後、シーランから連絡があり、彼の弁護士のオフィスでの打ち合わせに呼ばれた。シーランは質問に応じることに同意し、再開されたインタビューはその後五年つづいた。私はそれまでの経験——極刑に値する殺人事件担当の元検察官、反対尋問の講師、尋問の研究者、最高裁判所での供述書に対する証拠排除法則についての論文の執筆者――を生かした。「あんたは、これまでに関わったどんな警官よりも厄介だな」あるとき、シーランは言った。

私はそれこそ長い時間、ただシーランのそばにいたり、ギャングと思《おぼ》しき人物に会ったり、ホッファが失踪したデトロイトの現場へ車を走らせたり、シーランがボルティモアでおこなっていた闇取引の現場二カ所を訪れたり、彼の弁護士や家族、友人に会ったりして過ごし、この男を深く知るようになった。ときには電話で、ときには直接会って対話を重ね、本書の土台となる題材の宝庫を奥深くまで探った。

おおかたにおいて、インタビューを成功させるための第一の鉄則は、対象者がたとえ否定したり嘘をついたりしても、心の底から告白したがっていると信じることだ。これはフランク・シーランにもあてはまった。第二の鉄則は相手に話しつづけさせることである。これもシーランの場合、問題なかった。しゃべるがままにしていれば、真実はおのずと現われる。

長いあいだ、フランク・シーランは胸のうちを吐露したいという思いをかかえていた。一九七八年、『チームスターズ』の著者スティーヴン・ブリルに――おそらくは酒の酔いにまかせて――電話で告白したらしいという噂が流れた。FBIはそれを真実だとして、ブリルに録音テープを提供するよう迫った。『ホッファの闘争』の著者ダン・モールデアはある記事で、ブリルとホテルで朝食をともにしたとき、シーランの告白テープを持っていると聞かされたと述べている。しかしブリルは保護を要する証人になるのを避けるためか、《ニューヨーク・タイムズ》でテープの存在をきっぱりと否定している。

これを踏まえて私は、シーラン相手の一筋縄ではいかないインタビューでは、彼の権利を侵さず、発言が法廷で正式な証拠として採用される形にならないよう終始努めた。

原稿がしあがると、シーランは目を通し、すべての章を承認した。さらにもう一度読み、原稿全体を是とした。

二〇〇三年一二月一四日、フランク・シーランは息をひきとった。その六週間まえ、病で死期が迫るなか、病院のベッドに横たわるシーランに最後のインタビューをおこなった。このとき彼は神父の訪問を受けて懺悔《ざんげ》をし、聖体を拝領したと話している。シーランは「最後の決定的瞬間」のためにビデオカメラに向かい、意図的に法律用語をいっさい用いず告白をした。『アイリッシュマン』を手にとり、一九七五年七月三〇日に起きたジミー・ホッファ事件で自分が担った役割をふくめ、あなたがた読者がこれから読む内容はすべて真実だと述べたのだ。

翌日、体力も気力も失う一週間ほどまえのこと、シーランから彼のために主の祈りとアヴェマリアを唱えてほしいと頼まれ、われわれはそろって祈りの言葉を口にした。

最終的に、シーランの告白は前世紀の歴史の一部として世論という裁きの場にさらされ、読者諸氏に裁かれることになった。

本書に綴られているのは、フランク・シーランの類《たぐい》まれなる興味深い人生だ。アイルランドの血をひく才気煥発《かんぱつ》なシーランは敬虔《けいけん》なカトリック教徒として育ち、子ども時代に世界大恐慌を経験し、第二次世界大戦では武勲をたて、全米トラック運転手組合《チームスターズ》では幹部となった。また、コーザ・ノストラ（秘密結社的犯罪集団）の重鎮と結託したとして、ＲＩＣＯ法（事業への犯罪組織の浸透を取り締まる連邦法）違反の罪でルディ・ジュリアーニに訴えられたこともある。ジュリアーニの二六人からなる大物ギャングリスト――ボナンノ、ジェノヴェーゼ、コロンボ、ルッケーゼ、シカゴ・アウトフィット、ミルウォーキーといった犯罪組織のボスとアンダーボス――のなかで、ふたりしかいない非イタリア人のひとりであり、また重罪犯、ギャングの用心棒、伝説的な一匹狼だった。そして、四人の娘を持つ父親であり、孫に愛される祖父でもあった。

兵役経験、子や孫たちへの愛情をはじめ、フランク・シーランの複雑な人生の善の面に敬意を表して、私はアメリカ国旗に覆われたアイリッシュマンの緑の棺を永眠の地へ運ぶ担い手のひとりとなった。

これから語られるのは、ホッファの身に降りかかった悲劇の最終章だ。実行犯をふくめすべての関係者、とりわけ父親の運命の最期を見届けようとしてきた彼の子どもたちに心の傷と苦痛を負わせてきた事件である。

付記：本書に登場する、何百時間におよぶインタビューから抜粋したフランク・シーランの言葉には引用符（”“）をつけた。くわえて重要な事柄や背景知識を書き添えてある。

1「そんな度胸があるものか」

❞おれはボスのラッセル・〝マクギー〟・ブファリーノに、湖畔の別荘にいるジミーに電話をさせてほしいと頼んだ。事を穏便におさめる任務を担っていたからだ。このときしようとしていたのは、この事件がジミーの身に起きないようにすることだけだった。

ジミーに接触したのは一九七五年七月二七日、日曜日の午後だ。そして彼は、七月三〇日、水曜日にはいなくなっていた。悲しいが、オーストラリア――地球の反対側――へ行ってしまったというわけだ。再会できる日まで、おれはわが友を恋しく思うだろう。

デトロイト近郊のオリオン湖畔に建つジミーの別荘に長距離電話をかけたのは、遠く離れたフィラデルフィアの自分のアパートメントからだ。もしおれの日曜日の電話が事件に関わっているとしたら、自宅の電話ではなく公衆電話を使っていたはずだ。重要な電話を自宅からかけるようでは、おれのように長生きはできない。おれは指から生まれちゃいない。親父はほんものを使ってお袋を妊娠させた。

キッチンの壁にかかるダイヤル式の電話のところに立って、諳《そら》んじている番号をまわしだしたとき頭にあったのは、いかにジミーと交渉するかということだけだった。長年オルグ（組合の拡充や結成を任務とする役職）をしていたから、どんなときも話を切りだすまえに再度よく考えることが大切だと身をもって知っていた。それに、ジミーとの話し合いがすんなりいくとも思えなかった。

一九七一年、ニクソン大統領の恩赦で出所したジミーは、チームスターズの会長に返り咲こうと必死だったが、このころからとにかく話しかけづらくなった。初めての服役から解放された者は、往々にしてそういう傾向にある。ジミーはラジオや新聞、テレビなどで不用意な発言をするようになった。口を開くたびに、どのようにしてギャングの存在を見抜いて、組合から締め出すかを語った。さらには、ギャングには年金を使わせないとまで言った。もしジミーが会長に復帰すれば、金の卵を産むガチョウが殺されることになる。そんなことを喜ぶやつがいるわけがない。そもそもギャングを組合や年金基金に関わらせたのはジミーだということを考えれば、控えめに言っても、彼の口から出てくる言葉はすべて偽善的としか言いようがなかった。ラッセルを介しておれを組合に入れたのもジミーだ。こんなわけで、おれはわが友人の身を少なからず案じていた。

不安をおぼえはじめたのは、ラッセルの許可を得て電話をかける九カ月ほどまえのことだ。ジミーは空路フィラデルフィアへ飛び、〈ラテン・カジノ〉で催された〝フランク・シーラン感謝の夕べ〟にメイン・スピーカーとして出席した。会場にはおれの親しい友人や家族をはじめ、市長や地方検察官、戦友、歌手のジェリー・ヴェイル、脚がとまることのない〈ゴールドディッガー〉のダンサーたち、FBIがコーザ・ノストラと呼ぶことになる者など、三〇〇〇人がいた。ジミーから、ダイヤモンドで縁取りされた金の時計をもらった。彼は壇上のゲストを眺めて言った。「おまえがこれほど有力者だとは思いもしなかった」この言葉には特別な重みがあった。というのも、ジミーはおれが出会ったなかで最も偉大な人物ふたりのうちのひとりだからだ。

プライムリブがふるまわれるまえ、おれたちが写真を撮ろうとしかけたとき、ジミーと同時期に服役していたどこかの馬の骨が、投機的事業への一万ドルの寄付を求めてきた。ジミーはポケットを探り、二五〇〇ドルを差しだした。ジミーはそういう男——すぐに金をあたえる男だった。

言うまでもなく、ラッセル・ブファリーノも出席していた。おれが知る最も偉大な人物のもうひとりが彼だ。ジェリー・ヴェイルがラスの好きな「スパニッシュ・アイズ」を、彼のために歌った。ラッセルはペンシルヴェニア州北部とニューヨーク州の大部分、ニュージャージー州、フロリダ州を支配下に置くブファリーノ・ファミリーのボスだ。ニューヨーク市郊外に本部があって、ニューヨークの五大ファミリーにはふくまれないが、どのファミリーも何かにつけて彼のもとを訪れ、助言を求めた。対処すべき深刻な問題が持ちあがれば、ラッセルに仕事の依頼がきた。国じゅうで一目置かれていた。アルバート・アナスタシアがニューヨークの理髪店で射殺されたとき、まわりから推されて、事態が完全に収拾するまでボスの代理を務めた。彼ほど尊敬を集めた者はいない。桁《けた》はずれの実力者だ。一般大衆は彼のことを聞いたこともないだろうが、ギャングやＦＢＩは彼がどれほど力を持っているかわかっていた。

ラッセルが金の指輪をくれた。わずか三人——ラス本人と彼のアンダーボス、おれ——のために特別につくらせた指輪だ。トップにはダイヤモンドに縁どられた三ドル金貨がついていた。ラスは宝石の故買や強盗の世界の重鎮で、ニューヨークのダイヤモンド地区に軒をつらねる数多くの宝石店に匿名で出資していた。

おれはこの介護施設にいるいまも、ジミーにもらった金の時計を腕に、ラッセルからの金の指輪を指にはめている。反対の手にあるのは、娘たちの誕生石のついた指輪だ。

ジミーとラッセルは実によく似ていた。まさに全身が筋肉で、引きしまった体をしていた。あの時代でも、背が低いほうだった。ラスは一七三センチ、ジミーは一六五センチ。当時、おれは一九三センチあって、彼らと内密の話をするときは上体をかがめなければならなかった。ふたりとも頭のてっぺんから足の先まで、粋《いき》ななりをしていた。精神的にも肉体的にも強かった。だが、大きな違いがひとつあった。ラスは感情を表に出さず物静かで、激怒しているときでも口調は穏やかだった。かたやジミーは毎日かんしゃくを抑えるために大声をあげていたし、世間の注目をあびるのが大好きだった。

おれのための感謝の夕べが開かれるまえの晩、ラスとおれはジミーと食事をともにした。〈ブロードウェイ・エディーズ〉でテーブルにつき、ラッセル・ブファリーノはジミー・ホッファに、組合の会長に立候補するのはやめろとはっきりと言った。ジミーの服役中に会長代理を務めたフランク・フィッツシモンズを気に入っている者がいるからと。三人とも口にはしなかったが、フィッツが気に入られているのは、軟弱な彼のもとなら、チームスターズの年金基金から簡単に高額の融資を受けられるからだとわかっていた。ジミーの会長時代も融資は受けられたし、不正なやり取りもおこなわれていたが、主導権はジミーがにぎっていた。フィッツは相手の言いなりだった。やつの頭にあるのは酒とゴルフだけだった。一〇億ドルの年金基金から、どれだけ甘い汁が流れ出たかは言うまでもない。

ラッセルは言った。「なんのために立候補するんだ？　金は必要ないだろう」

ジミーは言った。「金のためじゃない。フィッツに組合をまかせたくないんだ」

食事を終え、ジミーをウォーウィック・ホテルに送りとどける用意をしていると、ラスがおれを脇へ呼んで言った。「おまえの友人に言っておけ。これがどういうことかをな」聞いただけではわからないかもしれないが、おれたちの世界の言いまわしでは、殺すと脅しているも同然だった。

ウォーウィック・ホテルでジミーに、組合を取りもどそうという考えを変えないのならば、安全のため常に誰かをそばに置いておくよう促した。

「そんなことをする気はない。したら家族がつけ狙われる」

「だけどほんとうは、ひとりで表に出たくないだろう」

「ホッファを脅せる者などいない。おれはフィッツを追いかけて、選挙に勝つ」

「どういうことかわかってるんだろう」おれは言った。「それをあんたに言っておけと、ラスから直々に言われた」

「連中にそんな度胸があるものか」ジミーはこっちをねめつけて、うなるように言った。

翌日の朝食の席でも、ジミーは現実をゆがめた話しかしなかった。いまから思えば、不安にかられての発言だったのだろうが、ジミーの怖じ気づく姿を見たことはついぞなかった。

しかし、感謝の夕べの前日の夜、〈ブロードウェイ・エディーズ〉でラッセルがジミーに言った問題のひとつは、誰よりも肝の据わった男をひるませるに充分だった。

感謝の夕べから九カ月後、おれはフィラデルフィアの自宅のキッチンで受話器を手に、オリオン湖の別荘にいるジミーと話をした。まだ引き返せるうちに会長への立候補を思いとどまってくれと願いながら。

「友人と一緒に結婚式に出る予定だ」おれは言った。

「おまえとおまえの友人は結婚式に行くと思ってたよ」ジミーは言った。

「友人」とはラッセルを指し、電話では名前を出さないことはジミーもわかっていた。結婚したのはビル・ブファリーノの娘で、式はデトロイトでおこなわれた。ビルはラッセルと血縁関係にはないが、いとこだと称することを許されていた。これはキャリアを積むうえで武器になった。彼はチームスターズのデトロイト支部の弁護士だった。

ビル・ブファリーノはデトロイト近郊のグロスポイントに、地下に滝がある邸宅をかまえていた。地下室には部屋を隔てる小さな橋があった。男は片側を占領して話をし、女は滝の反対側にかたまっていた。ヘレン・レディが当時のヒット曲「私は女」を歌い、女たちはそれを聴いていたので、男の話には注意を向けていなかったはずだ。

「あんたは結婚式に出ないんだろう」おれは言った。

「ジョーが人にじろじろ見られるのをいやがってるからな」彼は言った。説明は必要なかった。のちに発見されることになるFBIの盗聴器がらみの話だった。複数の支局によってしかけられた盗聴器を介して、何年もまえにジミーの妻ジョゼフィンがデトロイト・マフィアの一兵卒であるトニー・チミニと不倫関係にあったと噂している会話が録音されていた。

「ああ、そんな馬鹿げた話は誰も信じていないさ、ジミー。出席しないのはべつの理由だと思っていた」

「ふざけた連中だ。ホッファを脅せると思っている」

「まわりは収拾のつかない事態になるのではないかと危惧《きぐ》している」

「自分の身は自分で守れる。録音テープなんてどうだっていい」

「なあ、ジミー、おれの友人でさえ不安になっている」

「おまえの友だちはどうしてる？」ジミーは笑った。「先週、例の問題が片づいたのはめでたいな」

ラスがバッファローでおこなわれた恐喝容疑の裁判で勝訴したことを言っていた。「われらが友はすこぶる元気だ」おれは言った。「あんたに電話をしてもいいと言ったのは彼だ」

尊敬を集めるこのふたりはどちらもおれの友人で、彼らもたがいに親しかった。そもそも五〇年代におれをジミーに紹介してくれたのはラッセルだ。当時、おれは三人の娘を養わなければならなかった。

仲間入りしたいと思っていた彼らの目にとまったのは、スーパーマーケットの〈フード・フェア〉に肉を配達するトラック運転手の仕事を失ったころだった。牛や鶏の脇腹肉を盗んで、レストランに売っていたんだ。それでチームスターズの組合会館で日勤の仕事につき、正規の運転手が病気か何かで休んだ日にトラックに乗ることになった。それと並行して社交ダンスを教え、金曜と土曜の夜は黒人のナイトクラブ〈ニクソン・ボールルーム〉で用心棒をした。

そのかたわら、ラッセルのためにいろいろな問題の処理にあたった。金のためではなくて、尊敬の念を示すために。おれは雇われ殺し屋じゃない。いわばカウボーイだ。ちょっとした使いっ走りをする。ひと肌脱ぐ。必要が生じたときは、こっちも少々便宜をはかってもらえる。

映画館で『波止場』を観たことがあるが、おれが悪いことをするといっても、せいぜいあのマーロン・ブランド程度だ。おれはラスに、組合の仕事に関わりたいと伝えた。サウス・フィラデルフィアのバーにいたときのことだ。ラスは手まわししてデトロイトにいるジミー・ホッファに電話をかけさせ、おれを電話口に出した。ジミーは開口一番こう言った。「あちらこちらの家にペンキを塗ってるそうだな」ペンキとは、人を撃ったさいに壁や床に飛び散る血のことだ。おれはジミーに言った。「大工仕事もやっている」つまり棺もつくる、死体の処理もするというわけだ。

その後、ジミーを通じてチームスターズの仕事につき、窃盗やら何やらで、それまでの全収入をうわまわる金を得るようになった。それにくわえて別途、経費ももらっていた。それにラッセルのためにしていたように、ジミーのためにあれこれと問題の処理にもあたった。

「つまり、あいつが電話をかけていいと言ったわけか。もっとちょくちょくかけてこい」ジミーは努めて無関心をよそおっていた。ラッセルが許可を与える口実をあたえようとしていた。「以前はしょっちゅうかけてきたじゃないか」

「おれが言わんとしているのはそこだ。もしあんたに電話をかけていたら、おれはどうしなくちゃならない？　あのご老体に報告しなくちゃならない――なんて言う？　相変わらず耳を貸そうとしない、だ。彼は人が自分の話を聞かないなんてことに慣れちゃいない」

「あの老いぼれは永遠にくたばりやしない」

「きっと、おれたちの墓の上で踊るだろうな」おれは言った。「食事にそうとう気をつかっている。自分で料理もする。おれに目玉焼きもソーセージも焼かせやしない。おれが一度、オリーヴオイルじゃなくてバターを使おうとしたからだと」

「バターを？　おれでも焼かせないな」

「なあ、ジミー、あの親父は食事の量にもこだわっている。いつも人にパイを半分食べさせる。全部食ったら、腹が痛くなるんだとさ」

「おまえの友人にはただただ感服するね」ジミーは言った。「あいつを傷つける気はいっさいない。ホッファを組合から追い出そうとしたら何かしら起きるだろうが、おまえの友人を傷つけはしない」

「それはわかってる、ジミー、彼はあんたに敬意を払っている。ゼロからのしあがったあんたに。あんたが組合員のためにしたことすべてに。それに彼も弱者の味方だ。わかってるだろ」

「あいつに伝えておいてくれ。これだけは忘れてほしくない。おれはマクギーをずっと尊敬してきた」ラッセルをマクギーと呼ぶのは、ごくわずかな者だけだ。本名はロサリオだが、みんなラッセルと呼ぶ。彼をよく知る者はラスと呼び、誰よりもよく知る者はマクギーと呼ぶ。

「いいか、ジミー、向こうもあんたを尊敬している」

「豪勢な結婚式を挙げるそうだな」ジミーは言った。「国じゅうからイタリア人が集まってくるそうじゃないか」

「ああ、おれたちにとっていいことだ。ジミー、われらが友と事態を丸くおさめる方向で話しあった。いまが絶好の機会だ。結婚式でみんなが顔をそろえる。彼も前向きに考えている」

「あの老いぼれが事を丸くおさめようと言いだしたのか、それともおまえがか？」すかさずジミーは訊いた。

「検討事項にくわえたのはおれだが、われらが友も乗り気だ」

「なんて言っていた？」

「心底乗り気だ。結婚式がすんだら、湖の別荘でジミーと膝をつきあわせようと。今回の一件を荒立てずにすませようと言っていた」

「いいやつだ。それでこそマクギーだ。別荘に来ればいい、だろ？」いつもの短気を起こしそうな口ぶりだったが、いい方向に向いているようには思われた。「ホッファはずっと、この厄介ごとを穏便にすませたいと思っていた、最初からな」このころ、ジミーは以前にも増して自分のことをホッファと称するようになっていた。

「問題を解決するなら、結婚式だなんだで関係者が全員、町に会するいまが絶好の機会じゃないか」おれは言った。「ここで終わりにしよう」

「ホッファはずっと、この厄介ごとを穏便にすませたいと思っていた」オリオン湖畔の別荘にいる全員の耳に届くよう、大声で繰りかえした。

「ジミー、このごたごたを円満におさめるべきだと、あんたが思っているのはわかってる」おれは言った。「このままでいいはずがない。あんたがあれやこれやしゃべってるのも大げさに言ってるだけだと、おれはわかってる。本気じゃないことも。ジミー・ホッファは裏切り者ではないし、この先もそうなることはないが、まわりは憂慮している。あんたがどれだけ話を誇張しているか、わかってないんだ」

「くそったれめ、ホッファが本気じゃないだと？　ホッファが返り咲いて、組合の記録を手にするまで待っていろ、おれの言ってることが大げさかどうかわかる」

親父や組合の仕事で鍛えられていたから、おれは人の口調を読みとるすべを身につけていた。口ぶりからすると、ジミーは誰もが知る短気を、こんどは悪いほうに起こしかけているようだった。大げさと言ったばかりに、手綱がほどけだしていた。ジミーは根っからの組合交渉人で、またここで力をみなぎらせ、記録をおおっぴらにすると言いだしたのだ。

「先月あった事件を考えてみろ、ジミー。シカゴの男のことだ。やつに手出しできる者はいないと、本人もふくめて誰もが思っていたはずだ。おれたちの仲間である重鎮たちの怒りを買いかねないことを無責任にべらべらしゃべるのが、やつの欠点だった」

ここで言う「男」が、少しまえに殺されたシカゴ・アウトフィットのボスでジミーの親しい友人でもある、サム・〝モモ〟・ジアンカーナのことだと、ジミーもわかっていた。おれは何度も「メモ」――口頭での伝言だけで文字で記されたものはない――を預かって、モモとジミーのあいだを行き来した。

殺害されるまで、ジアンカーナはある世界の重鎮だったし、マスコミにとっても大物中の大物だった。モモはシカゴにはじまり、ダラスまで勢力をのばした。ジャック・ルビーも仲間のひとりだった。モモはハバナにカジノを数軒持っていた。フランク・シナトラと共同で、タホ湖近郊にもカジノを開いた。アーサー・ゴッドフリーの番組に出演していたコーラス・グループ、マクガイア・シスターズのメンバーとつきあっていた。ジョン・F・ケネディの愛人ジュディス・キャンベルとも関係があった。ケネディの大統領時代の話だ。ケネディと弟のボビーはホワイトハウスをモーテルがわりに使っていた。ケネディの大統領選での勝利には、モモもひと役買った。だが、ケネディは手のひらを返した。ボビーに誰でも彼でも好きに追わせて、モモをやりこめたんだ。

ジアンカーナに関して言えば、狙撃されるまえの週、《タイム》誌がラッセル・ブファリーノとサム・〝モモ〟・ジアンカーナは一九六一年のピッグス湾侵攻作戦と六二年のカストロ暗殺計画でCIAに協力していたと報じた。ラッセル・ブファリーノを激怒させたことがひとつあるとすれば、彼の名前が出ていたことだ。

上院はCIAがカストロを暗殺するためにギャングを雇ったことを証言させようと、ジアンカーナに召喚状を送った。出頭する四日まえ、ジアンカーナは自宅のキッチンで後頭部を撃たれ、さらに顎《あご》の下に銃弾を六発ぶちこまれた。これはシチリア・マフィアの流儀で、やつが不用意な発言をしたという証拠だ。犯人は長年の知己だろう。オリーヴオイルでソーセージを焼いているところに近づけたんだからな。ラッセルから何度も聞いた言葉がある。

「疑いが生じたら、それを真実だと思え」

「われらがシカゴの友には、多くの者が痛めつけられた、おまえやおれでさえな」ジミーはわめいた。受話器を耳から離しても、声は聞こえた。「あいつも記録をつけてればよかったのさ。カストロ。ダラス。シカゴの連中はいっさい文字に残さない。ホッファが記録をつけているのを、あいつらは知っている。不可解なことがおれに起きたら、記録が公《おおやけ》になる」

「おれは〝イエスマン〟じゃない、ジミー。『連中にそんな度胸があるものか』なんて言うな。われらがシカゴの友の身に起きたことを考えれば、どういうことかわかるだろう」

「おまえは自分の心配だけしていろ、わがアイリッシュの友。おれとかなり親密だと見ている者もいる。おれが言ったことを憶えておけ。用心しろ。そばに誰かを置いておけ」

「ジミー、もう矛先をおさめる時だ。向こうは援助すると言っている」

「その一部には同意する」組合の交渉人であるジミーはほんのわずか譲歩を見せた。

「よし」おれはそのほんのわずかな部分に飛びついた。「土曜日、一二時半にそっちの別荘に行く。ジョーに大げさにしないよう言ってくれ、女たちはダイナーに残していくから」

「では一二時半に」ジミーは言った。その時間には準備ができているはずだ。ラスもジミーも時間で動く。時間を守らなければ、相手に敬意を払っていないとみなされる。ジミーの場合、一五分は大目にみてくれる。それを過ぎれば、約束はなかったことになる。相手がどれだけ大物であろうと、相手がどれだけ自分を大物だと思っていようと。

「アイルランド料理を用意しておこう――ギネスとボローニャ・サンドウィッチを。それともうひとつ」ジミーは言った。「そっちはふたりだけだぞ」依頼ではなかった。命令だった。

「あのくそ野郎はなしだ」

「その点は承知した。あの男には会いたくないんだろ」

あの男に会いたいか？　おれが知るかぎり、ホッファはあの男の死を望んでいた。あの男とはトニー・〝プロ〟・プロヴェンツァーノ、ブルックリンのジェノヴェーゼ・ファミリーのカポだ。プロはかつてホッファの仲間だったが、ジミーの組合復帰に反対するグループのリーダーになった。

プロのジミーに対する敵意は、刑務所の食堂で殴りあい寸前までいった諍《いさか》いにはじまる。ジミーはプロが連邦法の網の目をくぐり抜けて、服役中に一二〇万ドルの年金を得ることに協力しなかった。ジミーはといえば、服役中に一七〇万ドルの年金を手にしていた。

ふたりが出所して二年後、マイアミで開かれたチームスターズの総会で、騒動の落着をはかった。だが結局、トニー・プロがおまえの腸《はらわた》をこの手で引っこ抜いてやる、おまえの孫どもを殺してやるとジミーを脅すに終わった。かたやジミーは、ラッセルに許可をもらって、おれにあのくそ野郎を始末させると言った。プロはマフィアの正式メンバーで、おまけにカポだったから、彼を殺すにはラッセルの承認が必要だった。しかし、その後連絡はなかった。ジミーによくあるその場での思いつきだったのだろう。誰であれ本気で殺《や》るつもりなら、当日に連絡がある。それが流儀だった。問題の処理にあたらせたいなら、前日に知らせがくる。

トニー・プロは『ザ・ソプラノズ』の舞台になったニュージャージー州の、チームスターズ北部支部をとりしきっていた。彼の兄弟のことは気に入っていた。ナンズもサミーもいいやつだった。プロ本人に好意を持ったことは一度もない。あいつはわけもなく人を殺す。自分より得票が多かったからという理由で、相手を殺したことがある。ふたりとも支部長選に立候補していた。プロは地元の支部長選の最有力候補で、いっぽうその哀れな男は格下で、どこだったか忘れたがもっと小さい支部のほうで立候補していた。トニー・プロは自分と較《くら》べてその男がどれほど人気があるかを知ると、サリー・バグズと、ユダヤ人ギャングＫ・Ｏ

・ケーニヒスベルク配下の元ボクサーに命じて、男をナイロンのロープで絞殺させた。とんでもない殺しだ。ＦＢＩはおれたちホッファ事件の容疑者を、とにかくどんな罪状でもいいから逮捕しようと悪魔と手を組み、どこかの密告者にプロに不利な証言をさせた。結局、プロはさっき言った殺人の罪で終身刑をくらった。で、獄中で死んだ。
「あの野郎と会う気はない」ジミーは言った。「くそ野郎とはな」

「あんたのために、おれはこうやって必死に動いている、ジミー。おれはノーベル平和賞を求めちゃいない」

「ホッファが抗争にけりをつける手助けをしろ。そうすれば平和賞をやる。いいか、われわれ三人だけだ。頼んだぞ」

土曜日に別荘で、少なくとも三人で膝をまじえられることに満足するしかなかった。ジミーは、「ラスとフランク」と名前を書いた黄色いメモ用紙を人の目にとまるよう電話機のそばに置き、おれたちとの話し合いの席につくことになる。

翌二八日、月曜日の朝。おれの二番めの女房で、四人の娘の末っ子コニーの母親であるアイリーンは、自分専用の電話で女友達と話をしていた。彼女たちが結婚式に何を持って行くかを決めていたとき、おれの電話が鳴った。

「ジミーよ」アイリーンが言った。

ＦＢＩは受信も発信もすべての遠距離電話の記録を持っている。だが、あれもこれも暴露してやると息巻いているジミーの念頭に、通話記録のことがあったとは思えない。そういった脅しは、そう長いあいだ黙認されることはない。たとえそれが本気でなかったとしても、命令系統の下部にいる者たちに誤ったメッセージを送ることになる。密告が話題にのぼっているときに、リーダーたちはどれだけ強くいられる？

「おまえと友人はいつこっちに来る？」ジミーは言った。

「火曜日に」

「明日か」

「ああ、明日の夕食の時間くらいに」

「わかった。着いたら電話をくれ」

「しないはずないだろう？　デトロイトに着いたらいつだって、敬意を表して電話しているじゃないか」

「水曜日の午後に会うことにした」ジミーはいったん間を置いてから、つけ加えた。「あのくそ野郎と」

「どのくそ野郎だ？」

「あのろくでなしだ」

「ひとつ訊くが、あいつと会うとはどういう風の吹きまわしだ？」おれは思考をめぐらせた。

「それでおれが何を失う？」ジミーは言った。「おそらくマクギーはホッファに、まずはおのれの問題を片づけろと言うだろう。土曜日におまえたちがこの別荘に来るまえに、いま一度そういうことをしてもいいんじゃないかと思ったんだ」

「だったら、弟を連れていけ」言いたいことは伝わった。銃、はじき《ピース》だ。平和賞《ピース・プライズ》や仲裁人《ピースメイカー》じゃない。「用心のために」

「ホッファのことは心配するな。弟は必要ない。トニー・ジャックが段取りをととのえた。一般人もいるレストランで会う。テレグラフ通りの〈レッド・フォックス〉、知ってるだろ。じゃあな」

アントニー・〝トニー・ジャック〟・ジアカローネはデトロイト・マフィアの一員だ。ジミーや妻、子どもたちと親しかった。だが、彼が懇意にしているのはジミーだけではない。トニー・ジャックの女房はくだんの男トニー・プロの近しいいとこだ。イタリア人はそういうことを重んじる。

ジミーがどうしてトニー・ジャックを信頼するかは理解できた。あいつは好人物だった。二〇〇一年二月、獄中で死んだ。新聞の見出しにこうあった。「悪名高きアメリカのギャング、ホッファの秘密を墓場まで持っていく」彼には語れることがあったはずだ。

ジミーとトニー・プロがマイアミでひと悶着起こしたあと、トニー・ジャックは和解の場をもうけようとしたが、ジミーがジーン・シスケルとロジャー・エバート（ともに映画評論家。ふたりで映画評論のテレビ番組を持っていた）のように却下《サムズ・ダウン》したと、長らく言われていた。ところが突然、ジミーはプロと——おまえの腸をこの手で引っこ抜いてやると脅したあのプロと会うことに同意した。

あとになって考えると、ジミーはプロを葬る気だったのかもしれない。プロがいつものように振る舞うと踏んでいただろう。そうなればトニー・ジャックがレストランのテーブルの席で、理性的に振る舞うジミーと、ろくでもない振る舞いをするプロを目にすることになる。おそらくジミーは土曜日にラッセルと別荘で会ったときに、自分は人事を尽くしたが、結局はプロが去るしかなくなったと知らしめたかったのだろう。

「人の集まるレストランか、そいつはいい。きっと今回の話し合いですべてが丸くおさまる」おれは言った。「和解をして、諍いがやむ。ただおれも援護に駆けつけられれば、もっと安心できるんだが」

「大丈夫だ、アイリッシュマン」彼はあたかもおれを安心させようとするかのように言った。おれがいつデトロイト入りするか、初っぱなに訊いてはいたが。到着日を訊かれた瞬間、彼が何を望んでいるのかわかった。「ちょいと車を飛ばして、水曜日の二時にそこで落ちあうってのはどうだ？　連中が来るのは二時半だ」

「予防線か。だがいずれにしろ、これであんたも安心して眠れるな。弟を連れていく。すこぶる腕の立つ交渉人だからな」

おれはすぐにラスに電話をかけて、ジミーがジャックとプロに会うことになった、自分も援護のために同席するという朗報を伝えた。

以来、このときのことを何度も思いかえしているが、ラッセルが何を言ったかは思い出せない。"

2 現状

”月曜日の夜、女房のアイリーンとともにペンシルヴェニア州北部、ウィルクスバリ近郊のキングストンに到着した。ラスと彼の女房のキャリー、彼女の未亡人の姉メアリーと夕食をともにする予定だった。その日はラスが一部所有しているハワードジョンソン・ホテルに泊まり、翌火曜日の早朝、五人でおれの新車、黒のリンカーン・コンチネンタルでデトロイトに向かうことになっていた（当局はおれがこの車を不正な手段で入手したと考えていた。おれたちホッファ事件の容疑者八人を何かしらの罪で逮捕したがっていて、一九八一年、おれはこの車を口実に恐喝罪で投獄された）。

デトロイトまでは、ラスが車内での喫煙を許さないこともあって、一二時間ほどかかると見られた。ラスは一九六〇年、カストロにキューバから追放され、カジノを没収された際、マイヤー・ランスキーの仲間だったジミー・ブルーアイズと船上でおこなった賭けで煙草をやめた。ラスたちはカストロのせいで、一日につき一〇〇万ドル失った。カストロに激怒したが、なかでもラッセルと彼の親友ふたり——ニューオーリンズのボス、カルロス・マルセロとフロリダのボス、サント・トラフィカンテ——は怒り狂っていた。大胆にもカストロは、トラフィカンテを刑務所送りにした。聞いた話では、サム・〝モモ〟・ジアンカーナがジャック・ルビーをキューバへ遣《や》り、金をばらまいてトラフィカンテを出所させ、こっちに連れもどしたらしい。

激怒しっぱなしだったラッセルは船上でひっきりなしに煙草を吸い、ぶつぶつとカストロをののしっていた。ジミー・ブルーアイズはここぞとばかりに、ラスは禁煙しても一年もつはずがないと二万五〇〇〇ドルを賭けた。ラスは煙草を海へ放り捨て、それから一年過ぎても一本も吸わず、ジミー・ブルーアイズから金をせしめた。

だが、車中の女性陣は誰ともそんな賭けをしていなかった。彼女たちが煙草を吸うのに途中で車を停めなければならず、そのぶん時間がかかった（子どものころ、喫煙については司祭に懺悔しなくてすんだ。煙草は一度も吸ったことがない。戦時中でさえ――アンツィオで四カ月間身動きがとれず、地下壕でカードゲームをするか神に祈るか煙草を吸うかするしかなかったときでさえ――吸わなかった。この世では、まともな呼吸器が必要だ）。

時間がかかったのは、いつどこに行こうとも、必ずラッセルが商用――何かの案件で指示を出したり、現金を受けとったり――で車を停めさせるせいでもあった。

月曜日の夜、アイリーンとおれはラッセル、キャリー、彼女の姉のメアリーとペンシルヴェニアのオールドフォージにある〈ブルティコズ〉で夕食をとった。ラスは自分の基準を満たした高級レストランしか利用しなかった。それ以外は自分で料理するか、しないときは何も食べないことがほとんどだった。

ラスが白髪頭でなければ、七〇を超えているとは誰も思わないだろう。ひときわ矍鑠《かくしゃく》としていた。生まれはシチリアだが、完璧な英語を話した。彼とキャリーには子どもがいなかった。ラスは手を伸ばしておれの頰をつまみ、よくこう言った。「おまえがイタリア人だったらよかったのにな」おれに〝アイリッシュマン〟という名前をつけたのは彼だ。それまでは、まわりからイタリア語でフランクにあたるフランチェスコを縮めて「チーチ」と呼ばれていた。

食事――子牛の肉とピーマンの煮込みにマリナラソース・スパゲティ、つけあわせにブロッコリーレイブ、店の奥でラッセルがつくったドレッシングのかかった極上のサラダ――が終わると、のんびりとサンブーカ入りのコーヒーを楽しんだ。

ややあってレストランのオーナーが現われ、ラスに耳打ちをした。まだ携帯電話はなかった。ラスは席を立って、電話を受けに行く必要があった。しばらくして、すたすたと戻ってきた。丸くていかつい顔には、目を細めて太陽を眺めているような笑みが浮かんでいた。顔の筋肉が衰え、片方の瞼《まぶた》がたるんでいた。知らない人が見れば、まばたきをしているか酔っていると思っただろう。彼は幅の広いめがね越しに、開いているほうの目でおれの青い目を見つめた。

ラッセルはおれの目を探りながら、どう言おうか思案していたのか、すぐには話を切りださなかった。彼はガラガラのような割れた声をしていたが、怒りが増せば増すほど小声になった。おれのための感謝の夕べの前夜には、彼の声は一段と小さかった。翌日の感謝の夕べの晩餐会で、ラスはジミーに組合復帰に向けた行動を控えるよう戒めている。〈ブルティコズ〉での食事の席で、ラッセルが蚊の鳴くような声で話すので、こっちは特大の頭をすぐそばまで近づけなければならなかった。ざらついた囁き声で彼は言った。「計画に少々変更があった。明日の出発はとりやめだ。水曜の朝まで延期する」

この発言は迫撃砲級の衝撃をもたらした。水曜日の午後、デトロイトのレストランにおれは必要がないということだ。必要なのはジミーだけだった。

おれは身を乗り出したままでいた。話にはまだつづきがあると思ったのだ。ただ聞くだけ。質問はなしだ。充分すぎる時間が経ったように感じた。じれったいほど待たされて、ようやく彼が口を開いた。「おまえの友は手遅れだ。おまえもおれも土曜日に別荘であいつに会う必要はない」

ラッセル・ブファリーノの瞼に塞がれていないほうの目が、おれの目を突き刺すように見つめていた。おれは体を椅子に戻した。顔にどんな感情も出せなかった。何も言えなかった。そんなことはできない。目に誤った表情が浮かべば、おれが家にペンキを塗られる。

一〇月、フィラデルフィアのウォーウィック・ホテルでジミーに現状を説こうとしていたとき、背後に気をつけろと警告された。彼は言った。「……ケツに気をつけろ……最終的におまえが恰好の餌食になりかねない」そして昨日、ジミーは電話で再度、おれが彼とかなり親密だと見ている者もいると警告を発した。おれはサンブーカ入りのコーヒーを鼻に近づけた。コーヒーの匂いが強く、リコリスの香りがあまりしなかったのでサンブーカを足した。

アイリーンと一緒に宿泊予定のハワードジョンソン・ホテルに戻ってから、ジミーに電話をかけようなどと思わないほうがいいと、人から言われるまでもなかった。実際のところはわからないが、以降は常に誰かに見張られていると考えたほうがよかった。ラッセルはそのホテルの一部を所有していた。もし夜のうちに電話を使えば、アイリーンとおれは翌朝、駐車場から出られなかっただろう。おれの場合は、いずれそうなると誰かしらが思っている目にあい、哀れなアイリーンはただ悪いアイルランド人と悪い時に悪い場所にいたことになる。

それにジミーもおれに電話をかけられるわけはなかった。ＦＢＩが盗聴している場合に備えて、いつどこに行ってどこに滞在するのかは電話でいっさい言わなかった。当時は携帯電話がなかった。火曜日の夜、デトロイトでジミーはおれからの電話を受けることはない、ただそれだけだ。理由は知るよしもない。水曜日、彼は話し合いに単独で臨むことになる。おれの援護も、弟の援護もない。

おれは、自分たちが何を知っているかぺちゃくちゃしゃべっている女性陣のかたわらで、黙って坐っていた。女房たちはビル・ブファリーノ宅の地下室で滝の反対側にいるようなものだった。

一連の流れをざっと振りかえった。あの朝、おれのところにジミーから電話があったと知らされるとすぐに、ラッセルは大物連中に連絡をしたはずだ。おれが弟を連れて、ジミーのいるレストランに行くつもりだということも伝えただろう。読みがあたっていたかどうかはわからないが、大物たちはラッセルに電話をして、自分たちだけでジミーに会うから、おまえは一日じっとしておけと言ったにちがいないと、あのときは思いこんでいた。
ただ、ラッセルに電話をするまえに、状況の見直しをはかりはしただろう。ニューヨークやシカゴ、デトロイトの連中は一日じゅう、水曜日におれも同席させるかどうか思案していたはずだ。同席させれば、アメリカでホッファに最も近しい支持者のひとりが、彼とともに命を絶たれることになる。あの晩、〈ブロードウェイ・エディーズ〉で食事をしたあと、ウオーウィック・ホテルでジミーがおれに秘密——それがなんであれ——を打ち明けた可能性はあったわけで、いずれふたりそろって死ぬ運命にあった。結局、連中はラッセルに敬意を表して、おれを生かしておくことにしたのだ。重大な局面で、ラッセルに救ってもらったのはそのときが初めてではなかった。

どれだけタフであろうと、どれだけ自分がタフだと思っていようと関係ない。連中が殺すと決めれば殺される。手をくだすのはたいてい親しい友人だ。フットボールの賭けについて話しながら近づいて来て、殺害する。たとえば、ジアンカーナはオリーヴオイルで卵とソーセージを焼いているときに、信頼していた年来の友に殺された。

ここで、ジミーの身を案じているように聞こえてはまずかった。しかし、自分を抑えることができなかった。おれはジミーを助けたがっていると思われないよう、ラッセルの耳もとで言った。「FBIが降らせた死の灰だ」どもらないよう気をつけたが、おそらく言葉はつかえていただろう。向こうはそんな口調に慣れていた。おれには子どものころから吃音《きつおん》癖があった。少々どもったところで、おれがジミーにとにかく忠実で、彼や彼の家族と懇意にしているから、今回のことで頭を悩ませていると思われる心配はなかった。おれは頭を垂れ、左右に振った。「死の灰が災難をもたらす。なあ、ジミーは自分に不可解なことが起きた場合にそなえて、書類を隠した」

「おまえの友人は、これまで数えきれないほど人を脅してきた」ラッセルは肩をすくめた。「死体が見つかれば、死の灰が災難を引きおこすと言いたいだけだ」

「死体は見つからない」ラッセルは右手の親指を下へ向けて、テーブルを突いた。左手の親指と人さし指は、若いころに失っていた。彼は白いテーブルクロスに何かをこすりつけるかのように、親指を動かしながら言った。「塵は塵に」

おれは体を椅子に戻し、サンブーカ入りのコーヒーを飲んだ。「なるほど」そう言って、もうひと口すすった。「だから、こっちは水曜日の夜に行くというわけか」

老いた男は手を伸ばし、心の内を見透かしているかのようにおれの頬をつねった。「わがアイリッシュマン、われわれはあの男のためにできることはした。誰もあいつに事の道理をわからせることはできなかった。デトロイト到着は水曜日の夜だ」

おれがコーヒーカップをソーサーに戻すと、ラッセルは温かく分厚い手をおれの首のうしろにあてて囁いた。「距離がかなりあるし、女たちのために途中で車を停める。商用もいくつかすませる」

おれは納得し、うなずいた。ラッセルはキングストンからデトロイトのあいだでも事業を展開していた。女たちを沿道のダイナーで降ろし、彼女たちが煙草を吸ったりコーヒーを飲んだりしているあいだに、こっちは仕事を片づけることになった。

ラッセルが身を乗り出してきたので、上体をかがめて頭を近づけた。彼は小声で言った。

「パイロットを待たせておく。湖の反対側までひとっ飛びして、デトロイトでちょっとばかり仕事をしてこい。すんだら戻る。女たちを拾う。われわれがいなかったことは気づかれない。こっちもひと休憩だ。あとはデトロイトまでのんびり行こう。眺めがいいぞ。急ぐ必要はない。そういうことだ」

❞ペンシルヴェニアの炭鉱町にある小さなイタリアン・レストランで、小声で発せられる命令に耳をかたむけていた。何がどうなって、まさにあの瞬間を迎えることになったのか？友人のジミー・ホッファをはめる策略で、おれが果たさざるをえない役まわりが告げられたのだ。

3 べつのサンドバッグを見つけたほうがいいぜ

おれはブルックリンやデトロイトやシカゴのような街出身の若いイタリア人のように、マフィアの世界に生まれたわけではない。フィラデルフィアのアイルランド系カトリックの家庭に生まれ、戦地から帰国するまで悪事はいっさい――ほんのわずかな紊乱《びんらん》行為でさえ――はたらいたことはなかった。

困難な時代に生まれはしたが、それはアイルランド人だけにでなく、すべての人にとってそうだった。世界大恐慌は一九二九年、おれが九歳のときにはじまったとされているが、おれが知るかぎり、うちはいつも金に困っていた。ほかの家庭も同じだった。

初めて敵の砲火を味わったのは青年時代、ニュージャージーの農場主たちからだった。フィラデルフィアはニュージャージー州のカムデンと、広いデラウェア川をはさんで対岸にある。両市とも海洋航行の港町として栄え、ウォルト・ホイットマン橋でつながっている。いまのカムデンは車で走っても、小さな家庭菜園ほどの空き地ですらほとんど見かけなくなっているから信じられないかもしれないが、おれが子どもだった狂騒の二〇年代には、見わたすかぎり平坦で、フェンスに囲まれた農地だった。フィラデルフィアに較べると、ニュージャージーは田舎で平和そのものだった。

親父のトム・シーランは踏み板つきの古い不恰好な車をよく借りていた。その車で、幼いころからカムデン郊外の農場に連れていかれては、現在カムデン空港がある場所で降ろされて、農作物を盗みに行かされた。

夕方早い時間、まだ視界がきく程度には明るいが宵闇が迫るころ、農場に行った。農場主たちが夕食に向かう時間帯だ。おれはフェンスを越え、作物をとったかたわらから父へ放った。トウモロコシだったりトマトだったり、食べごろのものならばなんでもよかった。食料を得て、なんとか生きていくにはそうするしかなかった。

しかし農場主たちは、自然の恵みを分かちあうというおれたちの考えに、これっぽっちも同調しなかった。散弾銃を手にした農場主に待ち伏せされたこともあった。追いかけられて、フェンスを跳び越えはしたが、尻に散弾をくらったこともあった。

子ども時代の最も古い記憶のひとつは、お袋のメアリーに尻にささった散弾を抜いてもらったことだ。お袋は言った。「トム、どうしてわたしはフランシスのお尻からこんなものを取ってばかりいるの？」お袋のことをいつもメイムと呼んでいた親父は、こう答えた。「そいつの足が遅いからだ、メイム」

体格はスウェーデンの血をひくお袋ゆずりだった。母方の祖父はスウェーデンの炭鉱で働き、鉄道員もしていた。おじのドクター・ハンセンはフィラデルフィアで医者をしていた。お袋は身長が一七七センチ、体重は九〇キロを下まわったことがない。毎日、アイスクリームを一クォート（〇・九五リットル）食べていた。おれは毎晩、アイスクリーム店に買いに行かされた。ボウルを持っていけば、アイスクリームをたっぷりもらえた。店の人たちはおれが来るのを待っていた。お袋は大の料理好きで、パンはすべて手作りだった。ローストポークやザウアークラウト、石炭ストーヴの上でぐつぐつと煮えるじゃが芋の匂いをいまでも憶えている。お袋はとにかく無口な人だった。おれたちへの愛情を料理で表わしていたのだろう。

両親は当時にしては結婚がかなり遅かった。第一子であるおれが生まれたのは、お袋が四二歳、親父が四三歳のときだった。一年おきに子どもを授かった。弟とおれは一三カ月、妹と弟も一三カ月離れている。いわゆる年子――アイリッシュ・ツインズ――だった。そう呼ばれるのは、カトリック系のアイルランド人が間を置かずに子をもうけるからだ。

お袋はスウェーデン人だったが、親父はおれたちをアイルランド人として育てた。親父の家族はダブリン郊外の出身で、おれは父方の祖父母にも母方の祖父母にも会ったことがない。当時の人は、現代のような愛情の示し方をしない。おれは孫たちへの愛情の表わし方をいまも学んでいる。お袋にキスをされた記憶はない。弟や妹のマーガレットにキスをしているところも見たことがない。えこひいきをしているわけではないが、トムは親父のお気に入りで、ペギー（マーガレットの愛称）はお袋のお気に入りだった。おれは大柄だったし、最年長ということで、弟や妹よりも大人であってほしかったのだろう。学校でも教師たちから同じ扱われ方をした。教師はおれがほかの生徒よりも年上であるかのように話をし、自分たちが何を話しているか当然わかっていると思っていた。

両親は持っているもので、できるかぎりのことをしてくれた。毎年イースターになると、トムとペギーには新しい服を買っていたが、おれにまで何か買うほどの金はなかった。おれが育ったカトリック教徒の多い地区で、イースターに服を新調するのは大切なことだった。ある年のイースターに、イースターに何かを買ってもらったことが一度もないと不満を洩らすと、親父は言った。「トムの新しい帽子をとってこい。それをかぶって窓のまえに立っていろ。近所の人は、おまえも新しい帽子をもらったと思うさ」

おれたちシーラン家の子どもが自分専用の玩具を持った憶えはない。ある年のクリスマス、三人共用のローラースケートをもらった。金属製でサイズを調整できるようになっていた。おれたちは物がなくてもやっていくすべを学んだ。欲しいものがあれば、自力で手に入れなければならなかった。初めて仕事をしたのは七歳のとき、地下貯蔵室の灰を掃除する男の手伝いだった。もしおれがどこかの家の芝刈りで小遣い稼ぎをして、それを親父が知ったら、おれが金をもらうまで待ち、支払われたら現われて、おそらく一〇セント硬貨一枚だけ残して額の大きい硬貨はとりあげただろう。

うちはカトリック教徒の多い地域を転々としたが、たいていは同じ教区内での引っ越しだった。どこかに落ち着いても、数カ月もすれば家賃を滞納してしまい、そそくさと逃げだしてほかのアパートメントに移った。そして家賃の支払い期限がくると、また同じことをする。親父は製鋼所の仕事があるときはそこに出向き、高い建物の高所でモホーク族さながら梁の上を歩いていた。危険な仕事だった。足を踏みはずして命を落とす者があとを絶たなかった。フィラデルフィアのベン・フランクリン橋に付随する建物や、世界大恐慌のさなかになんとか建てられた多層ビルの仕事にたずさわった。身長はお袋より五センチほど低く、一七二センチくらいで、体重は六五キロほどだった。長いあいだ、ペンシルヴェニアのダービーにある聖母マリア教会・学校の寺男兼用務員の仕事しかつけなかった。

カトリックへの信仰心は生活の重要な要素だった。義務でもあった。もしお袋の趣味を問われたら、信心深くあることと答えただろう。おれはカトリック教会で多くの時間を過ごした。親父は神父になりたくて神学校にはいったが、五年で中退した。親父の姉妹ふたりは修道女だった。罪をあがなうすべである懺悔については、あらゆることを学んだ。懺悔へ向かう道中で死んだり、自分がなした過ちを神父に告白できなかったりすれば、地獄で永遠に焼かれる。懺悔を終えて帰宅の途中に死ねば、まっすぐ天国に行ける。

子どものころ、悲しみの聖母教会で侍者をしていたが、聖餐用ワインを飲んだがために追いだされた。告げ口した仲間の侍者を責める気はない。実際、裏切ったわけではなかった。オマリー神父――嘘だと思うかもしれないが、ビング・クロスビーが映画『我が道を往く』

で演じた神父と同じ名前だった――がワインがなくなっているのに気づき、その少年にワインを盗んだ人は天国に行けないと言ったのだ。それで、おれのことを神父に話せば天国に行けると思ったのだろう。この一件で最悪だったのは、聖餐用のワインがちっともおいしくなかったことだ。

親父は大のビール好きだった。しょっちゅう潜り酒場で、おれを賭けのダシにした。フィラデルフィアで普段とはちがう、おれたちがまだあまり知られていない地区を訪れると、潜り酒場へ行き、一四、五歳の少年を打ち負かせる一〇歳の息子がいると言う。親父たちはビール代二五セントを賭け、子どもは大人全員のまえで闘うことになる。勝てば――たいてい勝ったが――親父はポイッと一〇セント硬貨を放って寄こした。負ければ、後頭部に平手打ちをくらった。

イタリア系の住民が大半を占める地域にしばらく住んでいたことがあって、毎日、下校途中に殴りあいをしなければ家に帰り着けなかった。子ども時代にあれこれとイタリア語を憶え、それが戦時中、シチリアやイタリア本土への侵攻作戦の際に役立った。イタリアに駐屯しているあいだに、イタリア語はかなり上達した。イタリア語を身につけたのは主にイタリア女とつき合いたいがためだったが、戦後、イタリア語を流暢《りゅうちょう》に操ることで感心されるとは思いもしなかった。イタリア人たちは自分たちへの尊敬の証《あか》しだと解した。それで連中はすんなりと心を許しておれを信用し、敬意をいだいた。

親父のトマス・シーランはシャナハン・カトリック・クラブのアマチュア・ボクサーだっ

た。タフなウェルター級の選手だった。戦後何年も経ってから、おれはそのクラブでフットボールをすることになった。子どものころは、教会がさまざまな活動を主催していた。テレビのない時代はそんなものだ。ラジオを持っている人もほとんどおらず、映画はチケット代が高かった。だから住民は教会の催す行事があると集って、見物したり参加したりした。親父は何度もリングにあがった。

家でも闘っていた。おれが何か悪いことをしたと判断すれば、決まってボクシング用のグローヴを投げつけてきた。だけど、打ち返すことは許されなかった。親父は手を出せない相手だった。おれの顔をジャブで突き、フックを放ち、オーバーハンドライトを繰り出した。製鋼所で働いていた親父は狙いをはずさなかった。おれは体を上下左右に動かし、グローヴで攻撃をブロックした。愚かにも拳をふるおうとしようものなら、文字どおり叩きのめされた。うちで、親父にグローヴを投げつけられるのはおれだけだった。トマス・ジュニア（父にちなんで名づけられた）はどんな悪さをしても、殴られることは一度もなかった。

とはいえ、トムはおれがするようないたずらを決してしなかった。おれは悪いことをしなくても、常に反抗的だった。聖母マリア学校に通っていた七年生のとき、自宅の古い冷蔵庫にあったリンバーガー・チーズを、学校に持っていった。学校というのは、生徒が登校してから熱気がこもるまでかなり寒い。冬は全員がセーターや上着を着たまま席についていた。学校には暖房用のラジエーターがあった。そこから熱気が発せられるが、ラジエーターが暖まるまで待たなければならなかった。おれはリンバーガー・チーズをラジエーターの内側に貼りつけた。チーズは熱せられてしだいに柔らかくなり、ゆっくりと悪臭を放ちだした。教師は用務員をしていた親父を呼んだ。親父が臭いをたどってチーズを見つけると、生徒のひとりがおれの仕業だとばらした。親父は、家に帰ってからだと言った。

帰宅したおれは、親父は帰ってきたらすぐに、ボクシングのグローヴを取り出して投げてくるだろうと思いながら待っていた。案の定、親父は家にはいるなり、低い声で言った。「どうしたい、食事が先か尻を蹴られるのが先か?」おれは言った。「先に食べる」蹴られたあとは食べる気になれないとわかっていた。その夜はこっぴどく仕置きをされたが、少なくとも腹には食べ物がおさまっていた。

子どものころから吃音がひどく、八三歳になるいまも、早口でしゃべろうとすれば言葉がつっかえる。子どもの吃音は喧嘩の種になることが多い。おれの腕っぷしの強さを知らない少年たちはおれを笑いものにしたが、その報いは受けさせた。

子どもにとって、喧嘩は遊びでもあった。毎週金曜日の夜、街角でボクシングの試合をした。ひどい怪我を負う者はいなかった。完全に遊びだったし、そうやってときおり尻を蹴られながら喧嘩のしかたを憶えていくものだ。ボクサーになろうかと考えたこともあったが、ジョー・ルイス(第一七代世界ヘヴィー級王者)並みに強くはなれないとわかっていたし、チャンピオンになれなければ、ボクシングといえど楽しくもなんともない。いまの子どもはサッカーをしたり、リトルリーグにはいったりだ。孫たちのサッカーの試合があれば、嬉々として観に行く。だが昔は自分で楽しみを見つけなければならず、ほかの子どもと拳をまじえるのがゆいいつの楽しみに思えたのだ。振り返れば、おれたちにはそれがよかった。そういった日常から多くのことを学んだ。わが国に兵士が必要になったとき、おれたちは準備ができていた。強靭《きょうじん》な精神力をすでに身につけていたんだ。

親父の職場であり、行動に用心しなければならなかった聖母マリア学校を八年で卒業した。高校からは、堅苦しい雰囲気のあまりない公立校に移った。ダービー高校に九年生として入学した。レベルは九年生とはかけ離れていたが。ある朝、全校集会で校長が壇上に立ち、昔の歌「オン・ザ・ロード・トゥ・マンダレイ」を歌い、生徒たちにも歌わせた。校長はヴォードヴィルの歌い手さながら、一節終わるごとにそれを強調するかのようにウィンクをした。上背のあったおれは目立ち、校長からまともに見えた。校長がウィンクをするたびに、まねをしてウィンクし返した。

集会が終わると、校長から校長室で待つよう言われた。校長室に行くと、デスクのまえの椅子に坐った。校長はかなり大柄で、身長はおれと同じくらいあった。ただし体重は向こうのほうが上だった。校長は部屋にはいってくると背後まで近づいてきて、子どものころ、ビールの賭けで負けたときに親父がしたように、おれの後頭部をひっぱたいた。「なにすんだよ」そう言って、おれは跳ねるように立ちあがり、校長に殴りかかった。顎を砕き、即刻、永久追放になった。

当然ながら、親父が帰宅したらどうなるかわかっていた。考える時間は充分あったが、念頭にあったのは、わずか一撃で校長の顎を砕いたことだけだった。大人になった気分だった。

親父は激怒もあらわに家にはいってくると、ボクシングのグローヴを思いきり投げつけてきた。おれはそれを受けとめたが、このときは親父に投げかえして言った。「考えなおしたほうがいいんじゃないか」おれは一六歳、あと少しで一七歳だった。「あんたをぶちのめしはしない」おれは言った。「おれの親父だからな。だが、べつのサンドバッグを見つけたほうがいいぜ」

4 リトル・イージプト大学

”その後、カーニヴァルの一員になった。フィラデルフィアで春の呼び物といえば、巡回カーニヴァルの〈リージェント〉だった。七二丁目通りのアイランド通り寄りにテントを設営していた。そこは何もなく、ただ草地が広がっているだけだった。先住民が残していったままの状態だった。いまは自動車販売店が軒を連ねているが。

フィラデルフィアは大都市でニューヨークにも近かったが、小さな町の雰囲気を醸していた。ペンシルヴェニア州には、日曜日に酒場の営業を禁じる安息法があった。開いている店は一軒もなかった。礼拝の日だからだ。のちに野球のナイトゲームが開催されるようになってからも、日曜日にシャイブ・パークでおこなわれるフィラデルフィア・フィリーズとフィラデルフィア・アスレチックスの試合は、太陽の陽射しがあるうちにかぎられた。日曜日には球場の照明をつけることが許されなかったんだ。日曜日の試合はたびたび、日没のために延期された。新聞を手にとることはなく、ペンシルヴェニア鉄道でほんの数時間のニューヨークで起きている、暗黒街での禁酒法がらみの殺人やそういった類の事件について読むこともなかった。だからフィラデルフィアにまわってくるカーニヴァルが、またとない楽しみだった。

ダービー高校を追放されてからは、〈ペン・フルーツ〉で食料品を袋に詰めたり、天気によるが、ヒッチハイクで〈パクソン・ホロー〉ゴルフ場に行ってキャディをしたりと雑多な仕事をした。このときもまだ親もとに住んでいた。つまり相変わらず、家賃を踏み倒すために引っ越しを繰りかえしていたわけだ。おそらく支払い期限が来るたびに引っ越していたせいで、堪《こら》え性《しょう》がなくなったのだろう。カーニヴァルがやって来たその年の春、堪え性のなさは木に何輪もの花が咲くように一気に開花した。

その時期、親しくしていたのはフランシス・〝ヤンク〟・クインだった。一歳年上で、高校を卒業していた。数年後、彼は大学に進み、少尉として軍務についた。ヨーロッパで何度も戦闘を経験したそうだ。とはいえ、戦地で顔をあわせたことはなかった。戦争が終わり、おれたちはシャナハン・カトリック・クラブでフットボールをした。ヤンクはクォーターバックだった。

ある暖かい夜、ヤンクとおれ――使える金は一ドルしかなく、定職にもついていなかった――はカーニヴァル見学に出かけ、気がつくと仕事を得て、ニューイングランド・ツアーについて行くことになっていた。若いころはずっと、フィラデルフィアを出て世の中を見たいと願っていたが、ようやくそれが実現して、金を稼げるようにもなった。

ストリップショーの客引きをしていた男の手伝いをした。〈リージェント〉にはストリップダンサーがふたりいた。七〇年代によく見られたゴーゴー・ダンサーみたいなものだ。ただし、このカーニヴァルのダンサーはもっと衣裳を身につけていたが。客たちの想像力に多くがゆだねられていた。ストリップダンサーは、リトル・イージプト――ブルネットで、アラジンのランプから出てきたような衣裳を着ていた――と、ネプチューン・オブ・ザ・ナイル――ブロンドで、紺碧《こんぺき》の海から泡とともに現われたようにブルーのヴェールをまとっていた――といった。彼女たちのテント内に設けたステージにひとりずつあがり、エキゾチックなダンスを披露した。客引きがショーを宣伝し、おれは客から五〇セントを徴収してチケットをわたした。

〈リージェント〉は昔のテレビ番組『エド・サリヴァン・ショー』と同様、純粋なバラエティ・ショーだった。手品師や軽業師、景品にキューピー人形をもらえるゲーム、ナイフ投げの名人、剣を飲みこむ曲芸師、サーカス用の曲を演奏する楽団がそろっていた。賭け事はいっさいおこなわれなかった。客は賭けに投じる金など持っていなかった。時は世界大恐慌のまっただ中だった。巷《ちまた》でなんと言われていようと、大恐慌が終息したのは戦争が勃発してからだ。ともかく、おれたち労働者に賭け事に費やせる金はなかった。労働者のほとんどは家出人で、根無し草だった。だが分別はあり、騒動を起こすことはなかった。

ヤンクとおれは、テントを設営したり観客用の椅子を並べたり、つぎの興行地に向かうときにはそれらいっさいを畳んだりするのを手伝った。問題――だいたいは客同士の喧嘩――が起きると、地元警察から荷物をまとめて町を出ろというお達しがくる。興行が順調で好評を得られれば、一〇日ほど同じ場所でショーをつづけた。反対に収益がなければ、店じまいをして、もっと歓迎される地を求めて移動した。コネティカット州やヴァーモント州、ニューハンプシャー州などの小さな町やボストン郊外の町をいくつもまわった。

おんぼろのトラックや年季のはいった車で移動し、星空のもと野外で毛布を敷いて眠った。おれたちは〈リングリング・ブラザーズ・アンド・バーナム・アンド・ベイリー・サーカス〉とはちがい、しけたカーニヴァルだった。子どものころ、砂漠に暮らす遊牧民さながら一家で引っ越しばかりしていたから、そういう不便な生活にも慣れていたと言えるだろう。

給料はよくなかったが食事は提供され、料理はおいしく量も充分だった。ボリュームたっぷりのビーフシチューが、野外でいい匂いを放っていた。お袋の手料理にはとうていおよばなかったが、あのおいしさにおよぶ料理自体めったにない。雨が降れば、トラックの下で眠った。密造酒を初めて口にしたのも、カーニヴァルの巡業中、雨の日にトラックの下でだった。ちっともおいしいと思わなかった。実際、飲酒癖がついたのは戦時中だ。シチリアのカターニアで、初めて本物の酒を飲んだ。初めて飲んだ赤ワインが、いちばん好きな酒になり、それはいまでも変わっていない。

ヴァーモント州のブラトルボロで興行していたときのこと、ある朝、大雨が降りだし一日じゅうやまなかった。あたりは、ぬかるみだらけだった。客はおらず、五〇セントを受け取ることもなく、チケットは一枚も減らなかった。ぼんやりと立ち、手に暖かい息を吹きかけて温めていると、リトル・イージプトがおれを脇へ呼び、耳もとで囁いた。ネプチューンとわたしのいるテントで夜を過ごしたいかと。彼女たちに気に入られているのはわかっていたので、おれは言った。「ああ、もちろん」ヤンクはトラックの下で寝るしかなかったが、おれは居心地のいい場所にいて、雨に濡れることもなかった。

ショーが終わると、毛布を持って女たちの楽屋へ行った。一歩はいるなり、香水のような匂いが鼻をくすぐった。楽屋は彼女たちが寝起きしているテントのなかにあった。ベッドでふんわりとした枕にもたれていたリトル・イージプトが言った。「服を脱いで、くつろいだらどう？　濡れているでしょう？」

このとき、おれは十七歳だった。本気で言われているのかどうかわからず、もじもじしていると彼女が訊いた。「女とひと晩過ごしたことはあるの？」

正直に答えた。「ない」

「じゃあ今夜、経験することになるわね」リトル・イージプトはそう言って、笑った。そしてベッドから降りると、おれのシャツを脱がせた。おれは上半身裸で突っ立っていた。

「ふたりの女を相手にね」ネプチューン・オブ・ザ・ナイルが背後で同じく笑いながら、会話にはいってきた。そして、おれに向かって口笛を吹いた。おれの顔は真っ赤になっていたにちがいない。

その夜は童貞を失う一夜となった。何年もまえから、欲望はつのっていた。マスターベーションをよしとはしていなかった。教会はそれを戒めていたし、おれも納得していた。マスターベーションには、正しいと思えない何かがあった。

リトル・イージプトの手ほどきで初めてのセックスを終えると、ネプチューンからこちらのベッドにいらっしゃいと誘われ、リトル・イージプトにつんと小突かれた。ベッドを移ると、ネプチューンはいきなり、舐めるよう求めてきた。おれは口ごもりながら言った。「もう長いこと、これを体験したいと待ち望んでた。そっちはあと少しくらいなら待てる」信じられないかもしれないが、当時、女へのオーラルセックスは罪であり恥ずべきことだと考えられていた。少なくとも、フィラデルフィアでは。

ネプチューンの中にはいると、彼女はおれの顔に浮かぶ反応を探っているかのようだった。おれの目が突然大きく見開かれると、ネプチューンは言った。「味わえるうちに、ぞんぶんに味わいなさい、坊や、そうすれば一人前の男になれるわ。あたしのは締まりがいいの。こんな締め技ができる女にはそうお目にかかれないわよ」うおお、女神よ！　筋肉が鍛えられた気がした。

ひと晩じゅう、経験豊富な熟女ふたりのベッドを行き来して、それまでに失われていた多くの時間を取りもどした。ふたりは激しかった。おれは若く、体力があった。朝になって思った――これがいつまでつづくのか？　いったいおれはなんてものを逃《のが》していたのか？　リトル・イージプトとネプチューン・オブ・ザ・ナイルは、女を喜ばせる方法について大学教育を授けてくれた。当時は本がなく、セックス教育は、知識は乏しいくせに知ったかぶりをする近所の友人から受けていた。

幾夜も女たちのテントで夜を過ごし、たいていはリトル・イージプトのベッドで長い茶色の髪に覆われ、香水の香りを嗅ぎながら抱きあって眠った。哀れなヤンクは冷気のなか、湿った地面の上で寝ていた。決しておれを許さなかっただろう（ヤンクは善人で、穏やかな人生を送った。悪事には一度も手を染めなかった。おれが刑務所にはいっているとき、彼はまだこれからという年齢で死んだ。葬儀に参列するための外出許可はもらえなかった。弟と妹の葬儀のときでさえ許可はおりなかった。ヤンクはウエスト・チェスター・パイク沿いで〈オマリーズ・レストラン〉を経営し、おれが出所したらパーティを盛大に開いてやると手紙をくれていたが、気の毒にも心臓発作を起こしてこの世を去った）。

カーニヴァルがメイン州に着いたとき、夏は終わりかけていた。九月くらいになると、毎年〈リージェント〉は南のフロリダへ移り、そこで冬を越した。ショーはメイン州のカムデンで終了した。ヤンクとおれは、そこから六五キロほどのところにある伐採所で作業員を探していると耳にしたので、〈リージェント〉を抜け、徒歩で砂利道を森へ向かった。リトル・イージプトが恋しくなるのはわかっていたが、テントを完全に畳み、荷物をトラックに載せてしまえば、もうおれの仕事はなかった。

ふたりとも伐採所で仕事を得た。ヤンクは厨房で料理の手伝いをすることになった。大柄なおれは二人挽き鋸《のこぎり》をあてがわれた。まだ若かったので大木を倒すことはできなかったが、木の枝を切断し、地面に落ちた枝を丸太にしていった。その後、丸太はブルドーザーで川へ押し運ばれ、荷積み用のトラックの待つ地点へ流されていく。一日じゅう鋸で木を切っているのは重労働だった。身長はまだ一八五センチしかなく、体重は八〇キロ程度で、伐採の仕事を九カ月つづけても肉はまったくつかなかった。

作業員は業者が建てた、薪を使うだるまストーヴのある小さな掘っ立て小屋で寝起きし、出される食事は——想像がつくだろうが——来る日も来る日もシチューだった。丸一日、手で鋸を挽いていたあとでは、何を食べてもさほどおいしくは感じられない。

金を使う場所もなく、稼いだわずかな金は貯めた。ヤンクもおれもほかの男たちとカードに興じなかったし、混じったところで、金をそっくり巻きあげられていただろう。

日曜日になると、男たちは荒々しいラグビーをした。それには何度も加わった。連中のルールは少しも理解できなかった。ルールがあればの話だが。たがいに倒しあうばかりだった。

雪の降っていない夜は決まって、ロープで囲いをしたリングもどきの場所でボクシングの試合をした。グローヴはなく、ボクサーは拳に包帯を巻いた。誰もが、大柄な若者と二十代後半から三十代の男が闘うのを見たがり、おれはまわりから求められてしょっちゅう参加した。そうしていると、親父がビール代を賭けて、おれを年上の少年と闘わせていたことを思い出した。親父のときもそうだったが、いつも自分より年長の相手と組まされていた気がする。ただし、伐採作業員たちのパンチは親父のときよりも強烈だった。負けた試合は多かったが、拳を見舞わせることはできたし、あれこれとコツがわかった。

パンチを食らわせる才能というのは、生まれ持ったものだろう。ロッキー・マルシアノ(第二一代世界ヘヴィー級王者)がボクシングをはじめたのは、戦後、二六歳になってからだったが、彼は天性のボクサーだった。梃子《てこ》の作用が必要だが、力の大半は前腕で生まれ、手首に伝わる。そこから拳に伝わって、スナップのきいたパンチが生まれ、相手をノックアウトすることができる。そういったパンチの音は、はっきりと聞こえる。完璧に決まったパンチは、ピストルから弾が発射されたみたいな音がする。ジョー・ルイスには、かの有名な6インチパンチがあった。わずか六インチ（約一五センチ）の距離からパンチを放ち、相手をノックアウトさせていた。その力はスナップから生まれる。人の尻をタオルでひっぱたくときと同じようなものだ。腕に力ははいっていない。

そのうえで、技をひとつかふたつ身につければ一生安泰だ。ジャック・デンプシー（第九代世界ヘヴィー級王者）はコロラド州の鉱山で働いていた一三歳のときに、殴りあいの技をすべて会得したと言われている。おれはメイン州の深い森で九カ月過ごした経験から、デンプシーにまつわるその逸話はほんとうだと思っている。

翌年の夏、ヤンクと一緒にヒッチハイクでフィラデルフィアに戻ると、にわかにボクシング以外のことにも興味が湧いてきた――女の尻を追いかけることだ。仕事が見つかれば働き、ふたつ三つ仕事をしたところで、五番街とロンバード通りの角にあるパールスタイン・ガラス会社で見習い工として雇われた。当時、サウス通りに近いその一帯は商業地区だった。いまは子ども相手の店が並んでいる。おれはガラス工をめざして勉強をした。町のあらゆる大きな規模の建物に窓をはめられる技術を学んだ。店でガラスを削って斜角をつける作業をすることもあった。さまざまなことを身につけたが、木の伐採に較べればはるかに楽だった。仕事をしたあとでも、ヤンクと張りあって近所の女を追いかける体力は充分残っていた。

ヤンクに対抗する秘密兵器はダンスだった。大柄な男というのはだいたいが不器用で、足どりが重たいが、おれはそうではなかった。リズム感がよくて、体のどんな箇所でも動かせた。手の動きも速く、運動神経も優れていた。スウィング・ミュージックが国じゅうで流れ、社交ダンスが大流行していた。おれは週に六日（日曜日は除く）、夜になると毎回ちがうダンスホールに足を運んだ。そうやってダンスを憶えた。ダンスは実際に踊って身につけるものだ。思うままに体を動かして踊るいまとはちがって、決まったステップがあった。戦後、おれがついた仕事のひとつは、社交ダンスのインストラクターだ。

一九三九年、一九歳のとき、マディソン・スクエア・ガーデンで開催されたハーヴェスト・ムーン・ボールダンスコンテストにロザンヌ・デ・アンジェリスと組んで出場し、五〇〇〇組のカップルを相手にフォックストロット部門で準優勝した。ロザンヌは優雅なダンサーだった。彼女とはマディソン・スクエア・ガーデンで、コンテストがはじまるまえに出会った。彼女のパートナーがダンスフロアで練習中に怪我をし、こっちのパートナーは疲れきっていたので、ロザンヌと組んだのだ。ハーヴェスト・ムーンは全米最大のダンスコンテストだった。毎年、《ニューヨーク・デイリー・ニューズ》がスポンサーについた。後年、おれは娘たちにあらゆるダンス――タンゴやルンバまで――を教えた。

パールスタイン・ガラス会社の給与はよく、週給四五ドルくらいだった。親父が聖母マリア教会・学校で得ていた収入を上まわった。おれはもう引っ越さなくてすむように、自分の金から家賃と食費を出した。妹のペギーはまだ学校に通っていて、放課後はスーパーマーケットの〈A&P〉で在庫係として働いた。弟のトムは家を出ていた。学校を中退して、市民保全部隊〈CCC〉に参加したんだ。ルーズベルト大統領が、世界大恐慌のあおりを受けた若者に仕事を提供するためにつくった組織だ。参加者はあちらこちらの僻地《へきち》にもうけられたキャンプにはいり、公共工事や国立公園の保全作業に従事する。

パールスタインで稼いだ金から一部を両親にわたし、残りはほとんどダンスホールで使った。女とのデートに費やす金はさほどなかったが、ヤンクとふたりして、金をかけずに楽しむ方法を見つけた。ある日の午後、そばかすのある愛らしいアイルランド娘を誘って、ダービー通りの近くを流れる小川――いまはマーシー・フィッツジェラルド病院が建っている――へ行き、素っ裸で泳いだ。小川は通りから一〇〇メートルほど離れていた。ヤンクはこっそり近づいてきて、おれたちの洋服をかっぱらった。そして通り脇の坂の上に立ち、おれの連れのアイルランド娘に向かって、川から出て服を着たら一緒に行こう、でないと服を持っていってしまうぞと叫んだ。彼女が川からあがってそっちへ行くと、ヤンクはどこかの子どもに二五セントとおれの服をわたし、自分たちが見えなくなったら服を小川のそばに置いて、思いきり走って逃げろと言いふくめた。

たしか、ヤンクにはいたずらを仕返したと思う。どんないたずらだったかは憶えていないが。ヤンクが知りもしない女が、彼の子を身ごもったという噂を広めた？　かもしれない。あいつの靴にこっそりマッチをはさんで火をつけたか？　ああ、それはした。だが、おれたちがしたのはそれくらいだ。悪ふざけはした。あたりをぶらついて、ふざけまわっていた。もうボクサーでも喧嘩好きでも路上の戦士でもなかった。ふたりとも女とデートしたり踊ったりしていた。リトル・イージプト大学とネプチューン・オブ・ザ・ナイル大学院に通ったおれに課せられた義務は、授かったすばらしい知識をわずかたりとも無駄にしないで、兄弟愛の街フィラデルフィアの若い娘たちに披露することだった。

若いころは、とことん気楽な生活《ライフ・オブ・ライリー》を送った。女にモテて、いい友がいて、負うべき責任はない、すべきなのは人生の思い出をつくることだけという生活だった。だが、そんな生活に延々と浸っていることはできなかった。腰を落ち着けていられない性分だった。動きつづけていないと気がすまなかった。気がつけば、一気に地球の反対側まで行っていた。だがそのころには、動きつづけるという贅沢を味わっていられなかった。軍隊式に物事にあたらなければならなかった。手際よくやって、あとは待つ。

5　四一一日

初めて「タキシード・ジャンクション」を聴いたのは、一九四一年のことだった。コロラドの憲兵隊に所属して、陸軍航空隊の基地ローリー・フィールドで警備の任務についていた。この歌を最初に世に広めたのはグレン・ミラーだと一般に思われているが、流行《はや》らせたのはアースキン・ホーキンスという黒人のバンドリーダーだ。彼はみずから作曲したこの曲で、初めてヒットを飛ばした。戦時中、この歌がテーマソングのように、ずっと頭のなかで流れていた。戦後、のちに妻となるメアリーとの初めてのデートで、フィラデルフィアに古くからあるアール・シアターにアースキン・ホーキンスを聴きにいった。

一九四一年一二月のある寒い夜、デンヴァー・ダンスホールでおこなわれたダンスコンテストで、「タキシード・ジャンクション」にのってジルバを踊って優勝した。ふと気がつくと朝の四時に、カリフォルニアを防衛すべく西海岸に向かう軍用列車に乗っていた。日本軍が真珠湾を攻撃したのだ。おれは二一歳になったばかりで、身長は一八八センチだった。四年後、戦争が終結して除隊したあと、二五回めの誕生日を迎えた。背丈は一九三センチ。五センチ伸びていた。人は自分がどれほど若いか忘れてしまう。おれたちのなかには成長しきれていない者もいた。

戦時中、サンダーバード師団――第四五歩兵師団――に所属し、ライフル銃兵としてヨーロッパに派遣された。古参兵が実際の戦闘にくわわる平均日数は八〇日ほどだと言われている。軍によると、終戦までにおれが戦場に出た日数は四一一日、これで一カ月二〇ドル、給与に上乗せできた。幸運な兵士のひとりだった。真の英雄――なかには一日しか戦闘を経験しない者もいる――は、いまでも戦地にいる。おれはでかくて狙われやすいし、射撃戦を何度も経験したが、ドイツ軍の銃弾も榴散弾も被弾したことはない。絶体絶命の窮地で祈りを唱えたことは幾度となくあった。なかでも、アンツィオの地下壕に釘づけにされたときはそうだった。おれの子ども時代について人が何を言おうと、その時期に確実に学んだのは自分の身の守り方、生き延びるすべだ。❞

インタビューの際、戦闘経験にまつわる話を聞き出すのが、いちばん難しかった。話題にする価値があるということを納得させるまで、二年かかった。しかし、これは礼儀をわきまえた質問者と口の重たい相手双方にとって骨が折れるうえ、緊張も強いられる話題だったから、何度も中断と再開を繰り返した。

シーランは私が彼の戦闘経験を理解できるように、終戦から何ヵ月後かに発表された、ハードカヴァーの二〇二ページからなる第四五歩兵師団の公式戦闘報告書を探し出した。その報告書やフランク本人から情報を得るにつれ、彼が無慈悲に人を殺すことを憶えたのは、問断なく長期間つづいた戦闘任務についていたときだと確信するようになった。

戦闘報告書にはこうある。「第四五歩兵師団は、われらがアメリカの伝統を守るために多大な犠牲を払った。戦闘による死傷者は二万一八九九人」人員が充分いる師団の場合、一万五〇〇〇は兵士がいると考えれば、シーランはほぼ毎日、交代要員がやって来て、兵士が交代するのを見ていたことになる。報告書には、当師団は「五一一日、戦闘をおこなった」と記されている。つまり、五一一日、前線で銃撃戦を繰りひろげたということだ。サンダーバード師団はヨーロッパでの戦いのまさに初日から、文字どおり最後の日まで果敢に戦ったのだ。

途中で休息やリハビリテーションで戦列を離れた日数を引いて、四一一日前線に出た兵士フランク・シーランは、師団が敵軍と交戦した延べ日数の八〇パーセント以上、戦場にいたことになる。その後、シーランは人を殺したり危害をくわえたりすることに明け暮れ、自分はいつ同じ目にあうのかと考えるようになった。同じ経験をしたからといって、すべての人が同じような影響を受けるわけではない。人はそれぞれ指紋もちがえば、人生で積みあげた経験もちがう。これまでにおこなった戦闘経験者へのインタビューで、四一一日前線で戦ったと言うと皆一様に驚き、息をのんだ。

❞「おまえのケツを蹴飛ばしてやる」チャーリー・〝ディグシー〟・マイヤーズは言った。おれはディグシーより二歳年上で、背は三〇センチほど高かった。あいつとは小学校のときからのつき合いだった。

「おれがどんな悪いことをした？　なんだって、おれのケツを蹴飛ばそうってんだ、ディグズ？」おれは尋ね、笑顔を向けた。

「憲兵時代は戦闘とは無縁の楽な仕事をしてたじゃないか。アメリカにいて、くそ忌々しい戦争を傍観していることもできただろう。こっちに来るなんて、どうかしてる。頭のねじがゆるんでるのは、まえから知ってたが、ここまでとはな。おれたちがこっちで楽しんでると思ってるんだろ？」

「戦闘というものを見たかったんだ」おれは完全に馬鹿になった気分で言った。

「まあ、それは見られるな」

雷のような爆発音と大きなヒューッという音が、上空を抜けた。「あれはなんだ？」

「あれが、おまえの言う戦闘だ」彼はおれにシャベルを差しだして、言った。「ほらよ」

「これで何をするんだ？」おれは訊いた。

「自分のたこつぼ壕だ。さあ、掘れ。シチリアへようこそ」

おれがたこつぼ壕を掘り終えると、チャーリーは、榴散弾が炸裂すると散弾が上方に飛び散ると教えてくれた。だから身を低くして、散弾が頭上を飛び抜けるまでじっとしている。そうしなければ、胸からまっぷたつにされるぞと。子どものころは、こっちが面倒を見るほうだったが、ここにきて立場が逆転した。

一九四三年、シチリアでシャベルを手にしたおれは、どんな結末を迎えたか？

一九四一年八月、陸軍に入隊した。他国はすでに参戦していたが、アメリカは中立の立場にいて、まだ戦争にくわわっていなかった。

ミシシッピ州のビロクシで基礎訓練を受けた。ある日、南部出身の軍曹が新兵に訓示を垂れ、自分はおまえたちの誰にも負けない、もしそんなことはないと思う者がいれば、まえに出ろと言った。大きく一歩進み出たおれは、五日間便所掘りをさせられた。それは新兵に、将官という階級への敬意を植えつけるすべだった。新兵に戦争への準備をさせていたんだ。

基礎訓練が終了すると、軍はおれをひと目見て、憲兵にうってつけの体格だと判断した。新たな任務について、新兵が意見を求められることはなく、戦争がはじまるまで憲兵隊から抜けることはできなかった。

しかし真珠湾が攻撃され、戦争がつづくと、前線で戦う意志のある者は憲兵隊からの転属を許可された。おれは空から降下して実際に戦うことを考えただけでわくわくし、即刻、陸軍空挺師団に志願して、落下傘訓練のためにジョージア州のフォートベニングに向かった。人一倍体が大きかったから、落下傘部隊の厳しい訓練も辛《つら》くはなかった。訓練が終われば実戦だと思うと楽しくもあった。着地をするときは、責任が自分にどんとかかる。頼れるのは自分だけというわけだ。おれは自分が特別な存在だと思っていたが、それも訓練で塔から飛びおりた際に右肩を脱臼するまでのことだった。着地をしくじったんだ。ミスをしたのは、この一回だけだった。おれは落下傘部隊を追いだされ、歩兵として歩兵師団にはいることになった。

とはいえ、どれほど上層部から懲罰をあたえられても、おれは何かしら問題を起こした。

軍隊にいるあいだ、しょっちゅう自分で自分の首を絞めた。一兵卒として陸軍に入隊し、四年二カ月後、一兵卒のまま除隊した。何度か昇進したことはあったが、そのたびに好き勝手をして降格処分を受けた。無断外出《AWOL》は延べ五〇日になる。たいていの場合、赤ワインを飲んで、イタリア女やフランス女、ドイツ女の尻を追いかけていた。だが、いったん前線に戻れば、無断外出はいっさいしなかった。いざ前線で戦闘となったときに許可なく外出をすれば、そのまま逃げたほうがいい。部隊に帰れば、上官に射殺される。上官は、ドイツ軍に殺られたといちいち言う必要はない。こういった無断外出は敵前逃亡とみなされる。

　戦地への出発を待っているあいだ、ヴァージニア州のキャンプ・パトリック・ヘンリーに送られ、そこでまた南部出身の軍曹に口答えをしたために、厨房にまわされてじゃが芋の皮むきをさせられた。おれは機会をすかさずとらえ、売店で下剤を購入して、巨大なコーヒー沸かし器に入れた。将校をはじめ全員がひどい下痢になった。皆には申し訳ないが、体調不良で医療室の世話にならなかったのはおれだけだった。軍はさらにトイレットペーパーの支給を要請するまえに、おれの悪ふざけに気がついた。両膝をついて便所の床をごしごしと洗わされるはめになった、才気煥発な犯罪者が誰だったかわかるか？

　一九四三年七月一四日、歩兵のライフル銃兵として第四五歩兵師団に配属され、北アフリカのカサブランカに向けて出航した。師団は自分で選べないが、所属した師団で希望する部隊に欠員があればはいることができた。一部隊はおよそ一二〇人からなる。フィラデルフィアで通っていた教会が出している会報に、地元の若者がどこに配属されているか随時記されていたので、ディグシーがサンダーバード師団にいるのは知っていた。おれは希望を出して、彼と同じ部隊に入隊した。だからといって、三二人ほどで編成される小隊も、さらにそのなかの八人編成の分隊も同じになるとはかぎらなかったが、実際はそうなり、おれは同じ分隊でディグシーと行動をともにした。❞

一九四二年の秋、兵士たちがまだ戦地にわたらず、アメリカで戦闘訓練を受けているさなか、ジョージ・S・パットン将軍がマサチューセッツ州にある軍事施設フォートデヴェンズ内の講堂の壇上に立ち、ディグシーをはじめ第四五歩兵師団の兵士たちをまえに演説をおこなった。彼は多感な青年たち——初めて故郷を離れ、死を覚悟して戦地に赴こうとしている青年たち——に向かって、自分は諸君たちの師団に対して特別な役割を担っていると述べた。第四五歩兵師団の司令官補佐だったジョージ・E・マーティン大佐の報告書には、こう記してある。

［パットン将軍は］呆れるほど粗野で不躾《ぶしつけ》な言葉をまじえながら、多くのことを語った……イギリスの歩兵隊が敵の潜む場所を迂回して進軍したが、結局は後方から攻撃を受けるはめになったことが少なからずあったと述べた。イギリス軍がドイツ兵の掃討をはかると、敵は武器を捨て、両手をあげて降伏の意を示した。もしわが軍が同じ状況に出くわしたら、とパットン将軍は言った。降伏に応じるな、忌々しいげす野郎どもをひと

り残らず殺せ。

ついで彼は言った。われらが師団はほかの師団よりも戦闘に多く参加するだろうが、ドイツ軍に「殺戮《さつりく》師団」として名を知らしめてもらいたい。

翌年六月二七日に北アフリカのアルジェでおこなわれた追加演説では、その場にいた当師団の将校によると、パットンは「殺戮師団」の兵士たちにこう言っている。

……殺せ、どんどん殺せ、殺せば殺すほど、殺すべき敵は減り、最終的にわれらが師団にとって戦況がよくなる……捕虜が増えれば、それだけ食わせなければならない口が増える。捕虜を相手している暇はない、と述べた。さらには、ゆいいつ善きドイツ兵と言えるのは死んだドイツ兵だけだと。

演説を聴いていた別の将校が、一般市民の殺害に関するパットンの発言に言及している。「将軍は、街の住人が交戦地帯周辺から頑として退避しようとしない場合、その者が敵ならば容赦なく殺せ、邪魔物を排除しろといったようなことを述べていた」

”たこつぼ壕を掘り終えると、ディグシーから不祥事が二件起きていると聞かされた。誰もが狙撃兵を嫌悪していた。どちらの軍も狙撃兵を目のかたきにしており、狙撃兵を捕らえたら、その場で殺してもかまわなかった。敵軍はビスカリ飛行場の外に狙撃兵を配備していて、アメリカ軍の一団が攻撃を受けた。イタリア兵およそ四〇人が白旗をあげたが、どの兵士が狙撃をおこなったか口を割らなかったので、連中は兵士たちを一列に並ばせて射殺した。つぎに軍曹は三〇人ほどの捕虜を、うしろへさがらせた。ある程度距離ができると軍曹はマシンガンをつかみ、弾を食らわせた。この話は、ヒューッと音を立てて頭上を抜ける砲弾さながら、おれの注意をひいた。自分が降伏を余儀なくされた場合のことを、あらためて考えさせられた。❝

一九四三年八月、第四五歩兵師団がシチリアで勝利をおさめたあと、パットンは屋外でおこなわれた最後の訓示で、師団の兵士や将校たちに言った。「諸君はアメリカ陸軍史上最強ではないかもしれないが、最強師団のひとつだ」彼は讃辞を呈し、「殺戮師団」への信頼を深めた。師団はパットンが望むとおりに、また先の演説で命じられたとおりに行動した。

パットンが第四五歩兵師団に訓示を垂れていたとき、ふたりの仲間が殺人罪で軍法会議にかけられていた。ジョン・T・コンプトン大尉は一九四三年七月一四日にビスカリ飛行場を奪取したあと、銃殺隊に市民ふたりをふくむ約四〇人の非武装の捕虜の処刑を命じた。もうひとつの不祥事では、ホレス・T・ウエスト軍曹がコンプトン大尉の一件と同日に、三六人の非武装の捕虜をみずから射殺していた。

捕虜の処刑がおこなわれた翌日、一九四三年七月一五日にパットンは個人の日記にこう綴っている。

[将軍のオマール・]ブラッドリー——非常に誠実な男だ——が午前九時ごろ血相を変えて現われ、[シーランが実際に所属していた連隊]第四五歩兵師団の第一八〇連隊戦闘団の隊長が、距離を一八〇メートルまで詰めてもなお発砲してくる敵がいれば殺せという私の命令にしたがい、およそ五〇人の敵兵を平然と、そしてさらにまずいことに無差別に射殺したと言った。私は大げさな話だろうと答えたが、ひとまず将校に死んだ敵兵は狙撃手だったとか、逃亡をはかったとか何か理由をつくっておくよう伝えてくれと言った。マスコミを騒がせ、市民の激しい怒りを買うのは目に見えていた。

パットンと同位のオマール・ブラッドリー将軍は、そのとおりにはしなかった。彼はいかなる隠蔽工作もおこなわず、調査の結果、大尉と軍曹が殺人罪に問われた。

ジョン・T・コンプトン大尉は軍法会議にかけられたが、パットンが第四五歩兵師団にくだした、捕虜は問答無用で射殺しろとの明確な命令にしたがっただけだとして無罪となった。ホレス・T・ウエスト軍曹も同様に殺人罪で軍法会議に付され、コンプトン大尉と同じ答弁をおこなった。ある中尉が証言台に立ち、シチリア侵攻の前夜、ウィリアム・H・シェイファー中佐が船内の拡声器を通して兵士たちの頭に、パットンの言葉——「捕虜は同道させない」——を再度刻みこませたと述べた。

しかし、ホレス・T・ウエスト軍曹は有罪を宣告され、終身刑を言いわたされた。第四五歩兵師団の将校と下士官が同一の軍事作戦における同一の戦闘で、同じ日に基本的には同じ行動方針をとったというのに、前者は無罪の、後者は有罪の判決がくだされたことに対する抗議の声があがりつづけ、その結果、軍曹は即時釈放されて師団に復帰し、一兵卒として終戦を迎えた。コンプトン大尉は無罪釈放になった四カ月後、降伏を偽装して近づいてきたドイツ兵に歩み寄ったところ、撃ち殺された。

シチリアでの残虐行為には、公にならなかったものもあった。それについてスタンリー・P・ハーシュソンが、自著『パットン将軍：兵士の生活』に記している。当時有名だったイギリスの新聞記者は、二台のバスに分乗していたおよそ六〇人の捕虜が銃撃されるのを目撃したが、パットンが今後はいかなる残虐行為も許さないと確約したのを受けて、その一件を伏せることにしたという。しかし彼は友人に話し、友人は数々の事件の詳細をメモに残していた。そこにはこう記されている。「パットンのシチリア上陸まえの残忍な口調や下命時の言葉づかいは、とりわけ第四五歩兵師団の行動に如実に表われていた」

❞同日、ディグシーが戦地で偶然会った地元の仲間から、おれが軍隊にはいったのはヤンクが女を妊娠させて、それをおれのせいにしたからだと聞いたと言ってきた。なんと、地球の反対側でおれの噂が広まっていた。ヤンクはどこかのカレッジに通い、相変わらず軽口をたたいていた。❝

6　すべきことをする

❞おれにとって、戦争でいちばん楽だったのはシチリアだ。イタリア軍はろくでもない兵士ばかりだった。イタリア軍の主戦力はドイツ兵だった。わが軍が前進していると、イタリア兵が荷物を詰めたスーツケースを手に、直立不動で突っ立っていることがたまにあった。おれがシチリアにいたときに、ムッソリーニが降伏し、ドイツ軍が戦いを引き継いだ。シチリア人は実に友好的だった。ドイツ軍を撃退したとき、おれたちはカターニアまで進んでいた。そこでは、どこの家も手作りのスパゲティを物干し用ロープにかけて乾燥させていた。戦後、ラッセル・ブファリーノは、おれが彼の故郷を通ったと聞いて喜んでいた。

最初に親しくなったのは同じ分隊にいた、ブルックリンのユダヤ人地区出身のアレックス・シーゲルというタフなやつだった。シチリアでそいつの肩に手をまわして写真におさまったこともあったが、その一カ月後、彼はサレルノの上陸拠点で機銃掃射攻撃を受けた際に死んだ。

サレルノはイタリアの西岸、ナポリの南に位置する町だ。一九四三年九月、おれたちはドイツ軍の砲弾が炸裂するなか、上陸用舟艇から地中海に飛びこんだ。サレルノはおれが経験した上陸地点三カ所のなかで最悪だった。岸にたどり着けた者は一キロほど先まで進み、上陸拠点を確保した。兵士は各自シャベルを持っていて、穴を掘りはじめた。どれだけ疲れていようと、敵の砲弾が鳴っていれば必死で穴を掘る。

砲弾を何発も撃ちこまれ、ドイツ軍機から銃撃を受けた。近づいてくるドイツ兵があれば、ライフルで撃った。おれもライフルで攻撃した。いったいどうしてこんなことに志願したのかと自問したが、サレルノで初めて敵兵に向かって発砲したときのことは憶えていない。おれたちはドイツ軍に浜から撃退されそうになった。が、おれはほかの者たちと同様、そこにとどまった。全員が恐怖にかられていた。それを認めたがらない者もいる。認めようが認めまいがどうだっていい。どのみち怖がっていたんだからな。

戦闘報告書によると、現場にいたほかの師団の将軍が、こう述べている。「第四五歩兵師団は、上陸した連合国軍の兵士をドイツ軍が海へ押しもどすのを阻《はば》んだ」

海軍の迫撃砲が絶大な威力を発揮し、ドイツ軍は射程圏外まで退却した。おかげでおれたちは前進する機会を得、浜辺を離れて、ほかの師団とともに北をめざした。

ライフル銃兵は命じられれば、どんなことでもした。戦場で命令にそむく者がいれば、問答無用で撃ってもいいとされていた。ジミー・ホッファには軍隊経験がなかった。彼には回避したい厄介ごとがあれこれとあった。わからないかもしれないが、戦闘では飲みこみが速くなる。規則のなかにはきついものもあるが、絶対厳守だ。戦列から離れているときは規則にしたがうなんて気はさらさらなかったが、いったん戦闘となれば命令でもなんでもしたがった。❝

命令にしたがったシーランが経験したのは、戦闘報告書によると、サレルノから北のヴェナフロへの道中で繰りひろげた「起伏のある地域での体力も気力も奪われる凄惨《せいさん》な戦い」と、「部隊に蔓延《まんえん》した病気と極度の疲労」だった。苛酷だったが足をとめることもできず、モンテ・カッシーノの修道院に陣どっていたドイツ軍の銃撃にさらされながら、「冬の寒さのなか広大なアペニン山脈で軍事作戦を遂行」しなければならなかった。

❞イタリアではナポリからローマへと北進し、一九四三年一一月には岩山が連なるモンテ・カッシーノの裾《すそ》にある丘までたどり着いたが、頭上からドイツ軍の砲撃がはじまった。そこで二カ月、身動きがとれずにいた。モンテ・カッシーノの頂上には修道院があり、ドイツ軍はそこに監視所を置いていたから、こっちの動きは丸見えだった。歴史のある修道院だったので、わが軍のなかには爆撃に難色を示す者もいた。最終的に攻撃を実行したが、瓦礫《がれき》がドイツ軍の防御物となり、かえって戦況が悪化した。一九四四年一月、防御戦をはかるドイツ兵軍に接近戦を試みたが、山のふもとまで撃退された。夜になると、情報を得るためドイツ兵を捕らえようと付近を捜索することがあったが、たいていは、たとえ小雨でも雨にあたって体が濡れないようにするばかりだった。

そのころになると、おれはあまり多くの者と深く関わらないようになっていた。関われば、その者たちの死を見なければならなくなる。あるとき一九歳の若者が交代要員として来たが、そいつはブーツが乾く間もなく死んだ。そういったことは精神的に影響を受ける。ディグシーと親しくなり、そういう経験をした。ディグシーが弾を二発くらうのを見ているのは、とにかく辛かった。

その後、最悪の事態が起きた。軍は一部の兵士をカゼルタ県のナポリ寄りにある待避地まで退却させることにした。カゼルタには昔のイタリア王の宮殿がある。一〇日ほどで無事カゼルタに到着し、そこから上陸用舟艇でアンツィオをめざした。アンツィオはモンテ・カッシーノのドイツ軍の前線より北、ローマよりは南にある海辺の町だ。そこでドイツ軍の側面を突き、モンテ・カッシーノでこちらの主力部隊が敵軍を打ち破るチャンスをつくる計画だった。❞

連合国軍はモンテ・カッシーノの修道院を何度も攻撃したが、いずれも不首尾に終わり、犠牲者が増えるいっぽうで、第四五歩兵師団はそこを離れてアンツィオにまわり、ドイツ軍を側面から攻撃することになった。マーク・クラーク将軍はモンテ・カッシーノの前線から第四五歩兵師団を移動させるにあたって、こう記している。「ここまで七二日間、第四五歩兵師団は屈強な敵軍相手に、苛酷な戦況下で戦いつづけた」彼は師団――一兵卒フランク・

シーランをふくむ――がモンテ・カッシーノでさらされた「ひどく冷たくて湿っぽく、ほとんどやむことのない敵の砲弾」について回想している。将軍は期せずして、フライパンと化したモンテ・カッシーノから退かせた同師団を、こんどは地獄のごときアンツィオの戦火にまともに突入させることになる。

❞戦闘や上陸のまえは、いささか神経が張りつめる。いったん銃撃がはじまれば、緊張は吹き飛ぶ。考えている暇などない。ただすべきことをするだけだ。戦いが終われば、またじわりと緊張が戻ってくる。

おれたちはアンツィオの浜でドイツ軍に不意討ちを食らわせ、敵兵を二〇〇人ほど捕らえた。岸から前進している最初の二四時間はなんの音もしなかったが、指揮にあたっていた将軍はその静けさを罠だと考えた。彼は安全策をとって、味方の戦車と大砲を待つことにした。ここで足をとめたがために、ドイツ軍に時間的な余裕をあたえてしまい、向こうはおれたちを釘づけにしたうえで、戦車と大砲の上陸を阻止すべく、上方に戦車と大砲を配備した。❝

イギリスのウィンストン・チャーチル首相が言うように、彼が言葉にした願望どおりにはいかなかった。「だが大失敗だった……上陸拠点に防御施設を築きつつあったが、大がかりな作戦を展開する機会は潰《つい》えた」ヒトラーは、援軍を派遣して連合国軍の動きを封じ、彼曰《いわ》くアンツィオの「膿瘍《のうよう》」である敵の防御施設を破壊せよとの命令を発した。

砲弾をあびせられ、敵機から機銃掃射を受けた。たこつぼ壕は役に立たず、さらに深く掘らなければならなかった。シャベルを使い、深さ二メートル半ほどの塹壕《ざんごう》を設けた。出入りするための梯子をかけ、頭上を板と木の枝で覆って雨をしのぎ、絶え間なく飛んでくる爆弾の破片から身を守った。

果てしなくつづく攻撃にさらされて、まる四カ月そこから動けずにいた。太陽の光があるうちに塹壕から出ようものなら、あっさり殺られる。いずれにしろ、塹壕から出てどこに行く？　夜になれば、機を見て外に出て用を足したり、ヘルメットのなかの排泄《はいせつ》物を処理したりした。日中、我慢ができなくなればヘルメットにするしかない。食事は缶入りの戦闘糧食《Kレーション》だ。調理した食べ物などなかった。補給船はドイツ軍に爆破された。カードゲームをしたり、戦争が終わったら何をするかを語りあったりした。それに何より、祈りを唱えた。自分が誰であろうと、自分を何者だと思っていようと関係ない、ただ祈るだけだ。天使祝詞と主の祈りを数えきれないほど唱えた。ここから生きて出られさえすれば、もう二度と罪を犯しませんと。女にもワインにも二度と手を出しません、悪態も二度とつきませんと誓った。とにかくそれまでにしたことで、祈りの材料になるものは片っ端から口にした。

最も激しい砲撃は夜、おれたちがアンツィオ・エクスプレスと呼んだ大砲でおこなわれた。巨大な代物で、昼間はカモフラージュしていたから、こっちの飛行機から見つけられなかった。ローマ郊外の鉄道の線路上に待機させてあった。日が暮れてこちらの飛行機が地上に戻ってから移動させ、何発もつづけざまに撃ってきた。夜の空で、飛来する砲弾が有蓋《ゆうがい》の貨物列車のような轟《とどろ》きを放った。耳を聾《ろう》するほどの不気味な音を聞くたびに、戦意をくじかれた。さほど離れていないところで、哀れにも米軍兵士が砲弾にやられ、故郷の家族のもとへ届けるほんのわずかな体の一部も残らないほど完全に吹き飛ばされているなどと、あまり長々と考えないようにした。つぎは自分の番かもしれなかった。

ほかの者たちが睡眠をとれるよう、交代で防御線から一〇〇メートルの前哨地点で警戒にあたったが、その四カ月間、まともに眠れたことはなかった。夜間につく前哨地点ほどひどい場所はない。夜は日中より気味が悪かった。アンツィオ・エクスプレスが登場しない夜もあったが、通常の大砲が一日じゅう砲弾を降らせた。神経がさいなまれ、おれは必死で意志を強固にして平静を失わないよう努めた。完全に頭がイカれていないかぎり、何かしら影響は受ける。二度ほどドイツ軍が前進してきて、浜まで押しもどされかけたが、おれたちは踏みこたえた。”

戦闘報告書によると、第四五歩兵師団は「上陸拠点の壊滅」をはかったドイツ軍を「完膚なきまで叩きのめした」とのことだ。ここで接近戦を繰りひろげたあと、アンツィオで「何カ月も足止めを食らい」、間断なく砲撃を受けるなかで、連合国軍は六〇〇〇〇人以上の兵士を失った。五月、モンテ・カッシーノでドイツ軍と対峙していた主力部隊が、敵の前線を突破した。月末には、一五万人の兵士が疲れきってはいるが晴れやかな表情でアンツィオの塹壕から脱出し、ローマをめざして北進していた主力部隊と合流した。そのいっぽう連合国軍は六月六日、ノルマンディーに上陸して新たな戦闘の火蓋を切った。

❞一度も戦火をまじえることなくローマにはいった。ローマはいわゆる非武装都市で、いずれの軍も爆弾を投下しないことになっていたが、爆撃はたまにあった。ローマで初めて路上カフェというものを見た。おれたちはそこにゆったりと腰を落ちつけて昼食をとり、ワインも少々口にした。カフェのそばを通りかかった女たちが、ローマで初めて見かけたブロンドのイタリア女だった。おれは何度か冒険心をくすぐられた。造作なかった。おれたちはチョコレートバーやチーズの缶詰、刻み玉子の缶詰を支給されていた。それだけあれば充分だった。市民には何もなかったから、道徳基準でははかれない。地元の女とねんごろになるのは規則違反だったが、破ったところでどんな処分が待っている？　戦闘部隊に送るのか？

イタリアでドイツ軍としばらく戦ったあと、一九四四年八月一四日に上陸用舟艇に乗せられ、南フランスに上陸するドラグーン作戦にくわわった。上陸時に抵抗にあった。本格的な攻撃というよりも嫌がらせだった。が、砲弾は砲弾だ。それが二発ならなお悪い。たしか、サントロペの浜へと走っているさなかに弾を食らった。自分の体を見ると、軍服が上から下まで真っ赤に染まっていた。大声で衛生兵を呼ぶと、ペンシルヴェニアのヘイズルトン出身のカヴォータ中尉が駆けてきて怒鳴った。「馬鹿者、そいつはワインだ。撃たれちゃいない。さっさと立ちあがって行け。弾があたったのは水筒だ」気のいい男だった。

なんとかドイツ軍を撃退し、現在フランス領とドイツ領からなるアルザス＝ロレーヌ地域にはいった。ポープと呼ばれていたケンタッキー出身の男と親しくなった。飛びぬけて有能な兵士だった。ああいった男を臆病者と呼ぶ者などいない。とにかく学ぶべきところが山ほどあった。あるときアルザス＝ロレーヌで、ポープは木の陰から片足を突き出し、本国に送還されるよう名誉の負傷を負おうとしていた。結局、どでかいのを一発食らい、脚を吹き飛ばされた。命に別状はなく、彼は脚を一本失って帰国した。

ほかに兵士の目がわずかにぎらつくのを見られるのは、敵兵を捕らえるときだ。ドイツ兵がこっちを殲滅《せんめつ》させようと銃撃をしかけ、仲間が全員やられたとする。で、こんどはこっちが復讐の機会を得ると、向こうは一も二もなく降伏する。なかにはそれを個人レベルで考えている者もいた。そういう連中の言い分は、だいたいが理解できない。もし敵を生きたまま捕らえ、戦列の最後尾につかせれば、十中八九、逃亡をはかる。大量殺戮をするつもりはない。大勢捕らえれば引きつれていくが、少数の場合は、自分がすべきことを、まわりから求められていることをする。中尉から大勢の捕虜を任されて、おれはすべきことをした。

アルザスでの戦闘中、丘をのぼっているときにディグシーが背中を撃たれた。衛生兵が来て、彼をふもとまで降ろしだした。戦争もこの時期になると、感情もさほど残っていなかったが、おれは丘でディグシーが撃たれるのを目にして心が揺さぶられた。あいつが倒れた場所に、あいつのライフルが落ちていた。戦場でライフルを失っては、上官がいい顔をしない。緊張の糸が切れたか何かだったのだろう。おれは仲間に援護を頼むと、斜面を這いあがってディグシーのライフルをつかんだ。全員が丘のふもとまで降りると、ディグシーは言った。

「おまえは馬鹿か。あんなどうでもいいM1ライフルのために死んでいたかもしれないんだぞ」おれは言った。「まあ、ドイツ軍は自分たちがこっちより数で勝っているのを知らなかった」ディグシーが撃たれるのを見たのは、それが二回めだった。

アルザス＝ロレーヌにいたとき、ノルマンディー上陸後のいわゆるバルジの戦いで、北方にいるドイツ軍が連合国軍の侵攻を食いとめようと、ベルギーの森を抜けて決死の反撃を開始したとの情報がはいってきた。ドイツ軍はこちらに楔《くさび》を打つような陣形で向かってきたので、連合国軍は南部戦線から兵を呼んで、北部戦線を強化しなければならなかった。おれのいた中隊はあとに残って、師団が張っていた南部戦線全体を守るよう命じられた。つまり、総勢一万か一万五〇〇〇の師団があたっていたはずの戦線を、一二〇人の兵士で守れというわけだ。

退却するしかなかった。一九四四年の大晦日、おれたちは夜を徹して歩いた。アルザス地方のフランス人は自宅に掲げていたアメリカ国旗を引っこめ、またドイツ国旗を出しはじめていた。しかしすぐに援軍が到着して勢力が増し、敵軍をアルザス地方のドイツ領土に押しもどした。

そこからハルツ山地まで進軍した。山頂はドイツ軍が占拠していた。ある晩、山頂にいるドイツ軍へ温かい食料を届けに向かっていたラバの引く荷車の行列を押さえた。おれたちは食べたいだけ食べると、残りに小便をかけた。ドイツ女には手を出さなかった。彼女たちはアメリカでいう陸軍婦人部隊《WAC》のようだった。食料を用意しただけだ。その場に放っておいた。しかしラバ隊を率いていたのはドイツ兵だった。そいつらを山のふもとまで帰してやるつもりはなかったし、その先、同道することもできなかったから、シャベルをわたして、各自に自分用の浅い墓を掘らせた。どうして墓を掘らせるなど面倒なことをするのかと思うだろうが、そうしているあいだに銃を持っているこっちの気が変わるとか、味方が駆けつけてくれるとか、おとなしく墓を掘れば一発でしとめてくれて、むごい目にもあわず苦しみもしなくてすむとか希望をいだかせてやれるからだ。このころになると、おれは平然と自分のすべきことをするのが習いになっていた。

ハルツ山地から右に進路を転じてドイツ南部へと行軍し、バンベルクとニュルンベルクを占拠した。町は爆撃を受け、文字どおり壊滅状態だった。ニュルンベルクはヒトラーが大がかりな党大会を毎回おこなっていた場所だ。爆撃を逃れたナチスの残存物は、片っ端からひとつ残らず破壊された。

おれたちの目的地はドイツ南部に位置するバイエルン州のミュンヘン——ヒトラーが自身の道の第一歩を印した町——だった。しかし途中のダッハウでいったんとまり、当地の強制収容所を解放した。

戦闘報告書によると、収容所には「およそ一〇〇〇体の遺体があり……ガス室の横には、都合のいいことに火葬場が並んでいた。衣類や靴、遺体がうずたかく積み重ねられていた」

とのことだ。

〝収容所の残虐さについて噂には聞いていたが、目のまえにあるものが発する悪臭は、想像だにしていなかった。ああいうものを見れば、脳裏に刻みこまれて一生頭から離れない。最初に目に飛びこんできた光景とあの臭いは、決して忘れられない。あの収容所を牛耳っていた若い金髪のドイツ司令官と配下の将校たちは、ジープに乗って逃走した。遠くで発砲音がしていた。収容所に残された者たち――ダッハウの警備にあたっていたおよそ五〇〇人のドイツ兵――は、すぐさま始末した。収容所の生存者で体力の残っていた者は、おれたちの銃を手にとり、すべきことをした。すべてが終わったとき、動揺を見せている者はいなかった。それからすぐ進軍して、ミュンヘンを占拠した。およそ二週間後、ヨーロッパでの戦争はドイツの無条件降伏という形で終結した。

何年も経って過去を振りかえっていると、また戦闘の夢を見るようになった。ただし夢には、戦後、ある者たちのためにしはじめたことも混じっていたが。

除隊したのはカレンダーによると一九四五年一〇月二四日、おれの二五回めの誕生日の前日だ。〟

7　アメリカで朝を迎える

”一九四五年一〇月、フランスのル・アーヴルの埠頭で、弟のトムに偶然出くわした。戦争が終わり、どちらも船でフィラデルフィアへ帰るところだったが、乗る船はちがっていた。トムが戦地にいたのはごくわずかな期間だった。おれは言った。「やあ、トム」彼は言った。「ああ、フランク。すっかり変わったな！　戦前のぼくの記憶にある兄貴とは別人だ」言っている意味はわかった。四四一日も戦闘に明け暮れれば、そうなる。弟はおれの顔に、おそらくは目つきにそれを認めたのだろう。

ル・アーヴルの埠頭で弟が言ったことを考えると、魂を覗きこまれていたのではないかという気がする。何かが変わったのはわかっていた。何かにつけ、物事を気にかけなくなった。文字どおり開戦から終戦まで、戦争を経験した。人がおれに何ができた？　外国の地で心をきつく締めつけ、一生ほぐせない。死に慣れる。人を殺すことに慣れる。たしかに外に出かけて楽しい時を過ごすことはあるが、限界はある。五体満足で帰国できた幸運な兵士のひとりなのだから、不満やら何やら言ってはいられない。だがもし軍に志願していなければ、戦地で目にしたものを見ることも、任務でおこなったことをすることもなかったはずだ。憲兵としてずっとアメリカにいて、「タキシード・ジャンクション」にあわせてジルバを踊っていただろう。

外国から帰国して船から降りると、至るところアメリカ人ばかりで、軍服を着ている者はひとりもおらず、全員が英語を話していた。となれば、気分は一気にあがる。

帰国後三カ月は、軍からひと月一〇〇ドル支給された。出征しなかった者たちはいずれも、いい職についているようだった。こっちは生まれ故郷に戻って、戦前にしていたことの続きをするしかなかった。おれはフィラデルフィア西部の親もとに帰り、出征まえと同じ、パールスタイン・ガラス会社の見習い工に戻った。が、戦地にいるあいだずっと野外で寝起きしていたので、仕事で狭苦しい場所に閉じこめられるのに適応できなかった。パールスタイン一家は親切にしてくれたが、あれこれ指示されるのに耐えられず、数カ月でそこを辞めた。

朝になると、アメリカで目をさまして、ベッドのなかにいることに驚いている自分に気づく日が何日もつづいた。ひと晩じゅう悪夢にうなされ、自分がどこにいるかわからなかった。慣れるまでしばらくかかった。自分がベッドで寝ているのが信じられなかった。自分はベッドで何をしてるんだ？　戦争が終わってから、三、四時間以上眠れた夜は一度もなかった。

昔はこういったことは話題にのぼらなかった。戦争後遺症といったようなものはなかったのだが、何かがちがうのは自覚していた。戦争のことは思い出すまいとしたが、さまざまな記憶がよみがえってきた。戦地では冷酷に人を殺すことから、町を破壊して略奪のかぎりを尽くしたり、ワインをしこたま飲んで思うぞんぶん女と遊んだりすることまで、あらゆる悪行を重ねた。四六時中、命を危険にさらす日々だった。賭けに出るわけにはいかなかった。判事兼陪審員兼死刑執行人となり、瞬時に判断をくださねばならない局面が何度もあった。したがうべきルールはふたつだけだ。戦列に戻るときは装備を一式身につけておくこと。戦闘では直接の命令にしたがうこと。ひとつでもルールを破れば、即刻その場で殺されても文句は言えない。いずれにしろ、上官を軽んじたことになる。市民生活で身につけた道徳心はなくなり、自身が決めたルールがとってかわる。鉛で固められたように、固い皮膜をまとうようになる。以前よりも恐怖をおぼえるようになる。さまざまなことにあたり、ときには自分の意志に反することもあるだろうが、ただするだけだ。戦地に長くいると、行為そのものについて考えることすらしなくなる。頭がかゆいから掻《か》くのと同じようなものだ。

　最悪な光景を目にすることもある。強制収容所では、痩せ衰えた遺体が丸太のごとく積みあげられていた。ひげもろくに生えていない若者が年齢を偽って戦闘に参加し、結局撃ち殺された。自分の仲間が、死体となって泥のなかに横たわっていた。葬儀場に安置されている一体の遺体を見たときに、どんな気持ちになるか想像してみろ。そこでつぎつぎと死体を見ることを。

　故郷に帰ってから、死ぬことについてあれこれ考えた。誰だって考える。で、思った、おまえは何を心配してるんだ？　死は自分ではどうこうできない。人は生まれたときから、定められた日がふたつある。生まれる日と死ぬ日だ。どちらも自分の自由にはならない。だから、「なるようにしかならない」がモットーになった。戦争を生き抜いた。となると、何がおれの身に起こりうる？　あまり物事に頓着しなくなった。物事はなるようにしかならないものだ。

外地にいたときは、ワインをこれでもかというほど飲んだ。ジープにガソリンが必要なように、おれにはワインが必要だった。それはこっちに帰ってきてからも変わらなかった。最初の女房もふたりめの女房も、おれの飲酒癖に文句を言った。よく言ってることだが、一九八一年に投獄されたとき、ＦＢＩは期せずしておれの命を救った。連中にとって一週間はわずか七日しかないが、刑務所送りになるまで、おれは週に八日飲んでいた。

帰国してからの一年、いろいろな仕事をやった。ベネット・コール・アンド・アイス社で、連絡があるたびに働いた。夏には、氷をアイスボックスに二個入れて運んだ。戦後は電気冷蔵庫のない家が多かった。冬には暖房用の石炭を配達した。おかしなもので、七歳のときに初めてした仕事が、石炭が燃えたあとの灰を掃除することだったのだが、そこから出世して石炭を届ける側になったわけだ。運送会社でも一カ月働いた。日がな一日、セメント工場でセメント袋を積んでいた。建設現場の作業員もした。得られた仕事はなんでも。銀行強盗をはたらいたことはない。火曜と金曜と土曜の夜は〈ワーグナー・ダンスホール〉で用心棒をして、社交ダンスも教えた。その仕事はかれこれ一〇年つづいた。

あれやこれやといろんな仕事をしたので、全部は思い出せない。はっきりと憶えているのは、料理用レンジから熱いブルーベリー・パイを取り出して、氷のように冷たいアルミニウムのコンベヤに置く仕事だ。調理用の熊手でパイを手早く取り出せば、そのぶんテイスティ

・パイの箱に詰めるまでに、いっそう冷める。現場の監督から、もっとさっさと熊手を動かせとくどいほど言われた。彼は言った。「ちょっとばかり手が遅いな」おれが無視を決めこんでいると、また言った。「言ったことが聞こえてるのか、若造？」いったい誰にものを言ってるつもりだと訊くと、彼は言った。「おまえだ、坊主」もっと気合いを入れてやらなければ熊手をケツに突っこむぞと言うので、こっちがおまえのケツにブスリとやって、喉まで突きあげてやると言いかえした。そいつは巨漢の黒人で、のしのしと近づいてきた。おれはやつを小突いて、無意識のうちにコンベヤベルトに押しつけていた。口にブルーベリーパイを突っこんでやった。それで終わりだ。警官がやって来て、結局おれは外に連れ出された。その後、お袋がジミー・ジャッジという名の州議会の上院議員に会いにいった。政治家へのコネがあったのだ。お袋には、フィラデルフィアで医者をしている兄弟がいた。ほかにもガラス労働組合の重鎮で、カムデンで郡財務委員会委員——市会議員みたいなものだ——をしているのがいた。おれをパールスタイン・ガラス会社の労働組合の見習い工にしてくれたおじだ。とにかく、ある朝目がさめるとお袋から、上院議員と話をつけて、おまえがペンシルヴェニア州警察にはいれるようにしたと言われた。おれは健康診断に合格するだけでよかった。感謝すべきことだったが、いちばんやりたくないことだったたから、断固として上院議員に挨拶をしに行かなかった。それから歳月が過ぎ、おれの弁護士のF・エメット・フィッツパトリックにその話をしたら、彼は言った。「どんな警官になっていたやら！」おれは言った。「ああ、金持ちの警官だ」レイプ、児童虐待、あれやこれやの罪状で逮捕する。ほかにもなんでもありだし、自分の裁量で示談解決もする。

出征まえと同じように気楽にやっていこうとしたが、その方法がわからなかった。おれを怒らせるのは造作なかった。しょっちゅう激怒していた。酒を飲めば、ほんの少し気持ちが落ち着いた。昔の仲間とあたりをぶらついた。フットボールも少しは役に立った。シャナハン・カトリック・クラブでは、タックルやガードを務めた。旧友のヤンク・クインはクォーターバックだった。当時のヘルメットは革製で、頭の大きいおれにはどうにも心地がよくなかった。だから毛糸の帽子をかぶってプレイした。虚勢を張りたいとかそういうのではなく、ただこの特大の頭にあうのがそれしかなかったからだ。もっと遅く、よりいい時代に生まれていたら、まちがいなくプロのフットボール選手をめざして入団テストを受けていただろう。体が大きいだけじゃなかった。強靭で俊足かつ俊敏で、賢いプレイヤーだった。チームメイトでまだ生きているのはひとりだけだ。さっきも言ったが、人は皆いつか死ぬ。その日がいつ来るかはわからないが。若いと誰だってそうだが、おれたちも自分は永遠に生きると思っていた。

ある日の午後、仲間と一緒にちょっとばかり酒代を稼ごうとダウンタウンに出かけ、血を一パイント（約〇・四七リットル）一〇ドルで売った。その帰り道、カーニヴァルの貼り紙を見つけた。カンガルーとボクシングをして三ラウンドもてば、一〇〇ドルもらえると書いてあった。ついさっきした売血より割がよかった。おれたちはその足でカーニヴァルに向かった。

調教されたカンガルーがグローヴをつけて、リングにいた。仲間に言われて、おれはカンガルーの待つリングにあがった。カンガルーは腕が短いので、当然おれが勝つと思っていた。おれはグローヴをはめてもらうと、カンガルーにジャブを繰りだした。が、当時は知らなかったが、カンガルーは顎が柔らかいので、顎を殴っても脳に影響はなく、ノックアウトすることはできない。おれはジャブしかしなかった。誰がカンガルーに怪我をさせたいと思う？　しかしあのときはジャブでは倒せなくて、右のオーヴァーハンド——正真正銘のノックアウトパンチ——を放った。カンガルーがダウンすると、おれは昔親父にされたように、後頭部をぶっ叩かれた。おれは頭をはっきりさせて、リングをぴょんぴょんと跳ねまわっているカンガルーにまたジャブを出しながら、うしろから殴ったくそ野郎は誰か探った。

　ともあれ、もうひとつ知らなかったのは、カンガルーは尻尾で身を守るということだった。二メートル半くらいあって、カンガルーを倒すと、尻尾をむちのようにしならせて背後から襲ってくる。おまけに強力なパンチをあびせればあびせるほど、うしろから飛んでくる尻尾は威力もスピードも増す。しなって飛んでくる尻尾はまったく目にはいっていなかったし、その先についているグローヴにも全然気がついていなかった。カンガルーに二メートル半のリーチがあるのをとんと知らなかった。

　正直言うと、目を向けていたのは、観客席で極上の笑みを浮かべて坐っていたアイルランド娘だった。その娘にいいところを見せようとしたんだ。彼女はメアリー・レディといって、近所で見かけたことはあったが、声をかけたことはなかった。それからしばらくして、彼女はミセス・フランシス・J・シーランと名前を変えることになるが、そのときは自分の将来を知らず、三列めの席に坐って、ほかの観客と一緒に笑い声をあげていた。

第二ラウンド開始まえ、仲間たちは笑いころげていたが、何が起きているのか皆目見当がつかなかった。第二ラウンドがはじまった。内容は第一ラウンドとさして変わりはなかったが、このラウンドではカンガルーを二度ダウンさせ——言っておくが、これは簡単なことじゃない——後頭部を二度ぶん殴られた。その日は朝から酒を飲み、血を売り、そこでさらに後頭部を殴られたので意識が朦朧《もうろう》としだした。三列めの女に、かっこいい姿を見せることもできなかった。

第二ラウンドが終わって、いったい何が起きてるんだと仲間に訊いた。「おれの頭をぶっ叩いてるのはどいつだ?」彼らはレフェリーだと、アイルランド人が気にくわないんだと答えた。おれはレフェリーにつかつかと近づき、こんど後頭部を殴ったら、おまえをノックアウトしてやると言った。彼は言った。「あっちへ戻って戦え、青二才」

おれはリングにあがり、片方の目でカンガルーを、もういっぽうの目でレフェリーを見ていた。頭から湯気が立つほど腹が立ち、カンガルーを叩きのめした。お返しに尻尾で頭をしたたか殴られ、三日間痛みがひかなかった。おれはレフェリーに飛びかかり、殴り倒した。レフェリーの仲間がリングにはいってきておれを襲い、おれの仲間が彼らを襲った。警察官たちが四苦八苦して、リングでの騒動をおさめた。

おれはモコ——一〇番街通りとモヤメンジング通りの角にある市立刑務所——に連行され

た。当時の警察は内密に人をしばらく拘置し、法的手続きもとらずに釈放した。こっちが求めないかぎり、事情聴取も何もされなかった。連中は酒を飲んでいた。もう充分懲りただろうと連中が判断したら、こっちは解放される。

　刑務所を出ると、まっすぐメアリー・レディの家に行ってドアをノックし、デートを申しこんだ。アール・シアターにアースキン・ホーキンスのビッグバンドを観にいった。楽しい時間だった。彼女は非常に厳格なカトリック教徒で、おれはまこと礼儀をわきまえていた。あいつは美しい焦げ茶色の髪をしていて、それまで見たことがないほど愛らしいアイルランド系の顔をしていた。それになんと、ダンスができた。おれの女房になるのはこの娘だ、とその夜思った。おれは身を落ち着けたかった。根無し草はもう充分だった。本気でそう思っていた。

　俗に、まじめな娘はワルな男が好きだと言う。人は自分と正反対のタイプに惹かれる。メアリーはおれを愛してくれたが、彼女の家族はおれのことを嫌っていた。おれを下流アイルランド《シャンティ・アイリッシュ》人と見なし、自分たちは上流アイルランド《レースカーテン・アイリッシュ》人だと思っていた節《ふし》があった。あるいは、おれのなかに何かを見たのか。おれがどれだけがんばっても、愛娘のメアリーを託すにはあまりにも将来が不安というわけだ。

　メアリーは毎週日曜日、教会に通っていたので一緒に行った。懸命に努力をした。一九四七年、子どものころに侍者をしていたが聖餐用ワインを飲んで追いだされた、悲しみの聖母教会で挙式した。まだ定職にはついておらず、人員が必要なところで仕事をしつつ、〈ワーグナー・ダンスホール〉でも働いていた。

金融会社を四軒まわって一〇〇ドルずつ借り、結婚資金を調達した。集金人がやって来ると、おれが見つからなかったことにしてくれと頼みこんだ。うちひとりが、おれの件を上司にまかせた。上司はおれに協力する気がさらさらなく、ある夜、フランク・シーランを捜しに〈ワーグナー・ダンスホール〉に現われた。が、入り口にいるのがおれだと気がつかなかった。おれはどうぞこちらへと言って、ミスター・シーランに会えるよう店内に通した。そしてトイレに連れこんで腹に一発食らわせ、ついで顎を殴って昏倒させた。蹴りは入れなかった。ミスター・シーランは多忙でその夜もほかの夜も会えないと、はっきりとわからせてやりたかっただけだ。意図は伝わった。

メアリーはフィラデルフィア科学大学薬学部の秘書という、まっとうな仕事についていた。当初、おれたちは家賃を払う余裕がなく、友人の大半と同様、彼女の実家に身を寄せて結婚生活をスタートさせた。こういうのは、家賃を払える者には勧めない。挙式した日の夜、彼女の両親の家で披露宴をおこなった。酒を何杯か飲んだおれは、結婚祝いをすべて彼女の側に返すと大声で言いはなった。歓迎されていないのなら、贈り物などいらなかった。こういったことも勧めはしない。おれはまだ戦争の影響が抜けず、すぐに短気を起こした。

逮捕記録によると、初めて正式な法的手順で逮捕されたのは一九四七年二月四日だ。路面電車のなかで、ふたりの大柄な酔っ払いが気にくわないことを言ったか、気に障る目つきで見てきたかだった。あのころは、それだけで充分だった。おれは仲間ふたりと一緒に電車を降り、相手につかみかかった。拳をふるっていると警官がやって来て、さっさと帰れと言った。酔っ払いたちはほっとした様子で、その場から去った。おれは警官に、あいつらをこてんぱんにやっつけるまでどこにも行かないと言った。そのあとどうしたか、警官三人に殴りかかった。それで、治安紊乱行為と逮捕時に抵抗した公務執行妨害の罪で逮捕された。おれはポケットにポケットナイフを入れていた。警官は保釈金を吊りあげようと、武器を隠し持っていた罪も追加した。もし使うつもりで武器を携帯するなら、ポケットナイフは選ばない。おれは罰金を払い、執行猶予となった。

メアリーとふたりで金を貯め、レディ家にそう長く世話になることはなかった。おれは先々つづけられる仕事を探した。車の部品メイカーのバッド工業で職を得た。まるで奴隷の穴蔵だった。ろくな安全基準もなかった。手や指を失う者もいた。いまの連中は、労働組合がしかるべき労働条件を確保するのにどれほど貢献したか忘れている。バッド工業に自分の腕を寄付する気はなく、そこも辞めた。のちに組合の仕事についたとき、その仕事に感銘を受けた。

必死に仕事を探していたおり、正真正銘の精肉会社が並ぶジラード通りへ行った。黒人の男が牛の後四半分を重たそうに運び、スウィフト精肉会社のトラックに積みこんでいた。仕事について尋ねると、べつの男のところへ案内され、そこで積みこみ作業ができると思うかと訊かれた。おれは週に三日、ジムに通ってサンドバッグやスピードバッグを叩き、ウェイトトレーニングをし、ハンドボールをしていた。それにダンスを教えていたから、牛の後四半分などポークチョップを持ちあげるようなものだった。というわけで、そこで働くことになった。

先の黒人はバディ・ホーキンスといい、親しくなった。バディは毎朝、朝食にバーボンのオールド・グランダッドを三杯ぶん飲み、フレンチアップルパイをふた切れ食べていた。彼からダスティ・ウィルキンソンという巨漢の黒人を紹介された。元ヘヴィー級王者のジャーシー・ジョー・ウォルコットと対戦したことがあるらしかった。ウォルコットには散々パンチをあびせたという。ダスティはいいやつで、彼とも友人になった。腕の立つボクサーだったが、練習が好きではなかった。〈ニクソン・ボールルーム〉という黒人相手のダンスクラブや、一〇番街とウォレス通りの角にある〈レッド・ルースター〉というバーで用心棒をしていた。よくダスティのいるバーに寄って話をし、ただで酒を飲ませてもらった。

一定の収入を得られるようになって、妊娠中だったメアリーは職場に辞表を出すことができ、おれたちには家賃を払う余裕もできた。アッパー・ダービーに一軒家を借りた。メアリーが昼間、女家主の娘の世話をするという条件で、家賃を半額にしてもらった。

そうこうしているうちに、メアリーの誕生日に第一子となる娘メアリー・アンが生まれた。あのときほど嬉しかったことはない。家族のために、稼げるだけ金を稼ぐと誓った。カトリック教徒のおれたちは、神が授けてくれるままに子どもをもうけるつもりだった。自宅でメアリー・アンの命名式を盛大におこなった。ダスティも招いた。一九四八年のフィラデルフィアでは、少々珍しいことだった。メジャーリーグで黒人選手の加入を認めるのがいちばん遅かったのは、フィラデルフィア・フィリーズだ。

しばらくトラックの荷積みの仕事をしていたが、やっと組合に加入している安定した仕事につくことができた。スーパーマーケット〈フード・フェア〉のトラック運転手だ。その仕事は一〇年つづけた。主に、牛の後四半分や鶏の配達をした。ダスティが副業で小銭を稼ぐ方法を伝授してくれた。木箱から鶏肉を少々失敬して、箱の重量が変わらないよう氷を詰める。そして配達の途中で〈レッド・ルースター〉に寄ると、ダスティが鶏肉を買いたい人を並ばせているといったぐあいだ。ダスティは絞めてまもない新鮮な鶏を一羽一ドルで売り、売上げをふたりで折半した。六〇羽持っていけば、取り分はひとり三〇ドルだ。

一年あまり経ったころ、娘のペギーが生まれた。〈フード・フェア〉で堅実な仕事につき、〈ワーグナー・ダンスホール〉でアルバイトをし、さらに鶏で金を稼ぎ、シーラン一家の暮らし向きはいいように思えた。幼子ふたりの世話は、メアリーの母親が手伝ってくれた。

ややあって、週数日の夜の仕事は〈ワーグナー・ダンスホール〉から〈ニクソン・ボールルーム〉へ場所を移し、ダスティと一緒に用心棒をやるようになった。黒人の女たちが自分の恋人を嫉妬させようと言い寄ってくるので、皆をなだめなければならなかった。ある日、ダスティが一計を案じた。彼によると、おれが客をなだめることしかしないので、殴りあいは怖くてできないのだろうと男連中が思いはじめているらしかった。そこでおれたちは不正行為をたくらんだ。おれがあとずさりしつづけ、そのあいだにダスティがおれが勝つほうに賭ける。皆が賭け終わるとダスティがうなずき、おれは相手をノックアウトするという案配だ。あんたに人を殴り倒した経験があるかどうかは知らないが、殴るのに最も効果的な部位は、顎と耳がちょうどつながるところだ。そこをまともに捕らえれば、相手はまえのめりに倒れる。そのさい相手は決まってこっちのシャツをつかんで引き裂くので、おれは店側と交渉し、給与の一部として新しい白シャツを支給してもらえるようにした。それはともかく、賭けで儲けた金はダスティと分けた。残念ながら、それはあまり長くはつづかなかった。じきに名乗りをあげる者がいなくなってしまったんだ。

一九五五年に三女のドロレスが誕生した。毎週日曜日になると、メアリーとおれは教会へ行き、娘たちは子ども向けのミサに出席した。九日間の祈り《ノヴェナ》と、秘跡《サクラメント》がおこなわれるときも、メアリーは教会に足を運んだ。あいつは申し分のない母親だった。おれのお袋と同じようにとても物静かな女だったが、娘たちには愛情を形で示した。おれはそういうことがうまくできなかった。というのも、子どものときに、そうされたことがないからだ。愛情の示し方については、娘より孫たちから多くを学んだ。メアリーが娘たちを育てた。娘たちはおれを困らせることはいっさいしなかった。おれの育て方がよかったからじゃない。母親の思いやりと育て方のおかげだ。

次女のペギーをたびたび〈ジョニー・モンクス・クラブ〉に連れていった。メアリー・アンは家で、母親や妹のドロレスと一緒にいるのが好きだった。ジョニー・モンクは地域の顔役だった。あの店の料理は実にうまかった。メアリーは酒を飲まないが、大晦日にはそろって店に行った。メアリーは子どもたちとピクニックに行くのが好きで、おれたちはよく一家そろってウィロウ・グローヴ遊園地を訪れた。おれはいつも走りまわっていたわけではない。娘たちが幼いころは、しょっちゅう一緒に出かけた。いちばん仲がよかったのはペギーだったが、いまでは口もきいてくれない。ジミーが行方不明になってからずっとだ。

すべてが変わったのは、おれがダウンタウンをほっつき歩くようになったころだ。〈フード・フェア〉の運転手のなかにイタリア人がいて、そいつらとダウンタウンに繰り出しては、ある種の連中が出入りしているバーやレストランを訪れた。べつの世界に足を踏み入れたんだ。

いまはそのことを心底悔いている。おれはわが子を虐待する父親ではなかったが、子どもたちの面倒を見なくなりだした。かたやメアリーは実によくできた女で、おれに優しすぎるほど優しかった。ある時期を境に、おれはそれまでとはちがう世界にどっぷりと浸かり、家に帰らなくなった。だが、金は毎週欠かさず持っていった。こっちが正しいおこないをすれば、メアリーもきちんと対応した。おれは身勝手なろくでなしだった。金をわたしておけば正しいおこないをしていると思っていたが、娘たちに家族団らんの時間をろくにあたえず、女房にも充分な時間を割かなかった。一九六〇年代に、二番めの女房アイリーンと結婚したときはちがった。四人めの娘コニーが生まれた。そのころには、ホッファのもとでチームスターズの一員になっていて、収入も安定していた。歳もとり、家にいることが多くなった。外で策をめぐらすこともなくなっていた。すでに一定の地位を得ていたからな。

五〇年代にメアリーとふたりで『波止場』を観て、自分は少なくともマーロン・ブランドが演じる男ほどワルではないとか、いつか組合労働者の仲間入りをしたいとかと思ったことを憶えている。チームスターズのおかげで、〈フード・フェア〉で雇用を保障された。もし盗みが発覚すれば、会社はその従業員を問答無用で解雇できる。おれに言わせれば、盗みをしているのを見つけて、それを証明できれば問答無用で解雇できる、だ。

8　ラッセル・ブファリーノ

一九五七年、ある犯罪組織の存在が明らかになった。意に反してではあるが、公に知られるようになったのだ。一九五七年以前は、アメリカに組織だったギャングのネットワークが存在するかどうかについて、しかるべき人たちのあいだで意見が分かれていた。長年にわたり、FBI長官のジョン・エドガー・フーヴァーは国民に向かって、そのような組織は存在しないと明言し、FBIの選りすぐりの捜査官たちに共産主義者と思しき者を調査させていた。しかし一九五七年、ギャングの存在が浮上したとあって、フーヴァーでさえ認めざるをえなくなった。政府が盗聴した結果、その組織は「コーザ・ノストラ」――「われらのもの」を意味する――と呼ばれていることが判明した。

皮肉にも、ギャングが否応なく存在を知られるようになったことに、目立つのが嫌いなラッセル・ブファリーノが関わっていた。一九五七年一一月にニューヨーク州のアパラチンで全国のギャングのボスを招集して開かれた会議のお膳立てをしていたのだ。同年一〇月、ボスのひとりアルバート・アナスタシアがニューヨークのパーク・シェラトンホテルの理髪店で、顔に熱いタオルをのせて椅子に坐っていたところを射殺された。会議は、この事件が引きおこしかねない問題に対処するために開かれた。

アパラチン会議はギャングたちに、いい結果どころか大きな害をもたらした。アパラチンの警察がその地域でのギャングの行動を怪しんで、会議がおこなわれている家に踏みこんだ。これは、アメリカの最高裁判所が捜査押収に関する法律を改正するまえのことだ。警察によって、アメリカのギャングの重鎮五八人が逮捕され、連行された。ほかのおよそ五〇人は森を抜けて逃走した。

さらにその年、アメリカ上院のマクレラン委員会がおこなった組織犯罪に関する聴聞会が連日テレビで放映され、国民は組織犯罪というものをじっくり見るようになっていた。国民は白黒テレビで生放送を見ていたが、ダイヤモンドのピンキーリングをつけ、質問をされるたびにお抱え弁護士と小声で話をしては、上院議員や委員会顧問のボビー・ケネディに向きなおり、だみ声で憲法修正第五条を盾に黙秘権の行使を口にしているのが非情なギャングだと報じる新聞はなかった。質問の大半は、殺人や拷問など重罪行為の告発にまつわるものだった。長広舌は一九五〇年代の文化の一部だった。「議員、弁護士の助言により、いまの質問に答えることは私の不利益になるので、答えるのは丁重にお断わりします」当然ながら、国民はその返答を罪の告白とみなした。

コーザ・ノストラの委員会が重大な決定をくだすにあたっては、必ずラッセル・ブファリーノの承認が必要だった。とはいえ、国民はアパラチン会議とマクレラン委員会の聴聞会があるまで、彼のことをまったく知らなかった。自分の地位を誇示するアル・カポネやダッパー・ドンことジョン・ゴッティ（ガンビーノ一家の元ボス）とはちがい、寡黙なブファリーノはどこにでもいるイタリア移民と誤解されていたかもしれない。

彼は一九〇三年にロサリオ・ブファリーノとしてシチリアで生まれた。アパラチン会議およびマクレラン委員会の聴聞会がおこなわれた数年後、司法省によって、親友であり協力者でもあるニューオーリンズの犯罪組織のボス、カルロス・マルセロとともに、国外へ追放される寸前までいった。飛行機のチケットを購入し、金を持ち出す手はずも整えていたが、最終的に法廷で国外退去処分を免れた。

FBIはラッセルの親友であるカルロスと法廷で闘うリスクをおかしたくなかったので、彼を文字どおりニューオーリンズの街からつまみあげ、グアテマラ行きの飛行機に乗せた。カルロスの出生証明書はグアテマラのもので、FBIによるとアメリカ国民としての権利を持っていなかった。彼は激怒して空路アメリカに戻り、ブファリーノと同様、法廷で国外退去処分を撤回させた。

行政の圧力をよそに、ブファリーノは自身の事業を進め、財を築いていった。ペンシルヴェニア組織犯罪調査委員会の一九八〇年の報告書『一〇年間の組織犯罪』によると、「マッガディーノ・ファミリーも……ジェノヴェーゼ・ファミリーももはや存在しない——目下、これらのファミリーのメンバーはラッセル・ブファリーノの支配下にある」とのことだった。

ペンシルヴェニア組織犯罪調査委員会は、ブファリーノがアメリカ政府へ弾薬を供給している最大手、メディコ・インダストリーズの匿名の共同出資者《サイレント・パートナー》であることを突きとめた。ブファリーノはラスヴェガスのカジノの利権を密かに持ち、こちらはかたくなに隠していた話ではないが、一九五九年にフィデル・カストロに失脚させられたキューバの独裁者、フルヘンシオ・バティスタと親交があった。ブファリーノはバティスタの承認を得て、ハバナ近郊に競馬場と大規模なカジノを所有していた。それらの競馬場とカジノをはじめ多大な額の金と不動産は、カストロがギャングをキューバから締め出した際に没収された。

一九七五年六月、シカゴのサム・〝モモ〟・ジアンカーナが暗殺される一週間まえ、そしてデトロイトのジミー・ホッファが失踪する一カ月まえのこと、上院のチャーチ委員会がCIAと組織犯罪とのつながりについて聴聞会をおこなった。《タイム》誌によると、CIAは犯罪組織と結託してくわだてた謎多きカストロ暗殺計画で、ブファリーノの協力を首尾よくとりつけていたとのことだ。上院議員のフランク・チャーチが率いる委員会は、一九六一年四月にあったピッグス湾事件の少しまえ、カストロを毒殺しようという突飛な陰謀にブファリーノが関わっていたと結論づけた。

一九七〇年代、ブファリーノは組織犯罪に関して三度、無罪放免になっている。その三度め、連邦政府に対する恐喝事件で無罪判決がおりたわずか五日後に、ジミー・ホッファは失踪した。一九七五年七月二五日、《バッファロー・イヴニング・ニューズ》がこう報じている。「『私が予測していたとおりになった』CIAのピッグス湾侵攻作戦に関与したブファリーノは述べている」同日、ニューヨーク州ロチェスターの《デモクラット》と《クロニクル》には、「ブファリーノは引退するつもりなのかと問われて、『引退したいが、彼らが引退させないだろう。それに弁護士たちに報酬を払わなければならない』と答えた」とあった。

ラッセル・ブファリーノの組織犯罪は、フィラデルフィアを除くペンシルヴェニア州全土やバッファローをふくむニューヨーク州北部にまでおよび、フロリダやカナダ、ニューヨーク市の一部、ニュージャージー州北部で利権を得ていた。だが、彼の真の力は国じゅうのギャングから一目置かれていることにあった。くわえて彼の妻キャロライナ・シャンドラ、通称キャリーはコーザ・ノストラのシャンドラ一族の血を引いていた。一族にボスの座についた者はいないが、アメリカでマフィアが誕生した当初からのメンバーである。

ブファリーノと最も親交が深かったのは、フィラデルフィアの犯罪組織のボス、アンジェロ・ブルーノだろう。法執行機関はブファリーノを「寡黙なるドン・ロサリオ」と、ブルーノを大規模な犯罪組織のボスになるための働きかけが控えめだったことから、「穏やかなるドン」と呼んだ。ブファリーノ・ファミリーと同様、ブルーノ・ファミリーも麻薬の取引を容認していなかった。ブルーノの流儀は傍《はた》からすれば時代遅れで、彼はそれが原因で一九八〇年に貪欲な部下に殺害された。彼の死去により、ファミリーは延々と混乱状態に陥ることになる。後継者のフィリップ・〝チキンマン〟・テスタは、ボスになった一年後、爆弾で暗殺された。あとを継いだニコデモ・〝リトルニッキー〟・スカルフォはアンダーボスと甥の裏切りにより、殺人罪で複数の終身刑に処せられ、いまも刑務所にいる。後釜のジョン・スタンファも、殺人罪で五つの終身刑を言いわたされた。毎年クリスマスになると、フランク・シーランのもとにレヴンワース刑務所の監房にいるジョン・スタンファからカードが届いた。

ジョン・スタンファの後継者ラルフ・ナターレは政府の情報提供者となった初のギャングで、部下たちに不利な証言をした。フランク・シーランはフィラデルフィアを「裏切り者の街」と称していた。いっぽうラッセル・ブファリーノは長生きをし、一九九四年、介護施設で九〇歳で他界した。最期の日まで、「ファミリー」を統率していた。アンジェロ・ブルーノのフィラデルフィア・ファミリーとは異なり、彼の死後に内部抗争があった気配はない。

フランク・シーランが言うには、面識のある犯罪組織のボスのうち、『ゴッドファーザー』でマーロン・ブランドが扮したドンの特徴や流儀を誰よりも想起させるのは、ラッセル・ブファリーノとのことだ。

米上院のマクレラン委員会は組織犯罪に関する調査報告書のなかで、ブファリーノは「アメリカのマフィアで最も冷酷で影響力のあるボスのひとり」だとしている。

一九九九年の夏、私はペンシルヴェニア州北部の州間高速道路で、ある男とその妻と息子を車に乗せた。車が故障し、サーヴィスエリアまで連れていってほしいとのことだった。偶然にも、男はラッセル・ブファリーノがかつて暮らし、いまでも未亡人のキャリーが住んでいる町の元警察署長だった。私は元検察官だと名乗り、ブファリーノについて何か教えてもらえないかと頼んだ。元警察署長は笑みを浮かべて言った。「彼はほかの町でしたようなことを、うちの管内ではいっさいしていない。保守的でとても礼儀正しく、まさに紳士だった。ブファリーノの自宅や車を見ただけでは、資産家とは誰も思わないだろう」

9　プロシュート・ブレッドと自家製ワイン

❞ラッセル・ブファリーノに会った日、おれの人生は変わった。その後、彼と一緒にいるところをある筋の人に目撃されていたおかげで、命があわやという事態に陥ったときに命拾いしたことがあった。よくも悪くも、ブファリーノと知り合い、つるんでいるのを見られることで、それまでの慣れ親しんだ世界よりもダウンタウンの世界に深く関わるようになった。戦後、おれの身に起きたことのなかで、彼との出会いは二度結婚して四人の娘の父親になったことにつぐ最大の出来事だった。

一九五〇年代半ば、たぶん五五年だったと思うが、保冷トラックで〈フード・フェア〉の肉を運んでいたときのことだ。配達先のシラキュースへ向かう途中、ニューヨーク州のエンディコットで車の調子が悪くなった。駐車場にトラックを駐めてボンネットを開けていると、背の低い年長のイタリア人が近づいてきて言った。「手伝おうか、若いの？」そいつは助かると応じると、男はしばらく、たしかキャブレターをいじっていた。自分専用の道具を持っていた。おれは作業をしている彼に、片言のイタリア語で話しかけた。どこをどういじったかはわからないが、男はトラックを動くようにしてくれた。エンジンが音を立てはじめ、おれはトラックから降りて彼と握手をし、礼を言った。彼の握手は実に力強かった。握手したときの感触――心がこもっていた――で、たがいにそりが合うとわかった。のちに親しくなってから、初対面のときのおまえの振る舞い方が気に入ったと言われた。おれは、あんたには特別なもの――駐車場を所有しているとか、道路全域を所有しているとか何か――を思わせるものがあったと言った。が、実際はそれ以上だった。ラッセルは勝者の自信をみなぎらせていると同時に、謙虚で礼儀正しかった。土曜日に教会に懺悔しに行けば、どの神父の列に並べばいいのか察しがつく。辛い思いをしなくてすむよう、いちばん偏見のない神父を選ぶ。ブファリーノはまさにそういった神父だ。最初の出会いで、彼を見つめながら握手をかわしたとき、何者かは知らなかったし、再会するとも思っていなかった。しかし実際、彼はおれの人生を変えた。

そのころには、〈フード・フェア〉の仲間でフィラデルフィア南部に住むイタリア人たちと、ダウンタウンの五番街とワシントン通りの角にある〈ボッチェ・クラブ〉に繰り出すようになっていた。おれの目には新鮮な連中だった。そこから、一〇番街とワシントン通りの角にある〈フレンドリー・ラウンジ〉にはしごするのがお決まりのコースだった。店のオーナーはジョンといったが、まわりからはスキニー・レイザーと呼ばれていた。最初、ジョンについては何も知らなかったが、〈フード・フェア〉の仲間数人はジョンのもと、それぞれのルートで小遣い稼ぎをしていた。たとえばダイナーのウェイトレスが一〇〇ドル借りて、毎週一二ドルずつ一〇週間で返済するとする。一二ドル払えないときは二ドルだけでいいが、その週のぶんの一二ドルはそのまま借金として残り、結局借金が増える。期日までに払えなければ、そのたびに利子がつく。借金のうちの二ドルは、利息《ヴィゴリッシュ》を縮めて「ヴィグ」と呼ばれた。法外な利息だ。

〈フード・フェア〉の仲間のイタリア人はそうやって小銭を稼いでいた。あるとき、〈フレンドリー・ラウンジ〉で仲間からスキニー・レイザーを紹介され、おれも自分のルートで同じことをしはじめた。楽に金を稼げた、拳をふるうこともない、ただ信用を得られない人たちに便宜をはかってやるだけだ。クレジットカードのある時代ではなかったから、給料日まで間があっても、何ドルか借りるあてもなかった。だがはっきり言って、金貸しは犯罪まがいのヤミ金で違法だ。

金貸しはおれにうってつけだった。というのも、そのときすでに所属先のチームスターズ一〇七支部のオルグである、ジョーイ・マクグリールというアイルランド系用心棒の元ボクサーの下で、フットボールくじをハンバーガー・ショップの〈ホワイト・タワー〉で売っていたからだ。〈フード・フェア〉のイタリア人連中も、おれからくじを買った。くじに出資はしていなかった。大当たりが出たときのことを考えると、そんな余裕はなかった。資金はマクグリールが出し、こっちは歩合に応じて分け前をもらった。おれがみずからくじをまとめて買う。すぐさまダウンタウンで酒場の客に売る。スキニー・レイザーのようなほんものの胴元は、フットボールくじには関わっていないから、おれが店内でくじを売ったところで気にはしない。くじなど取るに足りないことだ。とはいえ、当時くじは違法だったし、いまでもそうだろう。

スキニー・レイザーは商売の手法や、彼としゃべりに店に来る客から集める敬意のおかげで、副業のノミ屋と高利貸しで懐を潤せたと言える。言ってみれば、彼が将校か何かで、ほかの連中はみな下士官兵といったところか。だが、おれの仲間のイタリア人はひとりとして、彼をギャングの大物を見るような目では見ていなかった。スキニー・レイザーなんていう通り名の大物がどこにいる？

ジョンがスキニー・レイザーと呼ばれるようになったのは、かつて生きた鶏を売る店をやっていたからだ。イタリア女がやって来ては、檻のなかにずらりと並ぶ鶏を見て、どれにするか選ぶ。そうしたらジョンが一直線のかみそり《レイザー》を取り出し、鶏の首を切る。それをイタリア女が家に持ち帰って羽根をむしり、夕食用に調理する。

スキニー・レイザーはまわりからすごく好かれていたし、ユーモアのセンスにも長けていた。ほかの者たちを「マザー」と、最近のような意味ではなく親愛の情をこめて呼んだ。がりがりで、背丈はおよそ一八五センチとダウンタウンではかなりの長身だった。どことなく、細い《スキニー》一直線のかみそりを思わせた。弱者に人一倍寛容だった。過ちを犯しても、それが「残忍」なことでないかぎり、彼には打ち明けることができた。過ちがささいなことならば大目に見てもらえるが、雇われることはない。

いまの人には信じられないだろうが、当時はギャングの組織があると知っている者はいなかった。もちろん、組織を率いていたアル・カポネのようなギャング個々については聞いたことはあったが、ほぼすべてを牛耳っている全国組織のマフィアとなると、知っている者はそう多くはなかった。おれはいろいろなことに通じていたが、マフィアに関してはなんら知識がなかった。ほかの者たちと同様、近所の胴元が宝石強盗やトラックのハイジャック犯、労働組合の幹部、政治家とつながっているとは知らなかった。彼らの世界に足を踏み入れたときも、最初は自分が少しずつ目にしていくことになる大規模な組織があるとは思ってもいなかった。いわば、港湾労働者が毎日アスベストにさらされていても、それがいかに危険かを知らないようなものだ。ギャング連中は一般市民に存在を知られたくなかった。

〈フード・フェア〉でともに働いていたイタリア人は、自分たちがスキニー・レイザーと呼ぶ男のもとで金貸しをしていたが、彼がどれほどの力を持っているかすらわかっていなかった。

彼らと自家製の赤ワインを飲みながらしゃべっているとき、おれが順調にいっているダスティとの鶏の取引を自慢げに話すと、連中はもっと稼げる方法を伝授してくれた。トラックに牛の後四半分を積み終えたら、精肉会社の責任者がアルミニウムのシールを錠の上に貼り、それから出発する。配達先の店舗に到着したら、店の支配人がそのシールをはがし、こっちは肉を店の冷蔵庫に運びこむ。シールは一度はずしたら貼りなおしがきかないので、配送途中で肉に触れることはできない。店の支配人だけがはがせる。が、震えるほど寒い日は、トラックに肉を積みこんだあと、シールを貼るはずの責任者が無精をして、代わりに貼るようシールを寄こしてくることがあった。それを貼らずにトラックを走らせ、ダイナーで待っている男に後四半分をたとえば五頭ぶんわたす。そいつが肉をレストランへ届け、儲けを折半する。ダイナーで後四半分を五頭ぶん降ろしたあと、シールを錠に貼る。配達先に着いたときシールは無傷で、店の支配人がはぎ取るから何ら問題はない。で、こっちは親切なふりをして、肉を冷凍室まで運びますよと申し出る。冷凍室にはいると、右側のレールのフックに牛の後四半分がずらりとかかっている。そこから五つはずして左側のレールにかける。二五個運び込むのではなく、トラックに残っている二〇個を、すでに五つぶらさがっている左側のレールにかける。店の支配人は二五個あるのを確認して、受領のサインをする。向こうは在庫目録を見て不足に気づくが、その責任の所在も、どうしてそうなっているのかもわからない。精肉会社の責任者は、自分で貼るべきシールを運送係にわたしたことも、寒いなか外に出るのがいやで職務を果たさなかったことも絶対に認めない。

理屈を言えば事はこういうふうに進むが、実際はほぼ全員がこの取引にからんでいて、知らん顔をすることでおこぼれにあずかっていた。

戦前、所有物はすべて働いて得たものばかりだった。一転戦時中は、欲しいもの、かっぱらえるものは何でも盗《と》るようになる。もっとも盗る価値のあるものは大してなかったが。それでもワインと女は手にはいったし、車がいるなら、それも盗む——そんなぐあいだ。戦後は、盗めるところで盗めるものをちょうだいするのが当たり前のようになった。一パイント一〇ドルで売れる血にはかぎりがある。

ある日、少々調子に乗りすぎて配達の際、アトランティックシティで積み荷の肉をすべて売ってしまった。相手に全部わたしたあとで、錠にシールを貼った。アトランティックシティに到着して、配達先の支配人がシールをとると、なかには肉がひとつもなく、おれは首をかしげた。きっと荷積み係が、荷を積むのを忘れたんだ。店の支配人に、軽いトラックを運転しているのに気がつかなかったのかと訊かれたので、性能がいいトラックに乗っているんだと思ったと答えた。その一件があって、〈フード・フェア〉は各店舗に、支配人はおれに目を光らせておくようにとの貼り紙をした。だがともあれ、支配人の多くがこの取引に一枚かんでいた。

貼り紙ぐらいで、おれがおとなしくなるはずがなかった。おれが配達する先々で肉がなくなっているのは会社も気づいていたが、おれのせいだという証拠はつかめなかった。おれの仕業だとわかっていても、どうやっているのかはわからなかった。それに契約上、確固たる理由がないかぎり、会社はチームスターズの一員を解雇できなかった。おれを解雇するに足る理由はなかった。盗みは証明できた場合のみ、理由として認められる。おまけにおれは盗みをしていないときは、汗水流して働いていた。

ところが一九五六年一一月五日、経営陣は手持ちの札で勝負することにし、州際通商における窃盗の罪でおれを告訴した。弁護士からは罪を認め、結託している者たちの名前を言うよう助言された。だが、関わっている連中は、当局がおれの裁判で証人にする予定の者ばかりだった。もしおれを刑務所に入れるのなら、裁判所に犯人護送車を持ってきて、自分たちが召喚した証人も運ばなければならない。当局が望んでいるのは仲間の名前を聞き出すことだけで、名前がわかればおれを釈放するつもりだった。おれは検察側の証人たちに堂々としていろ、自分は誰の名前も洩らす気はないと伝えた。口を閉じて、何も知らないふりをしていればいいと。そうすると同時に、機を見てオフィスに忍びこみ、おれが配達した肉以外に、会社にとって説明がつかないものすべての記録を盗んだ。

つぎつぎと現われる検察側の証人は誰ひとり、おれに不利な証言をできなかった。おれは弁護士に言って、頻繁に紛失するもの、数が欠けるものすべてに関する〈フード・フェア〉の記録を提出させた。検察はおれが記録を盗んだと異議を唱えた。おれはどこかの誰かがそいつを盗んで、うちの郵便受けに入れたと反論した。判事は異議を却下し、もし何者かが〈フード・フェア〉の在庫品を持っているのならば、いずれ売るだろうと述べた。会社は弁護士を通じて、もし辞職するならば二万五〇〇〇ドル支払うと言ってきた。おれは収入が減ると困ると返答した。

仲間とともに、ダウンタウンで祝盃をあげた。スキニー・レイザーやそこに居並ぶ者たちが、おれが誰の名前も口にしなかったことに心底感心しているのが見てとれた。彼らにとって、密告しないことは裁判に勝つことよりも重要だった。

ダウンタウンに足を向けるようになったころ、仲間と連れだって食事をしようと、九番街にある〈ヴィラ・デローマ〉にはいったことがある。ある晩、ひとりの男が目にとまった。以前、駐車場でトラックを修理してくれた年長の男だった。そばまで行って挨拶をすると、男とその友人のテーブルに一緒に坐るよう誘ってきた。話の流れで、男の友人はアンジェロ

・ブルーノだとわかった。さらにあとになって知ったのだが、アンジェロ・ブルーノはスキニー・レイザーのボスであるうえ、フィラデルフィアを仕切っているボスで、〈ヴィラ・デローマ〉はもちろん、ダウンタウンの店の大半のサイレント・パートナーだった。

ワインを飲んでいると、ラッセルがフィラデルフィアにはプロシュート・ブレッドめあてで何度も来ていると言った。このパンは、なかにプロシュートとモッツァレラチーズがはさまっている。スライスして口に入れると、サンドウィッチを食べている気分になる。サンドウィッチみたいなものだが、サンドウィッチとはちがう。ラッセルがこのパンのためだけにフィラデルフィアを訪れるというのは嘘じゃないと思ったので、つぎに配達で彼の自宅のある方面へ行ったとき、プロシュート・ブレッドを一ダース届けた。これで、おれがどれだけラッセルを知っているかわかるだろう。彼はとても親切だった。

やがてダウンタウンのほかの場所でも、ラッセルを見かけるようになった。隣にはいつも、友人のアンジェロ・ブルーノがいた。ラッセルの住まいのほうへ行くときは〈ロゼリ〉のソーセージを、これもフィラデルフィアを訪れる理由に名前が挙がっていたので、持っていきだした。そうやってプロシュート・ブレッドやソーセージを届けることが多くなるにつれ、フィラデルフィアで彼の姿を目にする機会も増えた。そのたびに、一緒にテーブルについて赤ワインを飲んで、プロシュート・ブレッドを食べようと声がかかった。戦時中、ラッセルの生まれ故郷であるシチリアの町カターニアを訪れたことがあると言うと、彼はたいそう喜んだ。カターニアでは日曜日になると、手作りのスパゲティがまるで洗濯物を干すように口ープに吊されていたことも話した。ときおり食事に招かれ、イタリア語をまじえて歓談した。思いがけず二ドルのフットボールくじを買ってくれたり、カードゲームに興じたりした。単なるお愛想だったが。

そのいっぽう、〈フード・フェア〉チェーンの終身社員になる話が、突然反故《ほご》にされた。会社がグローブ探偵事務所に依頼して、疑わしいレストランを見張らせ、そこに肉を届けている男を押さえたのだ。〈フード・フェア〉の従業員ではなかった。ダウンタウンをほっつき歩き、スキニー・レイザーの店に出入りしていた男だ。ピックアップトラックを駆り、おれが流した肉を積んでいた。会社はどの運転手が運んでいた肉か特定できず、こんどもおれの尻尾をつかめなかった。連中がおれに対して抱いていたのは、希望的観測でしかなかった。が、誰の仕業かわかっていたから、おれのところへ来て、辞職すれば男を見逃すと言った。辞めさせるなら二万五〇〇〇ドル寄こせと言いかえすと、一笑にふされた。おれがその男を見捨てることはないと踏んでいたんだ。それは正しかった。おれは仕事を辞めた。

そのあとどうなったかというと、〈ヴィラ・デローマ〉でラッセルに出くわしたおり、彼はすべてを知っていて、おまえは正しいことをしたと言われた。くだんの男には妻と子どもがいて、おまえが正しい行動をとったおかげで刑務所送りにならずにすんだと。かたや、おれは同じく妻子がいるというのに職を失った。

労働組合からの仕事をときおりするようになった。どこかの会社の運転手が病欠したときに、順番で代わりを務めるのだ。『波止場』に登場する港湾労働者よろしく、仕事をもらう列にくわわったというわけだ。日によって仕事があったりなかったりで、定職につきたいと願うばかりだった。ダンスホールでの仕事はつづけていた。しかし、〈フード・フェア〉を利用する道は絶たれた。それがなければ、スキニー・レイザーのもとで金貸しをするのも、ジョーイ・マクグリールのもとでくじを売るのも難しかった。

仕事にあぶれたせいで、ダウンタウンをうろついて、あちこちで小金稼ぎをする時間が増えた。〈フード・フェア〉でのイタリア人仲間が、ジムでのウェイトトレーニングでおれがベンチプレスで一八〇キロ挙げただとか、一二五キロのバーベルを体の反動を使わず何度も上下させていただとか吹聴した。ある日、エディ・レチエというナンバーズの制作者が現われ、金儲けをしたいかと訊いてきた。ちょっとした用を引き受けてもらいたいと。ニュージャージーに親戚の恋人と寝ている男がいるので会ってきてくれと、数ドル寄こした。さらに銃を差し出し、ちらつかせるだけで実際には使うなと言った。それが当時のやり方だった。見せるだけだ。いまはちらつかせるのではなく、ほんとうに撃つ。あのころは、その日に必要な金を求めた。いまはすでに使ったぶんを求める。最近は世の中の半数がドラッグをやっていて、そのせいで衝動的な行動に走る。まともにものが考えられなくなっている。半数以上がそうだ。ボスのなかにも、そういうやつはいる。

おれはニュージャージーへ行き、男と話をした。他人の家の芝を刈るな、自分ちの芝を刈れ、こっちは売約済みだと言ってやった。自分の女とやれと――それがあのころの言い方だ、女とやる。女はほかで探せと男に言った。ロミオにおれと揉《も》める気がないのはすぐにわかったので、銃は取り出しもしなかった。話の通じるやつだった。

エディ・レチェのちょっとした用はすんなりと片がつき、その後、ほかの人の使いっ走りもするようになった。ダウンタウンの者に借金をしているやつがいれば、金を回収しに行った。あるときスキニー・レイザーから、アトランティックシティに行って、利息の支払いが遅れている男を連れもどしてくれと言われた。おれは行って、そいつを捕らえた。そのときは、やつをこっちの車に乗せるのに、銃にものを言わせなければならなかった。〈フレンドリー・ラウンジ〉に着いたとき、やつのパンツは小便まみれだった。スキニー・レイザーは男を見やり、金を取ってこいと言った。そいつが、どうやってアトランティックシティまで金を取りにもどるんだと訊いたら、スキニーはバスで行けと。

当然ながら、おれは腕が立つうえ信頼できるという評判がたった。〈フード・フェア〉を辞めてまでして刑務所送り寸前の男を助けたことが、信用に足る人間だという証しとされた。まわりから、イタリア語でフランクにあたるフランチェスコを縮めて「チーチ」と呼ばれだした。じきに、一〇番街とタスカー通りの角にある会員制の酒場、〈メッシーナ・クラブ〉に誘われるようになった。そこは、どこよりもうまいソーセージとピーマンのソテーを出す。よくカードゲームをした。隣のテーブルに一般人がいないので、のんびりできた。その店はいまも同じ場所にあって、いまでもフィラデルフィア南部で最高にうまいソーセージとピーマンのソテーが食える。

水曜日に偶然ラッセルに会ったことが何度かあり、そのたびに家に戻って女房を連れてこいと言われた。そのあと、彼と彼の妻のキャリーと〈ヴィラ・デローマ〉で落ちあって一緒に食事をした。水曜日の夜は、夫婦そろって出かける夜だった。だから、「クマレ」――情婦――まあ、なんと呼んでもいいが、女房以外の女を連れている男は見かけなかった。水曜日の夜は情婦とほっつき歩いてはいけないと、誰もが承知していた。暗黙のルールだ。メアリーとおれはたびたび、ラスとキャリーと楽しい水曜の夜を過ごした。

いつしか、労働組合の仕事がない日はダウンタウンに足を運ぶようになった。ダウンタウンは居心地がよかった。いつも赤ワインを手にしていた。家を空けている時間がしだいに長くなって、帰らないこともあった。日曜日の晩は、ニュージャージーのチェリー・ヒルにある粋なナイトクラブ、〈ラテン・カジノ〉を訪れた。そこには、平日ダウンタウンをうろついている連中がずらりとそろっていた。フランク・シナトラをはじめ、ビッグスターの曲がかかっていた。メアリーを連れていくこともたまにあったが、彼女好みの店ではなかったし、仕事のない日の多いおれにはベビーシッターは贅沢すぎて雇えなかった。メアリーはおれに定職が見つかるようにと、キャンドルを灯していた。土曜日の夜は、ダスティと〈ニクソン・ボールルーム〉で用心棒をしていたから、翌日の日曜日は遅くまで寝ているようになり、メアリーはひとりでミサへ行き、娘たちは自分たちのミサに出た。

ときおり、州北部に住むラッセルから電話があって、用があるので車を出してくれと頼まれた。彼は事業をニューヨーク州はエンディコットからバッファローまで、ペンシルヴェニア州はスクラントンからピッツバーグまで、さらにはニュージャージー州北部とニューヨーク市と、手広く展開していた。車を頼むと電話をかけてくるときは、日中、おれがどこにいるのかを把握しているようだった。彼のおともは楽しく、わずかでも金を要求したことは一度としてない。彼は自分と一緒にいるのを見られることが、おれの益になるとわかっていた。それがどれほどの益か、一九五七年一一月のある日初めて知った。彼に頼まれて、州境を越えてニューヨーク州北部に位置するアパラチンという小さな町まで車を走らせた。アパラチンでの用事がすんだらペンシルヴェニアのエリーへ移動し、ついでバッファローへ直行し、そのあとキングストンの自宅へ戻るとのことだった。おれはアパラチンにある一軒家に車をつけ、彼を降ろした。何も変わった様子はなかった。

翌日、アパラチンで開かれた会議は、アメリカのイタリア系ギャングに起きた過去最大の事件になっていた。突然、全国各地から集結したギャングが五〇人くらい逮捕され、そのなかにおれの新たな友人ラッセル・ブファリーノもふくまれていた。この一件はそれから何日も、新聞の第一面を騒がせた。テレビでも盛んに報じられた。マフィアはほんとうにいた、それも全国にいたんだ。ギャングにはそれぞれの縄張りがあった。ラッセルがどうしておれに車を出させていろいろなところへ行くのか、どうして彼が人家や酒場やレストランで用事をすませているあいだ、おれを車で待たせおくのか、このとき合点がいった。ギャングは相手にじかに会い、現金で取引をする。電話や銀行を通してすることはない。ラッセル・ブファリーノはかつてのアル・カポネに匹敵する、いやおそらくはそれ以上の大物だった。おれはその事実を受けとめきれなかった。

新聞の記事を片っ端から読んだ。ギャングのなかにはシルクのスーツを着ている者もいれば、ラッセルのように地味な服装の者もいた。しかし全員、自慢できるほどたっぷり犯罪歴があった。路面電車で派手に喧嘩をしたあと、さらに警官と一戦まじえたとか、〈フード・フェア〉の肉をくすねたとか、そんな話じゃない。ラッセル・ブファリーノとアンジェロ・ブルーノの仲間は、殺人や売春から麻薬、窃盗まで、ありとあらゆる犯罪に手を染めていた。こういった連中にとって、高利貸しやギャンブルは大金の稼げるビジネスだったらしい。ゆすりもそうだ。ラッセルがフィラデルフィアを訪れていたのは、単にプロシュート・ブレッドや菓子や〈ロゼリ〉の辛いソーセージのためでも、激辛ソーセージのためでもなかった。アンジェロ・ブルーノとビジネス——ギャングならではのビジネス——で取引をしていたのだ。

ラッセル・ブファリーノは彼らのビジネス界で大物中の大物のひとりで、おれは彼の友人だった。一緒にいるところを人に見られていた。ワインを飲みかわした。彼の妻とも面識があり、向こうもうちの女房を知っていた。いつも娘たちのことを訊かれた。イタリア語で話をした。プロシュート・ブレッドやソーセージを届けた。自家製の赤ワインを何リットルももらった。ワインを飲みながら、プロシュート・ブレッドを胃におさめた。車であちらこちらに送り届けた。アパラチンでのあの会議にも送っていった。

しかし、事件が新聞紙上を賑わせて以降しばらくのあいだ、彼の姿をダウンタウンで見かけることはなく、車を出してくれとの電話もなかった。大衆の目を避けているのだろうと思った。

あるとき、当局が進めているラッセルの送還についての記事を目にした。というのも彼は生後四〇日のときに、シチリアからアメリカに移住していたからだ。送還手続きと控訴が一五年つづき、ラッセルの頭痛の種だった。最終的に控訴は棄却され、ラッセルは荷物をまとめて飛行機のチケットを購入した。そこでおれは彼に弁護士――イタリア政府に顔がきき、金を握らせて、イタリア政府がラッセルの入国を拒否するよう手をまわせる弁護士――に相談してはどうかと勧めた。それでケリがついた。アメリカ政府は彼を国内にとどめておくしかなかった。ラッセルはおれの助言にいたく感謝したが、この騒動が最初に新聞で報じられたとき、おれが人生の階段をあがって、ラッセル・ブファリーノの国外追放を阻止するまでになろうとは、誰が想像できただろうか。

また、ダウンタウンの連中から聞いた話だと、ニューヨークの波止場地区のボス、アルバート・アナスタシアが前月に理髪店で暗殺されたことをめぐってギャング間の抗争が起きないよう、アパラチンでの会議を呼びかけたボスがラッセルだったらしい。ラッセル・ブファリーノ――ニューヨーク州エンディコットの駐車場でトラックを修理してくれた男――は、おれの目にますます大きく映るようになっていた。言ってみれば、映画スターか誰か有名人に会ったときに抱くような感覚だ。本人はいやがっていたが、ラッセルは途方もない有名人になり、ダウンタウンで、いや、どこであっても彼と一緒にいるのを目撃された者は、わずかながら同等の扱いを受けられるようになった。

そんなある日、〈ボッチェ・クラブ〉でウィスパーズ・ディトゥリオという男がおれのテーブルにやって来て、おれに赤ワインを一杯ふるまった。その界隈で見かけたことはあったが、よくは知らない男だった。スキニー・レイザーと姓が同じだが、血縁関係にはない。そいつがスキニー・レイザーのもとで金貸しをしているのは知っていたが、おれやおれの仲間よりもはるかに高額の金をあつかっていた。ハンバーガーショップ〈ホワイト・タワー〉のウェイトレスだけでなく、レストランやまっとうな会社とも取引をしていた。ウィスパーズから〈メルローズ・ダイナー〉で会おうと言われたので、足を運んだ。ダウンタウンの人間が〈メルローズ・ダイナー〉にいるなどと、誰も思わない。フィリーズの試合を観にいくまえに軽く食事を、と立ち寄る類の店じゃない。温かいヴァニラシロップがけのうまいアップルパイが食べられる。ウィスパーズは席につくと、一万ドルをあつかえるかと訊いた。おれは、話をつづけてくれと言った。❝

10 ダウンタウンの世界へ

ウィスパーズはフィラデルフィア南部でよく見かけるような、三十代前半の背の低い男で、詐欺を重ねて糊口《ここう》を凌《しの》ごうとしていた。ちょうどそのころ車に仕掛けられた爆弾で吹き飛ばされたウィスパーズと、同一人物ではない。別のウィスパーズだ。爆死したウィスパーズは知らない。小耳にはさんだだけだ。

当時、「メイドマン」（マフィアの正式メンバー）について何ひとつ知らなかった。メイドマンは自分が儀式を受けた犯罪組織で特別な地位であり、儀式後は手を出せない存在になる。承認がなければ、殺すことはできない。行く先々で、以前よりも敬意を払われる。排他的小集団、つまりボスの側近グループの〝一員〟になる。この地位につけるのはイタリア人だけだ。のちにおれはラッセルと親密になり、メイドマンより上に置かれるようになった。ラッセルでさえ、そう言っていた。「おまえはおれと一緒にいるから、誰も手出しはできない」握力のある手で頬をつかまれたときの感触は、いまでも忘れられない。そのときこう言われた。「おまえがイタリア人だったらな」

メイドマンについて知識があれば、ウィスパーズがメイドマンの足もとにもおよばない男だとわかっただろう。彼はダウンタウンをうろつき、自分のなすべきことをしていた。ダウンタウンのあらゆる人を知っていて、経験もおれより豊富だった。日曜日の夜は〈ラテン・カジノ〉で、スキニー・レイザーや彼の妻と同じテーブルについていた。アパラチン会議の件があって、スキニー・レイザーがアンジェロのアンダーボスであることは、もうわかっていた。つまり、〈フレンドリー・ラウンジ〉オーナーのスキニー・レイザーはフィラデルフィアのナンバー・ツーだということだ。

彼と同じ姓を持つウィスパーズは、ジョン・〝スキニー・レイザー〟・ディトゥリオと対等の立場だと思われたがっていた。地位を高め、メイドマンを気取りたがっていた。

ただひとつ、ウィスパーズは人間のみならず動物と較べても、最悪に息が臭かった。彼の悩みの種である口臭は、腹のなかでニンニクを栽培しているのかと思うほどひどかった。チューインガムやミントを大量に口に放りこんでも、なんら効果はなかった。それゆえ、人と話をするときは小声になるしかなかった。彼が口を開けたときの息を、まともにあびたい者などいなかった。当然ながら、スキニー・レイザーを崇め、自分の身のほども知っていたから、〈ラテン・カジノ〉で夫妻と同席しても口数は多くなかったはずだ。

ウィスパーズと軽く食事をし終えると——彼の向かいに坐っているのは容易ではなかった——〈メルローズ・ダイナー〉を出て、あたりをぶらついた。彼が言うには、リネンサプライ業者にかつてないほど多額の金を貸しつけたとのことだった。彼にとって、それは大きな賭けで、大きな過ちになろうとしていた。

リネンサプライ業はおおかたにおいて、高収益が見こめる。レストランやホテルに、洗いたてのリネンを貸し出す。規模の大きなクリーニング店と言えばいいか。貸し出したリネンを回収し、洗濯をしてアイロンをかけ、それをまた先方に届ける。紙幣を印刷する認可を受けたようなものだ。

ところが、ウィスパーズが金を貸したリネンサプライ業者は経営が厳しかった。デラウェアのキャデラック・リネンサーヴィス社と競合になり、契約を失いかけていた。もしその状況がつづけば、ウィスパーズが金を全額取りもどすにはかなりの時間を要する。会社が返せるのは利息《ヴィグ》ぶんだけで、それも期日より遅れることがときおりあった。ウィスパーズは元金をまるまる失ってしまいかねないと、心配をつのらせていた。

ウィスパーズが何を言わんとしているのか見当がつかなかったが、黙って聞いていた。デラウェアまで車でひとっ走りし、銃をちらつかせて金を回収してきてほしいのか？　それだけのことに一万ドルは出さないだろう。デラウェアはフィラデルフィアから南へ、わずか五〇キロほどの距離だ。当時の一万ドルは、いまの五万ドルかそれ以上の額に相当する。

ややあって彼は二〇〇〇ドル抜き出すと、おれに寄こした。

「これでどうしろと？」おれは訊いた。

「爆破するなり放火するなり、あのくそ忌々しい会社を焼き焦がしてくれ、手段はなんでもいいからキャデラック・リネンサーヴィスをぶっつぶしてほしい。商売をできなくしてくれ。そうしたら、金を貸した連中が契約を取りもどせて、こっちは金を回収できる。あの〈キャデラック〉を永久に動けなくしてやりたい。パンクじゃだめだ。塗装を引っかくのも。〈永久に追放してくれ。廃業だ。過去に葬れ。耐久プレス加工。シャツに糊はなし。あいつらが保険にはいってるなら、保険金くらい受け取らせてやる――ユダヤ人なら保険くらいはいってるだろう――おれの客にちょっかいを出すなと思い知らせてやる」

「一万ドルと言ったよな」

「心配するな。残りの八〇〇〇は、あのくそ会社を完全に叩きつぶしたときにわたす。二週間や三週間で事業を再開されちゃ困る。そんなことになったら、おれはさらに一万ドルの損だ」

「残りの八〇〇〇ドルはいつもらえるんだ？」

「おまえしだいだ、チーチ。あたえる打撃が大きければ大きいほど早く、あいつらが完全に廃業したとわかる。あのユダヤの洗濯女たちを焼き尽くしてくれ。これは戦争だ。何をすべきか、おまえならわかるはずだ」

「おもしろそうだな。金の件は承知した。向こうを探ってくる。そうすれば、何ができるかわかる」

「戦争だぞ、チーチ。いいか、おまえをいつもの界隈から離れたこの〈メルローズ〉あたりまで来させたのは、いまの話をほかに洩らせないからだ。言いたいことはわかるな？」

「ああ」

「ほかの者の手を借りるな。おまえは口が堅いと聞いている。単独で動くとも。おまえの仕事ぶりについて、いい評判をあれこれ耳にしている。おれはそこに大金を出すんだ。この仕事に一万ドルはけっこうな報酬だ。一〇〇〇か二〇〇〇ドルで頼むこともできる。だからスキニー・レイザーには何も言うな、相手が誰でも口を閉じていろ。絶対にだ。いいか？ 自分のやっていることをひと言でも言ったら、おまえは報いを受ける。わかったか？」

「少々神経質になってるな、ウィスパーズ。おれを信用できないと思うなら、ほかをあたれ」

「わかった、わかった、チーチ。おまえを雇ったことがないから、それだけだ。内密に頼む。また話をする必要が出てきたら、こっちまで来てする。ダウンタウンでは挨拶だけだ、いつものようにな」

その夜はまっすぐ家に帰った。二〇〇〇ドルを取り出し、メアリーに養育費にと一五〇〇ドルわたした。彼女には、四ドル賭けてそれだけ儲けたと話した。胴元は一ドルにつき六〇〇ドル払うが、こっちは掛け金一ドルにつき一〇〇ドルのチップをわたす。たいていの胴元は当然のように、そのぶんを総額から引く。メアリーはいたく感謝してくれたし、おれが自分のために五〇〇ドル残しているのもわかっていた。不定期ではあるが、収入があったときに、それに応じた額を現金で受け取ることに、メアリーは徐々に慣れていった。

翌朝、キャデラック・リネンサーヴィスまで車を飛ばし、様子を調べにかかった。会社の周囲を何度かまわった。ついで通りの反対側に車を駐めて敷地に歩み寄り、なかをすばやく探った。簡単にはいれそうだった。当時のあの手の会社は、警報器も実用的な警備設備もそなえていなかった。盗まれて困るものは何もなかったし、ホームレスやコカイン中毒者が勝手に侵入してくる心配もなかった。大変な仕事に思えたが、手にはいるのは大金だ。二〇〇ドルでニュージャージーまで車を走らせ、誰かを改心させるといった仕事とはちがう。

その夜、日が暮れたあとの様子を偵察するために、再度現場を訪れた。帰宅してから思考をめぐらせ、計画を立てはじめた。翌日もう一度行って、何度か会社のまえを走りながら探りを入れた。焼き尽くしてやる、と思った。そうすればすぐに残りの八〇〇〇ドルが手にはいる。消防士が消火するまえに全焼させなければならない、となれば会社全体に灯油をたっぷりと撒《ま》く必要があった。

翌日、〈フレンドリー・ラウンジ〉を訪れると、スキニー・レイザーが、おまえと話がしたいというやつが奥に来ていると言った。奥の部屋へ向かうと、すぐうしろをスキニー・レイザーがついてきた。室内にはいると、誰もいなかった。引きかえそうとすると、スキニーが道をふさいでいた。彼はドアを閉め、腕を組んだ。

「いったい〈キャデラック〉で何をしていた？」彼はおれに訊いた。

「小遣い稼ぎをしようと思って、それだけだ」

「何をしていたんだ？」

「男に頼まれて」

「どいつだ？」

「これはどういうことなんだ？」

「おまえのことは気に入ってる、チーチ。アンジェロも同じだが、説明をしてもらう必要がある。ペンシルヴェニアのナンバープレートをつけた、おまえの車とそっくりな青のフォードが目撃されている。そこから図体のでかいのが降りてきたそうだ。おまえだ。すぐにわかる。言いたいのはそれだけだ。おまえはしらを切ろうとせず、正しいことをした。アンジェロがこれからすぐに会いたいと言っている」

おれはアンジェロのもとへと歩きながら考えた。いったい何が起きてるんだ？　ウィスパーズはどんな厄介ごとに、おれを引きこんだんだ？

〈ヴィラ・デローマ〉に着くと、アンジェロが隅のいつもの席に坐っていて、隣にいるのはラッセルだけだった。そこで真剣に考えた。おれはどんな事態に陥っている？　抜け出せることなのか？　そこにいるのは、アパラチン会議のあと新聞にあらゆることを書きたてられた大物で、もはや友人として坐っているわけではなかった。すでに話したように、子どものころは親父のそばにいたから、よからぬことが起きているときは察知できた。とんでもなくまずいことだ、おれは窮地に陥っていた。まるで軍法会議だった。問われている罪はたわいない無断外出での酒盛りではなく、敵前逃亡だった。

〈フード・フェア〉の仲間のイタリア人とダウンタウンをうろつきだしたころは多くを知らなかったが、アパラチン会議があって、上院の聴聞会のテレビ中継もあったあとだったから、ふたりが失望させていい相手ではないとわかっていた。

そのとき、レストランには表側にバーテンダーがいるだけで、客がいなかったことに気づいた。聞こえるのは、バーテンダーがカウンターのうしろから出てくる音だけだった。ひとつひとつの音が、まるで上陸拠点に向かう上陸用舟艇に乗っているときのように増幅して聞こえた。そういった状況下では、すべての感覚が研ぎ澄まされる。カウンターから出てくるバーテンダーの足音や、彼がドアに鍵をかけて閉店の札をさげる音がはっきりと聞こえた。かちりと鍵のかかる音は、こだまでもしそうなほど大きかった。

アンジェロがおれに坐るよう言った。

おれは彼が指した椅子に坐った。彼が言った。「これでいい、はじめよう」

「〈キャデラック〉をつぶすつもりだった」

「誰のためだ？」

「ウィスパーズ。あのウィスパーズじゃないほうの」

「ウィスパーズ？　ろくでもないことを考えるやつだ」

「おれは金を稼ごうとしただけだ」ラッセルをちらりと見ると、まったくの無表情だった。

「〈キャデラック〉の所有者が誰か知っているのか？」

「ああ、クリーニング業界のユダヤ人だ」

「誰が関わっているかは知っているか？」

「いや」

「おれだ」

「関わっている人物を知っていると?」

「いや。そうじゃない。おれが関わってるんだ。関係者を知ってるんじゃない」

おれは小便を洩らしそうになった。「それは知らなかった、ミスター・ブルーノ。知らなかったんだ」

「そういったことを調べもせず、この国のこの地域で事をはじめたのか?」

「ウィスパーズがすでに調べていると思っていた」

「あそこのユダヤ人はギャングだと言わなかったのか?」

「そんなことは何も聞いていない。ユダヤ人だとだけ。だからてっきり、クリーニング業界の単なるユダヤ人だと」

「野郎はほかに何を言った?」

「誰にも言うなと。単独で動けとも。そのくらいだ」

「つぎの食事を賭けてもいいが、誰とも接触するなと言われただろう。そうすれば、デラウエアでこそこそしているのを見られた場合、こっちで悪者に見えるのはおまえだけになる」

「金を返すべきか?」

「気にするな、あいつに金はもう必要ない」

「調べもせず、ほんとうに悪かった。こんなことは二度としない」

「おまえはひとつミスを犯した。もうミスはするな。ここにいる友人に感謝しろ。ラスがいなかったら、こんな時間をつくらなかった。おまえをユダヤ人たちにわたしていた。連中が何でできてると思ってる、指か？　あいつらは馬鹿じゃない。よそ者がまわりを車でぐるぐるまわるのを見逃して、そいつのことを調べもしないなんてことはない」

「心から謝罪する。それにありがとう、ラッセル。二度としない」彼をミスター・ブファリーノと呼ぶべきかわからなかったが、このころにはラッセルと呼ぶのに慣れきっていたので、「ミスター・ブファリーノ」はあまりにも嘘くさく聞こえただろう。アンジェロを「ミスター・ブルーノ」と呼んだのもまずかった。

ラッセルはうなずき、穏やかな声で言った。「気に病むな。そのウィスパーズは野心に燃えていた。身の丈をこえる大望を抱く連中を知っている。そういったやつらは、パイをまるまる欲しがる。高い地位にのぼっていく者たちをねたむ。やつはおまえが私と一緒のテーブルについて一緒に酒を飲み、一緒に食事をし、たがいに女房を連れているのを見て、気にくわなかったんだろう。アンジェロに聞け、どうすればいいか知っている。おまえは即刻この一件に片をつけろ。何から何までな。正しいことをしろ」

ラッセルは立ちあがり、その場を離れた。ややあって、バーテンダーがドアを開け、ラッセルが出ていく音が聞こえた。

アンジェロがおれに言った。「おまえとウィスパーズ以外に、この件に誰が関わっている？」

「知るかぎり誰も。誰にもしゃべっていない」

「よし。それでいい。くそったれのウィスパーズは、おまえを苦境に追いやった、わが若き友。いいか、おまえが責任を持って、事を正せ」

おれはうなずいて言った。「なんでもする」

アンジェロは声を落として言った。「必ず、明日の朝までに片づけるんだ。これはおまえにとってチャンスだ。わかったか？」

おれはまたうなずいて言った。「わかった」

「すべきことをしろ」

彼の言わんとすることは、ペンシルヴェニア大学に直行して講座を受講しなくともわかる。将校にドイツ兵の捕虜二名を列のうしろにさがらせて、おまえは「すぐに離れろ」と言われるようなものだ。すべきことをする。

おれはウィスパーズに連絡をつけ、今夜例の件で話があるからと、落ちあう場所を伝えた。

翌朝、それは新聞の第一面に載った。ウィスパーズが道路脇で倒れているのが発見された。近距離から三二口径と思しき銃――三八口径よりもあつかいやすく反動も少ないことから、警官に女の銃と言われていた――で撃たれていた。三八口径と比較すると、口径が小さいので威力は劣るが、それ相応の場所で使うなら、小さな穴さえあればいい。長所は発砲音が三八口径よりもわずかに、そして四五口径よりもはるかに小さいことだ。ときに、たとえば昼の日中に野次馬を追い払いたい場合は、大きな発砲音が必要になるし、反対に真夜中に大音響は困る。市民の睡眠を妨害してまわる必要がどこにある？

記事によると、犯人はまだ特定されておらず、目撃者もいないとのことだった。道端に転がっているとなれば、金を取りもどす必要は完全になくなった。この事件のあと、おれの三二口径――エディ・レチェから、ニュージャージーのロミオに見せてやれともらった銃だ――は、どこを探しても見あたらない。どこかにいってしまったのだろう。

その朝、おれは坐りこんで新聞を見つめていた。一時間以上、そこに坐っていたにちがいない。そのあいだずっと思っていた。「おれだったかもしれない」

ラッセルがいなかったら、道端に倒れていたのはおれだっただろう。ウィスパーズは自分のしていることをわかっていた。おれは〈キャデラック〉の所有者がユダヤ系ギャングだということさえ知らなかった。そのあたりのユダヤ人だと思っていた。ウィスパーズはおれをひとりで行かせるつもりだった。ここそこと嗅ぎまわっているのをユダヤ系ギャングに見られるのはおれだし、事件発生後に連中に殺られるのもおれだ。ウィスパーズはあの会社が全焼し、ユダヤ人がおれを始末したら、おれに残りの八〇〇〇ドルを永久に払わなくてすむ。

仕事を遂行するまえかあとか、いずれにしろ問答無用であの世送りになっていただろう。ラッセルがいなかったら、なんの釈明もできず、その瞬間その場で歴史の一部になっていただろうし、いまここで事の顚末《てんまつ》を語ってはいなかっただろう。あの男は命の恩人だ。ラッセルに命を救われたのは、このときだけではない。

ウィスパーズはルールを知っていた。彼は破ってはならないルールを破った、そういうことだ。

ようやく腰をあげて、〈フレンドリー・ラウンジ〉に行くと、スキニー・レイザーを囲んでいる者たち全員が、以前にも増して尊敬のまなざしを送ってきた。スキニー・レイザーは酒をたらふくおごってくれた。〈ヴィラ・デローマ〉に寄ってアンジェロに会い、状況を報告した。彼は満足していた。店のおごりで食事をふるまってくれ、つぎは関わる相手に重々気をつけろと言った。くわえて、ウィスパーズは自分が何をしているのかわかっていたし、あいつは強欲だ、とも。

しばらくすると男がふたり現われ、おれたちのテーブルについた。アンジェロから、キャピー・ホフマンとウッディ・ワイズマンだと紹介された。ふたりはアンジェロと共同で〈キャデラック〉を所有しているユダヤ系ギャングだった。おれにとても親切で、人柄のいい紳士だった。アンジェロが彼らとともに店を出たあと、おれは残ってカウンター席に坐っていた。前日、おれの後方でドアに鍵をかけたバーテンダーは、ワイン代を受け取ろうとしなかった。ウェイトレスまでもが、皆がおれに敬意を払っていたことを口にし、まとわりついてきた。おれは全員にチップをはずんだ。

アンジェロとラッセルに会ってから、再度アンジェロに会うまでの二四時間を思いかえすと、ウィスパーズが道端で息絶えていた一件を境に、家に帰らないのをなんとも思わなくなっていた。いや、ますます家に帰りづらくなったと言うべきか。いずれにしろ、おれは家に戻らなくなった。

一線を越えて新たな世界に足を踏み入れたおれには、もう土曜日に懺悔をすることも、日曜日にメアリーと教会へ行くこともなくなった。すべてが変わった。以前からダウンタウンをほっつき歩いてはいたが、ここにきてどっぷりと身を置くことになった。女房や娘を捨てるにはまずい時だった。人生最大の過ちだ。だが、女房子どもを捨てるのに適した時などない。

スキニー・レイザーの店の近くに部屋を借り、衣類を運びこんだ。チームスターズでのトラック運転手の仕事はまだしていたし、ダンスホールでの仕事もつづけていたが、日を追うにつれ、ダウンタウンで請け負う仕事が増えていった。とにかく、おれは走りまわっていた。その世界の一員になったのだ。❞

11　ジミー

いまの人には、ジミー・ホッファが絶頂期とその後失踪するまで、五〇年代半ばから七〇年代半ばまでの約二〇年間に、どれほどの名誉と不名誉を味わったかは理解しがたいだろう。絶頂期にはアメリカで最も影響力のある労働組合指導者だったが、労働組合幹部というものが庶民には知られていないも同然の昨今、それにどんな意味がある？　労働組合の闘争は？　流血をともなう労働争議は？　今日、労働争議にいちばん近いのは、危機を訴える野球選手のストライキや、メジャーリーグのシーズンを短くするかどうかやワールドシリーズを開催するかどうかをめぐっての争議だ。

しかし、第二次世界大戦後の二年間――フランク・シーランが定職を探したり結婚したりした時期だ――で、四八の州で計八〇〇〇回のストライキが実施された。つまり各州で年間一六〇以上のストライキが発生しており、非組合員によるストライキも、全国各地で数多くおこなわれた。

今日、ジミー・ホッファが有名なのは、主に彼がアメリカ史上最も悪名高い失踪事件の被害者だからだ。しかし事件発生から二〇年間は、今日トニー・ソプラノが見わけられるのと同様に、ジミー・ホッファをすぐに見わけられないアメリカ人はいなかった。大半のアメリカ人は声を聞いただけで、彼だとわかっただろう。一九五五年から六五年まで、ジミー・ホッファはエルヴィス・プレスリーと同じくらい有名だった。一九六五年から七五年までは、ビートルズと同じくらい有名だった。

組合活動において、ジミー・ホッファが最初に悪名を馳《は》せたのは、成功をおさめた〝ストロベリー・ボーイズ〟によるストライキの先導者としてだった。それで顔を知られるようになった。一九三二年、一九歳だったホッファはデトロイトのクローガー食品会社の搬出入口で、生の果物や野菜を運ぶトラックの積み降ろし作業に、時給三二セントであたっていた。給与のうち二〇セントは、クローガー食料品店の食料雑貨に換えることができた。とはいえ、作業員がその三二セントを得られるのは、作業があるときだけだった。午後四時半から一二時間シフトの勤務につき、そのあいだ搬出入口から離れてはならなかった。搬出入が必要なトラックがいないとき、作業員は給与もなしにただ坐っているだけだった。ある猛烈に暑い春の日の午後、生のイチゴを積んだトラックがフロリダから到着した。アメリカ史上最も有名な労働組合指導者への道は、このときはじまった。

ホッファが合図をすると、のちに〝ストロベリー・ボーイズ〟として知られる男たちは、自分たちの労働組合が認められて、労働条件の改善要求が容認されるまで、フロリダからのイチゴを冷蔵車に運びこむのを拒んだ。彼らの要求には、一二時間シフトで搬出入にあたる作業員の時給を、一日四時間ぶんは保証することがふくまれた。暑いさなか、木箱に詰められたイチゴの損傷を恐れたクローガーは、負けを認めてジミー・ホッファの要求に応じ、新たな組合に一年間の存続許可をあたえた。

一九一三年のヴァレンタインデーに生まれたジミー・ホッファは、フランク・シーランより七歳年上だ。しかし、ともに十代を送ったのは世界大恐慌のさなかで、経営陣が当然のように支配権を握り、一般市民はテーブルに食べ物を並べるのに四苦八苦していた時代だった。ジミーは七歳のときに、炭鉱労働者だった父親を亡くした。母親が自動車工場で働いて、子どもたちを養った。ジミー・ホッファは母親を助けるために、一四歳で学校をやめて働きだした。

一九三二年のホッファとストロベリー・ボーイズの勝利は、当時としては珍しかった。同年、第一次世界大戦の退役軍人と彼らの窮状が、世界大恐慌時代の労働者の無力さの象徴となった。約束を反故にされることに倦《う》み疲れた何千人もの退役軍人がワシントンを行進し、一九四五年に支払い予定の給付金を、最も必要としているいま給付することを連邦議会が承認するまで、モール（ワシントンDCの中心部に位置する広大な公園）から立ち退《の》かない構えを見せた。ハーバート・フーヴァー大統領はダグラス・マッカーサー将軍に、「ボーナス・アーミー」を力ずくで退去させるように命じ、白馬にまたがるマッカーサーは退役軍人たちにおとなしく引きあげるチャンスもあたえず、部隊や戦車、催涙ガスで攻撃をしかけた。アメリカ陸軍は非武装の元軍人に向けて発砲し、死者二名、負傷者数名を出した。死傷者はいずれも、一四年まえに終結した血なまぐさい大戦、いわゆる民主主義を守るための戦争の退役軍人だった。

翌年、クローガーは新たな契約交渉に応じることを拒否し、ホッファの勝利は短命に終わった。しかし、ジミー・ホッファはストロベリー・ボーイズを率いた力量を買われて、デトロイトのチームスターズ二九九支部にオルグとして採用された。ホッファの職務は労働者を組合に勧誘し、一致団結して組合員とその家族の生活をよりよくすることだった。アメリカにおいて、デトロイトは自動車産業の本拠地だった。同産業界最有力の代表者ヘンリー・フォードは労働運動に関して、「労働組合はこれまで地球を襲撃したもののなかで最悪だ」との見解を示した。

会社は労働組合のような怪物もどきの悪と闘うなら、どんな手段をとっても正当化されると考えていた。事業規模に関係なく、ストライキ参加者や労働組合のオルグを困惑させ志気をくじくために、殺し屋やならず者を雇ってスト破りをさせるのに罪の意識はなかった。結成されたとしても、組合が有する交渉の武器はストライキだけで、それも必要な数の労働者が各自の持ち場で仕事にあたっているようでは成功は望めなかった。ホッファが出世した時期、仕事口は少なかったので、会社は難なく非組合員のスト破り労働者を雇って、主だった組合労働者の穴を埋めた。ピケラインに立つ組合員が、非組合員のスト破りにピケを越えさせまいとすると、会社が雇ったならず者や殺し屋が強引にピケを破って道を開いた。デトロイトのシチリア系ギャング、サント・ペローネがデトロイトの会社から金をもらい、用心棒を派遣していた。ペローネが差し向けたシチリアのならず者たちは、警察官たちがそっぽを向いていたり、スト破りに手を貸したりしている隙に、棍棒を振りまわしてストを破った。

ホッファが言うように、「実際にストに参加してみなければ、ミシガン州――とりわけデトロイト――でおこなわれる坐り込みストライキや暴動、乱闘の様子を言葉で説明できる者はいない」。またあるときには、こう述べている。「二九九支部のオルグとなった最初の一年で六回、頭皮がぱっくりと裂けて縫ってもらった。警官やスト破りに散々殴られたことが、少なくとも二十数回ある」

しかしその裏で、チームスターズのような労働組合はときに自前で用心棒を雇い、爆破や放火、暴行、殺人などをおこなって恐怖による支配体制を敷いた。小競り合いや暴力沙汰は、労働者と経営陣とのあいだにかぎったものではなかった。地位争いをしている組合間でも、たびたび起きた。残念なことに、民主主義的な改革を求める一般組合員に、暴力の矛先が向けられることも少なからずあった。

ホッファが自身の組合と一丸となって立ちあがったとき、全国各地のギャングと結んだ同盟は、現在、歴史的記録として残されている。しかし一九五〇年代には、白日のもとに晒《さら》されはじめた問題でしかなかった。

一九五六年五月、日刊紙《ニューヨーク・ジャーナル・アメリカン》の事件記者ヴィクター・リーゼルが、毎日放送されるラジオ・ショーで、反ホッファのチームスターズを取りあげた。彼は以前から、労働組合に巣くう犯罪要素の撲滅活動をおこなっていた。ラジオ放送があった夜、リーゼルがタイムズスクウェアにほど近いブロードウェイにある有名なレストラン〈リンディーズ〉から出てきたところ、歩道をならず者が近づいてきて、硫酸のはいったカップを彼の顔に投げつけた。硫酸をあびたリーゼルは両目とも視力を失った。時を経ずして、この攻撃を命じたのはホッファの支持者で、労働搾取で利を得ているギャング、ジョン・ディオガルディ——通称ジョニー・ディオ——であることが判明した。ディオは凶悪な犯罪を命令した罪で起訴されたが、実行犯が死体で発見されると、ほかの証人たちがその意図を察して証言を拒み、起訴は取りさげられた。

失明したヴィクター・リーゼルが黒いサングラスをかけてテレビに登場し、勇敢にも以前と変わらず労働組合の改革を訴える姿は国民に怒りの声をあげさせ、それを受けて上院は労働運動にギャングがおよぼしている影響についての聴聞会をテレビで生中継した。この聴聞会はのちに、委員長を務めたアーカンソー州の上院議員ジョン・L・マクレランの名にちなんで、マクレラン委員会の聴聞会として知られるようになる。将来の大統領候補だったアリゾナ州の上院議員バリー・ゴールドウォーターと、マサチューセッツ州の上院議員のジョン・F・ケネディも委員会に名をつらねた。首席顧問兼審問官代表の任についたのは、のちの大統領の弟であり、ゆくゆくは司法長官となるボビー・ケネディだった。彼は委員会で攻撃の手をいっさいゆるめず、その結果、ジミー・ホッファの不倶《ふぐ》戴天《たいてん》の敵となった。ジョニー・ディオはジミー・ホッファと面識があるかという質問をはじめ、自分に向けられた質問すべてに対して憲法修正第五条を盾にし、黙秘を通した。ジミー・ホッファは組合での立場上、職を辞さないかぎり、憲法修正第五条を主張できなかった。彼はどの質問にもたわごとを並べたり、記憶にないと言うばかりだった。ジョニー・ディオとの会話をおさめた録音テープを突きつけられても、ホッファはディオにひと肌脱いでくれと頼んだ記憶はないと言い張った。そして、テープについてボビー・ケネディに言った。「記憶にあれば思い出せるはずだが、思い出せない」

ホッファがリーゼルの失明を耳にして側近に言った言葉を、もし国民が知っていれば、怒りはさらに激しさを増していただろう。「あのくそったれのヴィクター・リーゼルか。硫酸をぶっかけられたんだってな。タイプを打つ指にかからなかったのが、なんとも残念だ」

ホッファはボビー・ケネディに、投機的事業に投資した現金二万ドルの出所を問われて、こう答えた。「何人かの個人だ」その者たちの名前を挙げるよう求められると、「その時その時の成り行きだ。どの時にどれだけの金を借りたかはわからないが、貸付の記録は、請求したので手もとにある。その時期に融資した金はすべて、投機的事業につぎこまれた」と言った。

いちおう説明はついた。

ボビー・ケネディはホッファを「この国で大統領につぐ権力を持った男」と称した。

五〇年代、ホッファが有名になりだしたころ醸していた神秘的な雰囲気は、テレビで見る大胆不敵で反逆心のあるタフガイのイメージから生じている面があった。反体制的《アンチエスタブリッシュメント》という言葉が一般に浸透する以前から、ホッファは反体制的だった。当時世間が抱いていたホッファのイメージを現代のものに喩《たと》えると、いちばん近いのはヘヴィメタルのバンドだろう。今日の著名人のなかには、ホッファがほぼ連日傲慢な態度でおこなっていたように、一流企業や政府にまっこうから楯突き、労働者階級のために矢面に立って闘う人はひとりとしていない。

アパラチン会議の一カ月まえにあたる一九五七年一〇月一四日、ジミー・ホッファが全米《チーム》トラック運転手組合《スターズ》の会長になったころ、テレビが一般に普及しだしていた。ホッファは『ミート・ザ・プレス』のような報道番組に、たびたびゲストとして出演した。行く先々で何本ものマイクを目のまえに突きつけられ、記者会見を開くと言えば、世界じゅうのマスコミが駆けつけた。

ジミー・ホッファには行動の指針となる基軸がふたつあり、日々何かにつけて言葉や態度でそれを示していた。ひとつめの基軸は「目標」で、ふたつめは「手段」だった。「目標」は労働に対する基軸だ。ホッファはたびたび、自分の労働の基軸は明快で、「アメリカの労働者は、アメリカで毎日不当な扱いを受けている」と述べた。「手段」が二番めの基軸で、非公開のパーティで出くわしたボビー・ケネディに向けて言った発言に見てとれる。「私は相手が私にすることを、相手にする、ちょっとばかり相手を上まわることをな」要するに、ジミー・ホッファの信念は、みずからの組合主導でアメリカの労働者の地位を向上させるという「目標」は、それを達成するために用いられたいかなる「手段」も正当化するということだ。

ホッファが組合員のあいだで人気があったのは、賃金や休暇、年金、医療保険、福利厚生など、彼が組合員のために獲得した有形の報酬に対する喜びの証しだ。盗聴された会話――ホッファは記憶にないと言ったが――のなかで、彼がジョニー・ディオに言ったように、「……彼らを正当にあつかっていれば、心配する必要はない」のだ。

ほかの人たちも、アメリカの労働者とその家族の生活をよりよいものにしたいと強く願っていたかもしれないが、ジミー・ホッファには実現に向けて事をなす力があった。ホッファの熱烈な支持者フランク・シーランは、こう述べている。「労働ということになれば、ジミー・ホッファは時代の先を行っていた。彼が人生で大切にしていたのは、ふたつだけだった。組合と自分の家族だ。信じられないかもしれないが、彼は組合がからむと強気だったが、女房や娘、息子には弱かった。彼にとって組合は、組合員だけでなくその家族をも救う組織だった。最近は、家族の価値について誰もが口にしている。ジミーはこの点でも時代を先取りしていた。このふたつが彼の全人生だった」

ジミー・ホッファはかつてフランク・シーランに、熱い口調で言った。「もし何か物が手もとにあるとしたら、アイリッシュ、トラックの運転手がそれをおまえのところに届けたからだ。それを決して忘れるな。おれたちにとって、それが仕事のすべての鍵だ」最初の「手もとにある」というのは、家庭用や産業用の食料品や衣料品、医薬品、建築資材、燃料など、ほぼすべての物に対して言っている。全国規模でトラックのストライキが起きれば、文字どおり国は飢え、機能が麻痺する。それゆえ、ボビー・ケネディはジミー・ホッファの組合を、「わが国で政府をのぞけば、最も勢力のある組織で……ミスター・ホッファが率いているとなれば邪悪な陰謀団だ」と見ていた。上院議員のジョン・L・マクレランはその一歩先の姿をとらえていた。彼は「ミスター・ホッファが指揮するチームスターズ」を「この国の超巨大組織――国民をしのぎ、政府をもしのぐ勢力」だと言った。

一九五七年に、ホッファの前任者で、彼が師と仰いでいたデイヴ・ベックが会長の座を退き、チームスターズの西部委員会の資金から三七万ドル着服したとして――その多くを息子の家の建築費にあてていた――刑務所に送られた。あとを継いで会長になったジミー・ホッファは、みずからの権力を最大限に行使した。およそ真実だろうが、いかなる権力もいつか崩れ去る、絶対的な権力も必ず崩れ去る。たとえそうであっても、ジミー・ホッファは目的達成のために手を組んだ男たちの犯罪歴について、うしろ暗く思うことはなかった。

あるときホッファはテレビの視聴者に向かって言った。「いいか、ならず者やギャングについて異議があるようだが、そういった者をまっ先に雇うのは企業主だ。連中は自分の支配圏に非合法な勢力が存在すれば、ならず者やギャングといった暴力にものを言わせる男たちを使う。だからもしこの先、組織の設立や組合の運営にたずさわっていこうというなら、レジスタンスをそなえておくことだ」

ホッファの言う「レジスタンス」には、アパラチン会議で存在が明らかになって間もないギャングの地下組織のゴッドファーザーたちとの緊密な連携もふくまれる。彼らはアメリカを二四の区域に分けてそれぞれの縄張りとし、軍隊さながらに構成された自身の組織（ファミリーと呼ばれる）を統率する。ゴッドファーザー――「ボス」――は将軍に相当する。その下に高級将校にあたる「アンダーボス」と「コンシリエーレ」、大尉クラスの「カポ」、兵卒として上からの命令で動く「ソルジャー」とつづく。そのほかに、どのような地位にもつけるが、軍隊もどきのイタリア系ファミリー内での正式な階級はあたえられない、フランク・シーランのような協力者《アソシエイト》がいる。

歴史的文献によると、ホッファの「レジスタンス」を構成するギャングの大半が、彼の理念には無関心も同然だったことは、ホッファ自身も充分承知していたと思われる。ジョニー・ディオも組合未加入の婦人服店を所有し、運営していた。こういった悪党の多くは組合を犯罪を重ねるための足場、さらなる富とより絶大な権力を築くための足場としか見ていなかった。

かたやホッファは同志であるチームスターズの一般組合員に、事あるごとに言っていた。

「会社の連中はなんだかんだとギャングやならず者を目くらましに使って、おまえたちをがたがきたトラックと同じようにスクラップのなかに落とせた時代に戻そうとしている」

いっぽう、ボビー・ケネディは自著『内部の敵』に、組織犯罪と労働組合に関するマクレラン委員会の聴聞会で首席顧問を務めた自身の経験談と見解をつづっている。「われわれはわが国で最も悪名高いギャングやならず者に相対《あいたい》して、審問をおこなった。しかし、いまは亡きアル・カポネのシンジケートの原型にいっそう近い集団は、ジミー・ホッファと彼の組合内外の側近集団をおいてほかにない」

20世紀ＦＯＸがボビー・ケネディの著書の映画化を企画した。『波止場』の原作者バッド・シュールバーグが脚本を書いたが、制作は中止された。その後、コロンビア・ピクチャーズが食指を動かし、あとを引き継ごうとしたが、こちらもまた頓挫した。ボビー・ケネディの首席補佐官ウォルター・シェリダンが一九七二年に上梓《じょうし》したホッファ関連の著書の序文に、バッド・シュールバーグがふたつの映画会社が企画を断念した経緯を記している。「労働組合の与太者が［20世紀ＦＯＸの］社長のオフィスに押しかけ、たとえ映画を制作しても、［チームスターズの］運転手はフィルムを劇場に配達するのを拒否するだろうと脅した。もしほかの手段でフィルムを届けたとしても、観客は悪臭弾で追いはらわれることになると」

20世紀ＦＯＸへの脅迫は、チームスターズの弁護士ビル・ブファリーノ――この時期はホッファの弁護士でもあった――がコロンビア・ピクチャーズに送った警告の手紙で裏づけられた。その手紙について、バッド・シュールバーグは著書のなかで述べている。「手紙には、20世紀ＦＯＸは賢明にも、起こりうる事態をすべて告げられた時点で企画を白紙に戻した。コロンビアも同様に賢明な道を選ぶと信じている、と書かれていた」

12 「あちらこちらの家にペンキを塗っているそうだな」

”おれの落ち着きのない性分はいっこうに変わらなかった。まだ自分の足で問題なく歩きまわれたころ、おれのなかにはジプシー気質がたっぷりあったし、それがわが人生のように思える。

組合からのなんら責任をともなわない日雇い仕事をしているときは、いつでも好きに必要が生じた場所に行くことができた。ダウンタウンがらみの半端仕事がある日は、わざわざ組合に行ってトラックに乗ることもなかった。やがて評判が広まるにつれ、ダウンタウンでの仕事が増えていった。家を出てひとり暮らしをし、メアリーと娘たちのところへはときおり立ち寄って、その週に得た収入に見あった金を生活費としてわたした。ダウンタウンでの仕事はすべて現金払いで、ダンスホールでさえ現金支給だった。

しかし日雇いのトラック仕事は、現金で支払われなかった。トラックを一日走らせるだけでは、配達物をこっそり盗むことはできない。〈フード・フェア〉の肉を横流ししていたときのように要所要所でシステムを築くには、何日もかかる。ダウンタウンに出かけて酒場でのらくらとするのは、別枠で金を稼ぐ土台づくりのようなものだった。

スキニー・レイザーや彼の多くの仲間から、仕事のこつを教えてもらった。その筋の世界では、彼らはいわば戦闘経験者で、おれは参入したばかりの新兵だった。傍から見れば、ラッセルよりもアンジェロや彼の仲間と親しいように思えただろう。だが、おれが忠誠を尽くしていたのはラッセルだ。アンジェロや彼の仲間と会うほうが多かったのは、彼らがダウンタウンにいたからだ。ラッセルは州北部にいることが多かった。アンジェロは自分がおれをラッセルに貸してやってると言っていたが、実際は逆だ。ラッセルのほうが、おれをアンジェロに貸していたのだ。アンジェロたちとつるんで、ダウンタウンでいろいろなことを身につけ、金を稼ぐのがおれのためになると、ラッセルは考えていた。ある日、ラッセルがおれを「わがアイリッシュマン」と呼んだ。以来、ダウンタウンの連中も、おれを「チーチ」ではなく「アイリッシュ」とか「アイリッシュマン」と呼ぶようになった。

ウィスパーズの一件があったあと、目的がなんであれ、常に銃を携帯するようになった。車を運転するときは、グローヴボックスに入れておいた。ある日の深夜、午前二時ごろに〈ニクソン・ボールルーム〉から車で自宅に向かっていたとき、スプリング・ガーデン通りの街灯が壊れて明かりのない交差点で、赤信号で停まった。ほかに車はなく、車の窓は開いていた。すると若い黒人の男が近づいてきて、おれの鼻先で銃をちらつかせた。そいつが角にある街灯の電球を割って、明かりをなくしたにちがいなかった。そこは、そいつのしまだった。男のうしろに相棒が援護のために、見たところ銃を持たずに立っていた。銃を持った男が、財布を寄こせと言った。「わかった、グローヴボックスのなかだ」とおれは応じ、ついで言い添えた。「落ち着け。早まったことはするな、若いの」そしてグローヴボックスに手を差しいれ、短銃身の三八口径の銃をつかんだ。幅広の肩で男の視界をさえぎっていたので、向こうから銃はまったく見えなかった。そいつのほうに向きなおったときも見えていなかった。というのも、おれは手がでかいし、カンガルーの尻尾のごとく素早く体をまわしたからだ。男は財布だと思った物へ、空いているほうの手を伸ばしてきた。おれは膝頭に一発ぶちこんでやった。そいつの上体が折れだしたところで、もういっぽうの膝頭を撃った。車を発進させ、バックミラーをのぞくと、男が路上でのたうちまわり、相棒がスプリング・ガーデン通りを走り去るのが見えた。相棒が助けや援護を求めて駆けていったとは思えない。路上で転がりまわっていた男は、二度と自分の脚で走れなくなっただろう。この先、一歩足を踏み出すたびに膝に残っているものを感じ、おれを思い出すはずだ。

安全を期して、その三八口径の銃は処分した。もし車のなかや家に銃を置いておくなら、新品の銃――一度も発砲されていない銃――を選ぶのが賢明だ。そうすれば、いわくつきということは絶対にない。中古の銃の場合、自分がしてもいないことに使われていたかどうかを知るすべがない。だから、箱から取り出したばかりの真新しい銃がおすすめだ。

おれは少しばかり金貸し業に力を入れだし、以前よりも大きな額をあつかうようになった。どこに行けばおれに会えるか、みんな知っていて、金を求めてやって来た。トラックを走らせる必要はなくなった。ハンバーガー・ショップの〈ホワイト・タワー〉のウェイトレスに、一〇ドル貸しつける日々は終わった。

金を貸した男で、どうもこっちを避けていると思えるのがいた。どこを捜しても見つからなかった。利息《ヴィグ》も何も取りたてられなかった。ある日の夜、地元連中のひとりが〈フレンドリー・ラウンジ〉に現われ、おれが捜している男を、ハリー・〝ザ・ハンチバック〟・リコベーネが経営する〈イエスタイヤー・ラウンジ〉という店で見かけたと教えてくれた。ハリーの店でカードゲームをしていたところを捕まえると、野郎はお袋が死んで、返済にあてようと貯めていた金を葬儀に使ってしまったと言った。おれはそいつが哀れになって、〈フレンドリー・ラウンジ〉に戻り、スキニー・レイザーに男をハリーの店で見つけた旨を話した。スキニーは言った。「金は少しでも取りもどしたのか？」おれは言った。「いや、まだだ」するとスキニーは、「言うな。当ててやる。そいつのお袋が死んだんだろう」と言った。

「ああ、気の毒な男だ。もう耳にはいってたんだな」とおれが言うと、スキニーは言った。

「そいつのろくでなしのお袋は、かれこれ一〇年、何度も死んでる」

おれがまだ青いから、つけ込まれたんだという気がした。相手がそんなふうにお袋をダシに使ったところを想像してみろ。そこでおれはハリーの店に戻り、カードゲーム用テーブルについていたくそったれに、立てと言った。身長は同じくらいだったが、体重は向こうが若干まさっていた。野郎が喧嘩腰で立ちあがり、パンチを放ってきたので、拳で応戦した。カードゲーム用テーブルに叩きつけてやると、あたりの椅子が吹っ飛んだ。男が椅子を手に向かってきたので、おれは椅子をひったくって、そいつに投げつけ、血だらけになるまでパンチを食らわせた。しまいに、男は床に倒れて気絶した。

突然、ハリーがはいってきて店内を見まわし、烈火のごとく怒り狂った。彼は脊柱後彎症《ハンチバック》を患っていたが、それでも腕っぷしが強く、マフィアの正式なメンバーで、アンジェロと同様にかなり高い地位についていた。店内が悲惨なまでに破壊され、床が男の血で汚れているのを見て、ハリーはおれを怒鳴りつけはじめた。おれは修理代を出すと言った。すると彼は、そんなことはどうだっていい、店をめちゃくちゃにするとは、おれにどんな敬意を払ってるんだと訊いた。男を外に連れ出して、殴りあうことはできた。バーのなかではなく。ハリーのことはあまりよく知らなかったが、おれは向こうが先に殴りかかってきたんだと言った。金を借りておいて、利息すら払わないとも。ハリーは言った。「このくずに、表に出てまだ金を借りる度胸があったのか？　こいつはもう全員から借りてる」おれは言った。「金を貸したとき、そんなことは知らなかった」するとハリー・〝ザ・ハンチバック〟は床に倒れている男のところに行き、髪をつかんで引っ張りあげると、自分のぶんだと言わんばかりに顔を殴りだした。

その場を去り、スキニー・レイザーの店に行くと、もうトラックを転がすのはやめろと言われた。スキニーは言った。「どうして何もしてないんだ、へなちょこ？　何かしたらどうだ」くわえて、自分たちがおまえのために何かしてやるべきだな、とも。蚊帳の外にいてはだめだ。そろそろ出世の階段をのぼれ。大物たちの仲間入りをしろ。それ以降も、スキニー・レイザーは何度か同じことを言った。そんなあるとき、彼に映画の『波止場』が好きだと話した。何か労働組合の仕事につくのもいい気がする。自分も加入しているチームスターズのオルグ、ジョーイ・マクグリールや交渉委員が、組合員の地位向上のためにしているような仕事に興味があると。スキニー・レイザーがアンジェロに話し、アンジェロがラッセルに話したのだろう。やがて、ラッセルと一緒にテーブルについてプロシュート・ブレッドやワインを口にしているときに、それとなくほのめかされるようになった。たとえば、「もう永久にトラックを運転することはない、わがアイリッシュマン」みたいなことを言い出したんだ。

一度こんなことがあった。ある男が盗品の宝石を持ちこまれたのに、代金をいっさいわたさなかった。そういうことをすれば怒りを買うと、本人もわかっている。が、その多くは真実を話すすべも、人に借りを返して堂々と生きていくすべもまったくわかっていない。周囲の者を出し抜くことが、いわば習慣になっている。ガムを嚙むのと同じようなものだ。なかには判断力に影響をおよぼすほどの飲酒癖やギャンブル癖の問題をかかえている者もいる。その男がどうだったかは知らないし、どんな問題があったのかも知らない。わかっているのは、そいつは問題をかかえていたということだけだ。

おれは金を踏み倒したその男に、伝言を届けにいかされた。まわりの者が、そいつに現実をわからせようとしていた。だが、向こうは言うことがころころと変わった。ダウンタウンの者たちから、男に張りついていろと言われて、しばらくそいつがほっつき歩くのにつきあうようになった。ある晩、六三番街とハリソン通りの角にある〈ハヴァーフォード・ダイナー〉に腰を落ちつけた。八時半、おれはひとりで店を出た。というのも、男があとに残って知り合いを待つと言ったからだ。

その夜遅く、野郎は自宅の地下で、三五七マグナムで撃たれた。当時、おれはシティ・ライン通りに住んでいたんだが、警官がなだれ込んできて、おれを尋問のために署に連行した。これは最高裁判所が規則を変更するまえの話で、当時はそういうことが許された。いまや、自分の女房や恋人を殺した連中は野放し状態で、そいつらをしょっぴくこともできなければ、名前を訊くことさえできない。昔はいつでも好きに逮捕していた。取調室に坐らせて、四方八方から質問をあびせる。尋問とはそういうものだった。

警察はおれのアパートメントで三五七マグナムを見つけたが、発砲された痕跡はなかった。そこがおれにとって重要な点だ。警察は、おれが殺された男と〈ハヴァーフォード・ダイナー〉にいるときに、ウェイトレスに何度も大声で時間を尋ねていたという証言を得ていた。八時半に腰をあげて店を出ていくおりにも、訊いていたことも知っていた。

警察は、おれが自分のことをウェイトレスの記憶に刻ませ、男が殺害された夜、遅い時間におれがその男と一緒にいた、と誰も証言できないようにアリバイづくりをしたと考えていた。男の自宅の地下に通じる階段の手すりから、おれの指紋が採取されたとのことだったので、男から借りる予定だったベビーベッドを、まえの日に取りにいったと話した。地下室じゅうからおれの指紋が見つかったのは、ベビーベッドが地下に置いてあったからだと。男と親しくなっていたことが功を奏した。そうでなければ指紋のせいで、まずい立場に立たされていただろう。警官が、話しておきたいことはないかと訊くので、おれは言った。「おれは何もしていないから、話すことはひとつもない」嘘発見器にかかるよう求められたので、こっちは指でできてはいないことをいま一度思い出させてやり、ついで、やたら丁寧な口調で、発見した盗品をくすねたことはないか――当時はそういう行為が横行していた――そっちが嘘発見器にかかったらどうだと言ってやった。

仕事の秘訣を教わったときに知ったことだが、ボスや指導者は殺し屋を差しむける場合、しごくもっともな理由で標的の友人を使う。絶対にたしかなのは、その銃撃犯ならば人気《ひとけ》のない場所で標的に近づけるということだ。そこまで確実ではないが、もし銃撃犯に不利な証拠が出たとしても、被害者の友人ならば、相手の家や車や体に痕跡が残っていた理由をいくらでも並べて、潔白を示すことができる。

たとえば、車内からジミー・ホッファの毛髪が見つかったとしよう。ジミーはトニー・ジアカローネや彼の家族と親しかった。ジミーの毛髪が、何かの拍子にジアカローネ一家のいずれかの衣服につくことは充分ありうる。衣服についた毛髪が、こんどは子どもの車につく。あるいは、ホッファ自身が以前にその車に乗ったことがあったか。さらには、チャッキー・オブライエンの衣服を介して車についたかもしれない。その車があの日、ジミー・ホッファを拾ってどこかに送り届けるのに使われた可能性はかぎりなくある。

ともあれ、おれは前日に男の家に寄ってベビーベッドを借り受けた。警察は、おれが行ったのは現場の状況を把握するため、つまり、男の死体が発見された地下室を確認するため、あるいは窓やドアの鍵を開けておくとか、何かしら細工をしておくためだったと見ていた。しかし、警察は躍起になっておれに罪を負わせようとしたが、この事件で誰かを起訴するにはいたらなかった。

盗品の宝石の代金をごまかすつもりだったとしても、それでそいつに何ができるのかはわからない。プレッシャーをかけられた状態で、何を言えるのかもわからない。そいつは半人前の裏切り者だ。もし秩序ある社会を望むのなら、背信行為も同然だ。政府だって、反逆罪で有罪を宣告する。この種の過ちは「重大」だ。ダウンタウンの男たちがくだんの男にしたように、事を正す機会を何度もあたえられていてはなおさらだ。従わなければならないルールはある。そういうことだ。

このころ、おれはすでにその筋の世界の中心メンバーになっていたし、ラッセルやアンジエロの友人ということで、一目も二目も置かれていた。少々いい気になっていた。おれはカトリック教徒だから、メアリーとは離婚しなかったが、別々に暮らし、気の向くまま好き勝手な生活を送っていた。

〈ニクソン・ボールルーム〉の通り向かいに、〈ゴールデン・ランタン〉というレストランがあった。ある年の夏、戦没者追悼記念日は過ぎ、労働者の日まではまだ間があるというころ、〈ゴールデン・ランタン〉にいた四四人のウェイトレスのうち三九人と寝た。リトル・イージプトとネプチューン・オブ・ザ・ナイルは優秀な教師だったから、おれは女たちにすごく人気があった。噂が広まったのだろう、女は自分の番をいまかいまかと待っていた。女からすると、おれは魅力的だったようで、それは気分がよかった。おれは独り身だった。だが、それにどんな意味がある？　慢心、それだけだ。そこに愛はなかった。あびるほどの酒と天に届くほどの慢心。どちらも身の破滅をまねく。

ナイトクラブ〈ダンテズ・インフェルノ〉から仕事をまかされた。オーナーはジャック・ロピンソンという名の男で、店のために、常連客の高利貸しジョゼフ・マリートから多額の金を借りていた。おれの役目はロピンソンと金貸しのマリート双方のために金を見張り、バーテンダーのポケットではなく、レジにちゃんとおさめられたか確認することと、列を乱す客がいれば、それを正すことだった。

チームスターズの一〇七支部のオルグで、ジョーイ・マクグリールの部下でもある大口たたきのジェイ・ファアレンはよく店に来て酒を飲んでいたが、そいつが限界に達したら、おれがバーテンダーに言って酒の提供をやめさせていた。ある夜、ファアレンがほかの客に銃を突きつけたので、おれが出ていって、彼を殴り倒した。ついで、床に倒れているファアレンを引っ張りあげると表に放り出し、二度と来るなと言った。ファアレンは〈ダンテズ・インフェルノ〉への出入りを一生禁止され、おれがいるあいだは二度と現われなかった。

スキニー・レイザーが、おまえのために何かすると言ったときのことを思うたびに、ファアレンのような人間や〈ダンテズ・インフェルノ〉でしたような仕事に、いっそう嫌気がさした。ある意味、単調で型にはまった仕事に縛られなかったのは幸いだったが、そういった仕事の多くは軍隊——迅速に動いて待つ、戦闘がないときは退屈きわまりない——みたいなものだ。ときおり思うことがあった。労働組合の仕事について、定期的に給与支払小切手をもらって、組合で昇進していくのはどんな感じだろうと。そうなれば、きっとメアリーに毎週もっと多くの金を届けられただろうし、少なくとも額はそのときしだいということはなく、一定の額をわたせたはずだ。それにおそらく、酒の量はそう増えてはいなかっただろう。四六時中酒場に入り浸るようなことはせず、どこかほかの場所にいたとも思う。

ラッセルから、もうトラックの運転などいっさいするなと言われるたびに、間髪を入れず、組合に関わりたいと返した。彼は言った。「だったら、そうしたらいいじゃないか、アイリッシュ？」

おれは言った。「もう打診した、ジョーイ・マクグリールに。フットボールくじの胴元で、チームスターズ一〇七支部のオルグだ。マクグリールが言うには、いまのところ空きがないらしい。〈ダンテズ・インフェルノ〉で、店が厄介払いしたがっていたあるオルグで、おれが放り出したのがいると話したら、そんなことは関係ない、後釜候補はほかにいると。もっと上の者と知り合いになれとも言われた。道を示し、保証人になってくれる指南役が必要だからと。マクグリール以外でひとり、うちの労働者代表を知っているけれど、おれのために動いてはくれない。どんな力であれ、それを使うのは自分のためだけだ。そいつもオルグの座を狙っている」

ラッセルはシチリア語で荒天がどうとかこうとか言った。おおよその意味は、「物事はどう転ぶかわからない。運を天にまかせろ」だ。

ある日の午後、〈ダンテズ・インフェルノ〉の仕事に向かう途中で〈フレンドリー・ラウンジ〉に寄った。スキニー・レイザーが言った。「ラッセルが今夜来る。八時まえに来てくれとのことだ。よそから電話がはいることになっている。その相手と話をしてもらいたいそうだ」ラッセルが何を望んでいるのか、誰と話をさせたがっているのか見当がつかなかったが、時間に遅れてはならないことはわかった。

七時半に再度店に行くと、ラッセルは表で人と話をしていた。彼はおれに、なかにはいって電話がかかってきたら呼んでくれと言った。八時ちょうどに店の電話が鳴り、スキニー・レイザーが受話器をとった。おれはラスを呼びにいこうと席を立ったが、もう店内にはいってきていた。電話の音が外まで聞こえたのだろう。おれは電話のそばのテーブルに移った。スキニーが電話の相手に言った。「元気か？　それはよかった。家族は？　ああ、こっちはみんな元気だ。天罰がくだらないといいが。ああ、アンジェロも元気でやってる。先週、医者にお墨つきをもらった。絶好調だ。あいつにも天罰がくだりませんように。マクギーに代わる。体に気をつけろよ」スキニーは受話器をラスにわたした。

ラスは受話器を受けとったが、すぐには電話に応じず、そのままおれのところに来ると椅子に腰をかけ、テーブルの上に一枚の封筒を置いた。

「おまえに話していた友人を呼んだ。ここに坐っている。優秀な組合員だ。電話を替わるこいつがどんなやつか自分でたしかめてくれ」ラッセルはおれのほうを向き、「ジミー・ホッファに挨拶をしろ」と言うと、受話器を差し出した。

おれは受話器に手を伸ばして思った、こんなこと想像できるか？ ジミー・ホッファがおれと話をするために電話をかけてくるなんて？ 「もしもし」おれは言った。「お話しできて光栄です」

ジミー・ホッファは挨拶もせず、いきなり用件を切り出した。これがホッファがおれに向けて言った最初の言葉だ。

「あちらこちらの家にペンキを塗っているそうだな」ジミーは言った。

「え、ええ、だ、大工仕事もしているので」言葉がすんなり出なくて焦った。

「それは何よりだ。うちの組合のメンバーらしいな」

「そうです」おれは文を短めにして、言葉数を減らした。「一〇七支部に。加入は一九四七年」

「われらが友人が、おまえをすごく褒めていた」

「どうも」

「あいつはそう簡単に人を気に入るようなやつじゃない」

「ベストを尽くしてます」おれは言った。

「労働運動に欠かせないもの、あって当然で、何がなんでも維持しなければならないもので最もすばらしく最も大切なものは団結だ。大企業は常に攻撃的で、その手をゆるめない。組合の切り崩しをめざす分裂派に資金を提供している。われわれがこうして話をしているいまも、ＡＦＬ‐ＣＩＯ（米国労働総同盟産業別会議）傘下の組合が、わが本拠地デトロイトやほかの地で、われらが組合の支部を引き抜こうとしていて、大企業がその作戦の後押しをしている。政府とも結託し、方々《ほうぼう》でわれわれを妨害したり、大衆やうちの組合員のまえで恥をかかせたりしている。言ってみれば、われわれが団結を必要としているときに、意見の相違を芽ばえさせる種をまいているようなものだ。われわれの歴史――われわれの歴史のみならず、アメリカの労働者の闘争の歴史――で、いまほど団結が必要なときはない。おまえはこの闘争の一翼を担いたいか？」

「はい」

「この歴史の一翼を担いたいか？」

「ええ」

「デトロイトで明日からはじめられるか？」

「もちろん」

「二九九支部に行って、ビル・イザベルとサム・ポートワインに会え。チームスターズの広報活動を担当している」

電話を切って思った。大した弁士だ。いまの一分間、パットンと話をしている気分だった。

「ラス」おれは言った。「心底たまげた。クリスマスがこんなに早く来るとは思っていなかった。もちろん、おれの誕生日でもない」

「心配するな。おまえがあいつの仲間になりたいと思っているのと同じくらい、向こうもおまえを必要としている。こちらとしては、おまえを手放したくはない。あまり長くデトロイトでひきとめられなければいいが」

「ああ、わかってる。明日デトロイトに行くと言ったから、これからすぐ出発しなくては」

「そう慌てるな」ラスは言い、椅子についたときにテーブルに置いた封筒をおれにわたした。

「さあ、開けてみろ」

なかにはデトロイト行きの飛行機のチケットと、一〇〇ドル札の束がはいっていた。

思わず、おれは笑いだした。ただそこに坐って、笑っていた。「なんて言ったらいいか」おれは言った。「いままで、こんなことをしてくれた人はいない。一生、忘れない」

「おまえはこうされるに値する、アイリッシュ。誰からも何もあたえられないなんてことはない。受け取れ。さあ、食事をして、アンジェロに会いにいこう」

「〈ダンテズ〉はどうしたらいい?」おれは言った。「今夜、仕事がはいってるんだ」

「スキニー・レイザーがもう手を打った。おまえがデトロイトから帰ってくるまで、代わりの者を行かせる。それと、空港までタクシーで行かなくていい。明日の朝、アンジェロが誰かにおまえを迎えに行かせる。ジミー・ホッファとの約束に遅れたくないだろう。時間に関しては、おれより厳しい」

おれはまた笑いだした。頭がおかしくなったと、ラスに思われるくらいに。でも、とにかくおかしかった。どうしてかはわからない。たぶん、ラスがそこまで面倒を見てくれたことに戸惑っていたんだろう。

13　大きなパラシュートは用意していなかった

遠距離電話でフランク・シーランに就職試験をおこなったころ、ジミー・ホッファは、偉業をなし遂げると同時に悪名を轟かせつつあった。五〇年代半ばから終わりにかけて、好戦的な態度をとったり虚勢を張ったりしてマクレラン委員会の聴聞会を切り抜けた。チームスターズの会長の座にはすでについていた。何度か刑事告発をされていたが、そのたびに罪を逃れていた。

それよりも彼自身や組合員の将来に益をもたらしたのは、一九五五年に年金基金を設立したことだ。これにより経営者側は、組合員が引退するときにそなえて、定期的に金を積み立てなければならなくなった。年金制度ができるまで、多くのトラック運転手は引退すると社会保障制度に頼るしかなかった。

❞ジミーは自分の激しい気性を操るすべを心得ていた。年金基金が立ちあげられたとき、おれはまだ彼のもとにいなかったが、トラック運送会社との会合でジミーがいかに感情を爆発させたかはビル・イザベルから聞いた。あらゆる手段を使って、会社に脅しをかけたらしい。

年金基金の必要性を感じていた彼は、なんらかの方法で基金を設けて、自分が管理したいと思っていた。基金を設立して、自分が承認をあたえた者が基金から金を借りられる仕組みをつくろうとしていたんだ。はっきりと言っておくが、借金には利息が課せられた。いわば、金の貸付は基金の投資だ。貸付金は完全に守られるはずだった。だが、ジミーは自分の思うとおりのやり方で事を進めた。それで、特定の人に金を貸すことができた。基金は一気に膨らんでいった。というのも、基金の対象となる組合員は引退しておらず、会社は組合員が働いた時間に応じて金を積み立てていくからだ。おれが組合の仕事に関わりだしたころ、基金はおよそ二億ドルになっていた。で、引退するころには一〇億ドルだ。その種の金からどれほど甘い汁が出るか、言わなくてもわかるだろう。”

ホッファが設立したチームスターズの年金基金は、たちまちコーザ・ノストラとして知られる全国規模の犯罪組織へ、融資として流れるようになった。独自の金庫を得た組織は勢力を拡大した。

チームスターズは、ギャングのボスにとって夢が実現する街、ハバナやラスヴェガスでのカジノ建設をはじめ、投機的事業に資金を提供した。まさに天井知らずで、さらに多額の金が投入されると見込まれた。一九七五年にジミー・ホッファが失踪したとき、アトランティックシティでは合法的なギャンブルの扉が開かれようとしていた。

❞ジミーは仲介者への報酬を帳簿から削除するという手を使っていた。貸付を承認しては袖の下を受け取っていた。ラッセル・ブファリーノやニューオーリンズのボスであるカルロス・マルセロ、フロリダのボスのサント・トラフィカンテ、シカゴのサム・〝モモ〟・ジアンカーナ、ニュージャージーのトニー・プロヴェンツァーノ、ニューヨークにいるジミーの旧友ジョニー・ディオのような者たちと手を組んでいた。彼らが客を連れてくる。ボス連中は客から貸付金の一〇パーセントを受けとり、ジミーと分ける。ジミーはわれらが友人と多くのビジネスをおこなっていたが、常に自分のやり方を貫いた。組合の年金基金は金の卵を産むガチョウだった。ジミーはシカゴ・アウトフィットのレッド・ドーフマンと親交があった。一九三九年、レッドは殺害されたシカゴの廃棄物処理業者組合会長のあとを継いだ。聞いた話だと、ジャック・ルビーを組合の役員としてそばに置いたらしい。リー・ハーヴェイ・オズワルドを殺害した、あのジャック・ルビーだ。レッドはルビーのボス、サム・〝モモ〟・ジアンカーナやジョーイ・グリムコをはじめ、シカゴのイタリア系アメリカ人とつながっていた。さらには、ジョニー・ディオのような人物のいる東海岸で力を持っていた。

レッドにはアレン・ドーフマンという継息子がいた。ジミーはレッドとアレンに組合の保険契約を担当させ、さらにアレンには年金基金の貸付を管理させた。アレンは太平洋戦争の英雄だ。海兵隊に所属する屈強なユダヤ人だった。信頼できる男でもあった。アレンとレッドはある議会聴聞会で合計一三五回、黙秘権を行使した。アレン・ドーフマンは自力で多大な名声を得た。アレンは利ざやを稼いで、ジミーと――大きな額ではなく、わずかだが――

分けた。ジミーは終生金には困らなかったが、暮らしぶりは質素だった。チームスターズの元会長デイヴ・ベックや、ジミーの後継者たちと較べると、ジミーは家庭用品会社のスタンプをもらっているような男と言える。❞

しかしジミー・ホッファは、のちに頭痛の種となる小規模ビジネスを、少なくともふたつ密かに手がけていた。この内密の投機的事業でのパートナーはいずれも、チームスターズの親しい協力者オーウェン・バート・ブレナンだった。ブレナンはデトロイトのチームスターズの支部長で、社用トラックや建物の爆破事件四件をふくむ暴力行為での逮捕歴があった。ブレナンはジミーを自分の「ブレーン」だとしていた。

ホッファとブレナンは〈テスト・フリート〉という名のトラック運搬会社を設立した。「ブレーン」とそのパートナーは、登記簿に自分たちの妻の旧姓を記載した。〈テスト・フリート〉がかわしていた契約はひとつだけだった。相手は、まえからチームスターズの個人営業の運送人に悩まされていたキャデラックの運搬業者だ。その一団は、容認されていない山猫ストをおこなった。この結束破りに立腹したジミー・ホッファは、彼らに仕事に戻るよう命じた。ホッファにとって幸いなことに、個人営業の運送人がキャデラックの運搬業者とかわしていた契約が満期になり、運送人の多くが職を追われ、運搬業務が〈テスト・フリート〉にゆだねられた。この契約により、ジョゼフィン・ポスジワックことミセス・ホッファとアリス・ジョンソンことミセス・ブレナンは、〈テスト・フリート〉で一分たりとも働くことなく、一〇年で一五万五〇〇〇ドルの配当金を得た。

ホッファとブレナンはフロリダのサンヴァレーと呼ばれる土地の開発事業に投資し、さらに無利子の組合資金四〇万ドルを供託金としてつぎ込んだ。ジミー・ホッファにすれば、この事業に乗りだしたとき、自分が衆目にさらされる世界的な有名人になって、過去に犯した罪——本人にとっては、ささいと思われる罪まで——を問われるようになるとは夢にも思っていなかった。

当然ながらホッファは、いずれマクレラン委員会が金の卵を産むガチョウである年金基金はもとより、自分の小さな秘密を探り出すのではないかと懸念し、委員会の注意を逸らそうと躍起になった。

一九五七年のはじめに委員会が発足したとき、ターゲットになったのは当時のチームスターズ会長デイヴ・ベックだった。ボビー・ケネディの右腕ウォルター・シェリダンによると、ホッファはベックがはたらいた悪事の詳細をケネディに密告していたらしい。シェリダンは一九七二年刊の著書『ジミー・ホッファの栄光と失墜』で、こう述べている。「彼は手はじめに、ベックの顧問弁護士のひとりに話をつけ、ベックに関する情報をケネディに流させた」

この一文は、ミスター・シェリダンの勇気がうかがえる。本が出版されたとき、ホッファはまだ存命で、刑務所から出てきたばかりだったが、ボビー・ケネディは四年まえに他界していた。もしケネディが生きていて、もしこの文章の含意に気づく人がいたとすれば、倫理規範違反の調査が徹底的におこなわれていただろう。状況しだいで、ケネディはベックの弁護士がクライアントに対する倫理的義務をおこたり、ホッファのためにベックについて「密告」するのを容認したとして、弁護士の資格を剝奪されていたかもしれない。

シェリダンはさらに、ホッファは「委員会への協力を申し出るために、ケネディと面会できるよう同じ弁護士に手配させた」と記している。

一九七二年、シェリダンの著書が世に出た際、ホッファの恩師の友人がこの二文に目をとめた可能性を疑う余地があるだろうか？　ブファリーノやトラフィカンテ、マルセロ、プロヴェンツァーノ、ジアンカーナのような無慈悲で力のある男たちにとって、密告という行為は人としての重大な欠点によるものであり、仲間を売ることは深刻な過ちである。そのような人間は二度と信用されることはなく、控えめに言っても、その無礼さは許しがたい。ホッファはシェリダンの著書が書店の棚に置かれたのとほぼ同時期に出所し、デトロイトの地に足を置いた。その本はホッファに「密告者」のレッテルを貼り、彼はチームスターズの会長への返り咲きをはかるなかで、フィッツシモンズが管理するチームスターズの年金基金に対するギャングの影響力を明るみにしかけ、レッテルの信憑性を高めた。しかし、こういったことがすべて形になったのは何年ものちのことだ。五〇年代の終わり、組合の仲間であるデイヴ・ベックを狼の餌食にするというマキアヴェリ的な戦略は、双方に益をもたらした。委員会はベックの調査に人的資源を投入したため、ホッファの〈テスト・フリート〉やサンヴァレーの事業に関する調査はあとまわしにされ、ホッファはベックを脇へ追いやることができた。

❞ジミーはまわりを支配したがった。酒を飲まなかったから、彼のいるところで飲酒する者はいなかった。煙草も吸わなかったから、そばで煙草に火をつける者もいなかった。周囲の者全員を激怒させることもときおりあった。短気を起こしては、水疱瘡《みずぼうそう》を掻く子どもみたいなことをしていた。しまいに痘痕《あばた》ができるぞとは誰も言えなかった。何も言えなかった。ただ聞くだけだった。❝

ジミー・ホッファは苛立ち、血眼になってマクレラン委員会内の動きを探った。一九五七年二月、ニューヨークのジョン・サイ・チースティという弁護士に連絡をとった。チースティはかつて海軍やシークレットサーヴィスに在籍していた。弁護士業のかたわら、調査業務も請け負っていた。ホッファはチースティに、委員会は調査員を雇う予定だと伝えた。もしチースティが委員会の仕事を受けて、その動向を流すならば、ひと月二〇〇〇ドルで一年間という条件で、二万四〇〇〇ドルを現金で支払う用意をしていた。ホッファはチースティに、仕事をはじめるにあたっての経費として一〇〇〇ドルわたした。しかし、事を急ぐあまり、チースティについて充分な調査をおこなわなかった。彼は誠実なニューヨークの弁護士で愛国者だ。チースティはすぐに、この賄賂工作を報告した。FBIボビー・ケネディはチースティに、委員会での仕事を一年五〇〇〇ドルで提示した。

Iはマイクをしかけ、カメラを設置した。チースティはホッファに連絡をとり、委員会の機密文書があるので、ひと月ぶんの報酬と交換したいと伝えた。ふたりはワシントンDCのデュポン・サークルの近くで落ちあい、チースティは書類のはいった封筒をわたした。ホッファは現金二〇〇〇ドルをわたした。この交換の場面は写真に撮られた。FBIは彼らに近づき、ホッファが書類を手にしている現場を押さえた。彼はその場で逮捕された。

報道記者がケネディに、もしホッファが無罪放免になったらどうするかと問うと、彼はこのような「完璧な証拠のある事件」で「無罪の可能性などつゆほども考えていない」と答え、さらに言い添えた。「そうなったら国会議事堂から飛び降りる」

一九五七年六月、ホッファはワシントンDCで、マクレラン委員会の調査員に賄賂をわたして委員会の活動に関する内部情報を入手した罪で裁判にかけられた。

陪審員は黒人八名、白人四名で構成された。ホッファと彼の弁護士、伝説的なエドワード・ベネット・ウィリアムズは、陪審員の選考過程で白人ばかりをはずした。ホッファはカリフォルニアから黒人の女性弁護士を呼び、被告側の席につかせた。ついで《アフロ－アメリカン》紙に、みずからを「黒人種」の擁護者として称賛する広告を掲載した。広告には、黒人と白人からなる弁護団の写真を添えた。そしてその新聞を黒人の陪審員の家に配達させた。さらにシカゴの暗黒街の仲間レッド・ドーフマンが、デトロイトに暮らす伝説のボクシング王者ジョー・ルイスをワシントンDCへ行かせた。ジミー・ホッファとジョー・ルイスは陪審員たちのまえで、長年の知己であるかのように抱きあった。ルイスは数日、ワシントンD

Cに滞在し、宣誓証言を見まもった。

サイ・チースティが証言台に立つと、エドワード・ベネット・ウィリアムズは、公式に全《N》米黒人地位向上協会《AACP》を調査したことがあるかと尋ねた。チースティはないと答えたが、種はまかれた。

ホッファは無罪となった。

エドワード・ベネット・ウィリアムズは、包装紙に包まれリボンもかけられた箱をボビー・ケネディに送った。なかには、ケネディが国会議事堂から飛び降りるためのおもちゃのパラシュートがはいっていた。

”ジミーはあの裁判のときまで、ジョー・ルイスに会ったことがなかった。もっとも、陪審員は知らないが。だが、ジミーは公民権運動を強く支持していた。これはほんとうだ。ひとつ言えるのは、彼は裁判で勝つたびに、自分が負けるはずがないという思いを強くしたということだ。それに明らかに、ボビーを蛇蝎《だかつ》のごとく嫌っていた。彼がエレヴェーターのなかで面と向かってボビーを甘やかされたガキ呼ばわりし、あとを追いかけだしたことがある。おれがジミーを引きとめた。あいつらは邪悪な兄弟だ、としょっちゅう言っていた。兄のジョンのことも嫌っていた。ジミーは言っていた。あいつらは日雇い仕事を一度もしたことのない大金持ちの若造だと。“

ボビー・ケネディは著書『内部の敵』で、当時ジョー・ルイスは失業中で多額の借金をかかえていたが、裁判後まもなく、チームスターズの年金基金から二〇〇万ドルの融資を受けているレコード会社で、高収入の仕事についたと明言している。ルイスはカリフォルニアから呼ばれた黒人の女弁護士と法廷で知り合い、その後結婚した。ケネディの右腕であり首席捜査官のウォルター・シェリダンがマクレラン委員会の調査の一環で、ジョーにレコード会社での仕事に関して話を聞きたいと求めたが、元チャンピオンは協力を拒み、ケネディに言及した。「あいつに国会議事堂から飛び降りるよう言ってくれ」

しかし、ケネディは一九五七年末までに最終的な勝利をものにできると確信していた。ホッファは周囲を支配したいと願うあまり、彼がベックに対してしたように、組合幹部のいずれかが自分に不利な情報をマクレラン委員会に流していないか探るため、ジョニー・ディオの友人を雇ってチームスターズのオフィスに盗聴器を違法にしかけ、連邦政府に起訴された。この一件での共犯者は、〈テスト・フリート〉やサンヴァレーの投機的事業でのパートナーであるオーウェン・バート・ブレナンだ。彼自身、二件の投機的事業に関して法律問題が浮上しかねない状況にありながら、盗聴に応諾した。

盗聴事件の裁判がおこなわれているさなか、ケネディはホッファがマクレラン委員会のまえでおこなった宣誓証言で、盗聴について嘘の証言をしたとして、偽証罪でワシントンDCで起訴した。

ホッファがこの二件の裁判で頭を悩ませていた時期、チームスターズは、数十年まえからそうだったが、世界最大の労働組織AFL-CIOの傘下にあった。一九五七年九月、AFL-CIOの倫理委員会が、デイヴ・ベックとジミー・ホッファが「組合での公的な立場を個人的な利益のために」利用したと告発した。さらに、ホッファについては「悪名高きギャングの労働搾取に関わり、支援して助長させた」と訴えた。それに対しチームスターズは、連邦レベルの裁判を二件かかえているジミー・ホッファを初の会長職につけるという形で応じた。

統制の厳しかったこの時代、会長を選ぶのは一般組合員ではなく、五年ごとにおこなわれる組合の総会のために選抜される代表団だった。選挙では公正を期すために、無記名投票は認められていなかった。ホッファは就任演説で述べた。「対立を葬り去ろう」

ホッファと仲間のギャングは、すでに何名の反対派を葬っていただろうか。この先、何軒の家にペンキが塗られるだろうか。

ジミー・ホッファが会長に昇進した結果、仲間のギャングが勢力を拡大させたのは周知の事実だ。七〇年代には状況が変わっているが、一九五七年当時、アントニー・〝トニー・プロ〟・プロヴェンツァーノはホッファが信頼する仲間で、国内最大の支部のひとつ、ニュージャージー州ユニオンシティの五六〇支部の支部長だった。ホッファは時を移さず、プロヴェンツァーノへ第二の特典として、一〇万人のメンバーからなるニュージャージー州第七三合同協議会の会長の座をあたえた。一九五九年までに、政府はチームスターズの動きを追う監視委員会を設立していた。監視委員会はホッファに、プロヴェンツァーノを組合から追放するよう命じた。だがホッファは一九六一年、プロヴェンツァーノをチームスターズの副会長に据え、第三の特典と配下の組合員に対する絶対的な権限をあたえた。同年、プロヴェンツァーノは五六〇支部の人望の厚い改革派、アントニー・〝スリー・フィンガーズ〟・カステリートとの「対立を葬り去る」ため、K・O・ケーニヒスベルクとサルヴァトーレ・シノ、サルヴァトーレ・〝サリー・バグズ〟・ブリガグリオに命じて、彼を絞殺し、ニューヨーク州北部の農場に葬った。

一九五七年、ホッファが会長に就任した一〇日後、AFL-CIOはチームスターズを除名し、再加入が認められるのは、ジミー・ホッファとギャングの幹部による「堕落した支配体制」を排除した場合のみだと宣言した。

同年一一月一五日、世間はアパラチン会議のニュースに沸いた。J・エドガー・フーヴァーの確固とした主張とは異なり、ニューヨーク市を拠点に、べつの国が動かしているかのような全米規模の犯罪組織の存在が浮上した。

一〇日後、ニューヨーク市でホッファとブレナンを盗聴の罪で裁くための連邦陪審が選任された。評決は一一対一で全員一致に達しなかった。すぐさま、新たな陪審が選ばれた。第二回公判で、ひとりの陪審員が収賄未遂の過去があると申告した。彼は任を解かれ、補欠陪審と交代した。この陪審員はジミー・ホッファを無罪とした。

面目をつぶされたボビー・ケネディだったが、それでもホッファに対する偽証罪での裁判に望みをつないでいた。しかし、それも長くはつづかなかった。偽証罪での起訴は、盗聴されたジョニー・ディオとジミー・ホッファとの会話が頼りだった。ニューヨーク州法にのっとれば、盗聴は合法であり、電話での会話も正当な捜査押収物と認められていた。ケネディにとって不運だったのは、ウォーレン・コート（アール・ウォーレンが連邦最高裁判所長官を務めた時期の法廷）の支配が州警察や地元警察の流儀におよびだしてまだ間もない時期だったことだ。連邦最高裁判所は、今回のような州が認めた盗聴は違憲であり、盗聴やそれに基づいて得た証拠はすべて「毒樹の果実」（違法な手段で入手した証拠およびそこから得た二次的な証拠は、証拠として認められない）であるとした。その結果、ジミー・ホッファを葬れるだけの合法な証拠はひとつもなくなり、偽証罪での起訴は棄却された。

❞ジミーが会長になってまもなく、一連の裁判がおこなわれているころ、おれは組合の仕事についていた。盗聴がらみの裁判が終わって、まわりの連中は、ボビー・ケネディは国会議事堂から飛び降りるのに自分のケツを守れるだけの大きなパラシュートは用意してなかったようだ、と言っていた。❝

14

銃撃犯はマスクをしていなかった

おれは空路デトロイトへ飛び、トランブル通りにある二九九支部を訪れた。ジミーが所属する支部だ。昔のタイガー・スタジアムの少し先にある。二九九支部はデトロイトのタクシー運転手に対して、組織化運動をおこなっていた。通りの反対側にはタクシーの大きな車庫があって、タクシーで二九九支部に乗りつけると、チームスターズのピケ隊が見えた。自分もあの一員になる。自分の居場所はここだと思えた。二九九支部のオルグになれて天にものぼる気分だった。そこで結果を出せば、フィラデルフィアの一〇七支部で、たとえ新たな席を設けることになってもオルグになれる予定だった。恩師と同じように、人の上に立つ指導者になれるチャンスがめぐってきた。

そのころには、チームスターズ本部のオルグになる日を見据えていた。まさに頂点に立つ地位だ。拠点は本部だ。その地位で全米をめぐり、必要とされるところならどこへでも赴く。合法的にあれこれと人の役に立つことができるし、自分のためにもなる。ゆくゆくあんなことがジミーの身に起きていなければ、おれは本部のオルグになっていた。

デトロイトでは、ビル・イザベルとサム・ポートワインの下についた。ふたりはチームスターズとして広報活動をおこなっていたが、実際は、サムがビルをボスと見ていた。ビルは身長が一七〇センチあまり、キャンディの扱いに長けていることで有名だった。食べるキャンディじゃない、物を爆破するときに使うあれだ——ダイナマイト。彼は爆破の達人で、いつもダイナマイトを持ち歩いていた。生まれはアイルランドだが、アメリカ人のような話し方をした。トラック運転手から身を起こし、出世の階段をのぼった。セントルイスに配属され、現地の支部と、真に実力のあるハロルド・ギボンズが率いるセントルイスの合同協議会のオルグの任にあたっていた。ジミーは一九六七年に服役する際、後任にフランク・フィッツシモンズではなく、ハロルド・ギボンズを指名すべきだった。

サムはワシントンDCの出身で、身長も体重もビルをわずかに上まわり、年齢は少し下——おれよりは年長だが——だった。おれは三七歳くらいだった。サムは大学を出てすぐに組合の仕事についたはずだ。ふたりともジミー・ホッファと親しかった。

タクシー運転手への組織化運動には、八人ほどのオルグがあたった。毎朝、集合してピケを張る場所に向かい、広報担当のビルとサムがつくったビラを配った。ときには、通り向かいにあるタクシーの車庫にピケを張ることもあった。また、街じゅうのタクシー乗り場——大規模なコンヴェンション・センター、コボ・センターやワーナー・ホテルなどのタクシー乗り場——に、ピケラインを設置して主張を広めることもあった。

タクシー運転手を脇へ呼んで、組織化がもたらす恩恵を説き、組合員証に署名するよう頼んだ。労働者の三〇パーセントが署名すれば、労働法により、組合を望むかどうかを問う投票をおこなう権利があたえられる。しかしビルからは、署名が五〇パーセントを超えるまで投票を求めるなと教わった。五〇パーセント以下だったら絶対に負けるからと。それに、投票を実施する権利を実際に得ると、ほかの組合が介入してきて権利を取りあげようとする、とも聞かされた。もし組合員証の一〇パーセントが相手側につけば、投票に口を出すことができ、すべてが終わったあとで、おそらくこちらは叩きつぶされるという。AFL－CIOに追いだされて以来、おれたちはほかの組合のいずれかが立ち入ってきて、投票を乗っ取るか、誰も勝てないように票を吸いあげるかするのではないかと、いつも気を揉んでいた。食うか食われるかの闘いが、しばらくつづいた。誰を信用していいかわからなかったが、タクシー運転手を脇へ呼び、組合員証に署名してくれと説得しつづけた。なぜか当時のデトロイトでは、多くのレズビアンがタクシー運転手の仕事についていた。彼女たちは男のようにあつかわれたがったので、それを尊重しなければならなかった。でなければ、署名はもらえない。

組合員証に署名したからといって、投票で組合に賛成票を投じる必要はない。投票は監視のもとでおこなわれるし、無記名投票だ。だから、単にこっちを追いはらいたいから署名だけしておいて、投票では賛否どちらでも自由に票を入れることができた。それに関して、こちらができることは何もない。

おれはホリディ・インに滞在した。宿泊費は組合もちで、食費と日々の経費も出してくれたうえ、給与も別途もらった。当時は、組合のフルタイムの仕事以外のこともできて、ジミーや上の者がとってきてくれたフルタイムの仕事にいくつでもつくことができた。おれはひとつだけだったが、ビルやサムは何カ所かの得意先から収入を得ていた。

いま思うと楽に金を稼げたし、デトロイトはフィラデルフィアとよく似ていた。すべきことはたくさんあって、ぼーっと坐っている時間はなかった。ボクシングやフットボールの試合とか、町でやっているものならなんでも観にいった。ビルもサムも酒豪だったから、よく一緒に飲んだ。

彼らから、〝組合〟という言葉には意味があると教わった。全員が一致団結して同じ方向に向かわなければならない。そうでなければ、労働者はまえに進めない。組合の強さというのは、いちばん弱い組合員と同程度でしかない。不和が生じれば、雇い主に感づかれてつけ込まれる。不和や反対派の存在を許容すれば、ゆくゆく組合を失うことになる。ボスはひとりだけでいい。助手は複数名いてもいいが、支部の運営に何人もの手を出させてはならない。それを容認すれば、雇い主が裏取引をして組合を分裂させる。で、組合が二分しているあいだに、いちばん力のある組合員を不法に解雇し、罪をとがめられることもない。

「反対派は、戦時中のナチスの協力者――ノルウェーやフランスにいた協力者みたいなものだ」ビル・イザベルがおれに言った。「ジミー・ホッファは決して反対派を認めなかった。いまおれたちが手にしているものを築くのに、しゃかりきになって働いていた。朝はいちばん早く起き、夜はいちばん遅くにベッドにはいった。今日、おれたちの暮らしぶりがどれほどよくなったか考えてみろ。反対派はなんにもくれちゃいない。すべて、ジミーが勝ちとったんだ。年金、家族のいずれかが病気になったときにいつでも利用できる入院保険。いまは全国のトラック運転手が同一の賃金を得られるよう、基本運送協定の締結に向けて闘っている。ジミーがおれたちのために勝ち得てくれたものはすべて、ＡＦＬ‐ＣＩＯの口先だけの改革派にも行きわたり、メンバーにもおよぶ。なのに、連中はジミーのやり方は強引すぎると文句を言う。おまえは戦争に行った。だから、Ａ地点からＢ地点にたどり着くために何をしなければならないかわかるはずだ。いいか、途中でギネスが数パイントでもこぼれたら台無しだ、わがよき植民地の若造」

ある晩、三人で町に出かけた。ビルの運転で、イタリアン・レストランに向かった。おれが新しい仕事について、まだ数週間というころだ。おれは後部座席に坐っていて、ビルはバックミラー越しにこっちを見て言った。「ジミーから聞いたが、おまえはあちこちの家にペンキを塗っているそうだな」

おれは何も言わなかった。ただうなずいて肯定を示しただけだった。ああ、その話か、と思った。ダウンタウンの世界から離れて、新しい仕事に就いたというのに、それもこれまでか。

「シカゴに、片づけなければならないことがある。あっちにジョーイ・グリムコという友人がいて、タクシー組合の七七七支部を取りしきっている。波止場地区にトラックも持っている。そいつのことを聞いたことがあるか？」

おれはここでも黙っていた。ただ首を振って、「ない」と伝えた。二週間後、ラッセルからジョーイ・グリムコはジュゼッペ・プリマヴェーラだと聞かされた。かつてアル・カポネのもとにいた、シカゴ・アウトフィットの重鎮だ。前科も山ほどあり、殺人容疑で逮捕されたことも二度あった。マクレラン委員会の聴聞会では、すべての質問――ジミー・ホッファを知っているかという質問にも――黙秘権を行使した。

「向こうに始末する必要のある男がいる」ビルは言った。「明日の朝、シカゴに飛んでもらいたい。空港には迎えが来る」

それだけだった。その男が誰で何者なのかは訊くな。おれは知らない。いずれにしろ、話す気はない。予定を変更しなければならない用事が一件あったので、調整した。いま思えば、生まれてこのかた、そんなことばかりしていた気がする。親父が賭けでビールをただ飲みしたいがために、おれにほかの少年を殴り倒しに送りだしたことも数に入れれば、まあ、そんなものだ。

ビルたちが、その男と面識のない者を必要としているのは明らかだった。町での知り合いは騙《だま》したことのある連中ばかりだったから、警戒していただろう。アイルランド系の男なら道でそばを歩いていても、気にかけることはない。男はそのまま道に放っておけとのことだった。そいつが何をしたにしろ、まんまと逃げおおせるわけがないと、しかるべき相手に知らしめるためだ。

新聞の記事にマスクをした殺し屋と書かれていれば、実際はマスクをしていなかったと思っていい。通りに目撃者がいたとしても必ず、犯人はマスクをしていたと言う。そうすれば銃撃犯一味に何も見ていないと伝わって、不安をかかえずにすむ。

上陸用舟艇に詰めこまれるのにすっかり慣れていたが、そこから出世して、シカゴへは飛行機で行った。一時間ほどでシカゴに到着した。銃は向こうが用意し、事がすんだら、銃を受け取りに来た男の車で一緒にその場を去る。そいつの仕事は銃を解体して、処分することだけだ。おれたちの車を追っている警官がいれば、別の男たちが警官の目のまえで、衝突事故を起こした車から降りる。こっちの車はおれを空港まで送る手はずになっていた。

空港が見えてきたときは、ほっとした。あの手の連中がときおり「カウボーイ」を使い、仕事が終われば「カウボーイ」を始末することは知っていた。「カウボーイ」は消耗品だ。ラッセルから聞いた話だが、カルロス・マルセロはシチリアに再三再四、身寄りのない戦争孤児を送って寄こすよう連絡をしていたらしい。孤児たちはカナダ──たとえばデトロイトの対岸のウィンザー──から密入国した。シチリアの戦争孤児たちは、命じられた仕事をこなせば、そのままアメリカに残ることができて、ピザの店か何かをあてがわれると思っていた。家にペンキを塗り終えて逃走用の車に乗ったら、どこかに連れていかれ、こんどはそいつの家にペンキが塗られる。シチリアに彼らを恋しく思う者はいない。彼らは孤児で家族もいないから、報復──シチリアでは実によくあることだ──を受けることはない。

車に乗っているあいだ、カルロス・マルセロと戦争孤児のことが脳裏をよぎり、ずっと運転手のほうを向いて坐っていた。運転手は小柄な男だったから、ハンドルから手を離そうものなら首を刎《は》ねてやるつもりだった。空路デトロイトに戻ると、ビルとサムが空港で待っていた。三人そろって食事に行った。ビルが封筒を差し出してきた。おれはそれを彼に返して言った。「おれは友人の頼みはきく」ラッセルから叩きこまれていた。自分を安売りするな。「友人の頼みをきいておけば」ラッセルは言っていた。「向こうがおまえの頼みをきいてくれるときが来る」

ビルとサムはこの機会におれを品定めし、ジミー・ホッファにあいつをそばに置いておけと勧めた。こうして、おれはよりよい学びの機会を得た。

ビルたちと一緒にシカゴへ行き、エッジウォーター・ビーチ・ホテルに滞在した。組合が、一八階にある寝室がふた部屋、それぞれベッドが二台あるスイートを用意していた。サムとビルがいっぽうの部屋を、おれはもういっぽうの部屋を使った。シカゴでの二日めの夜、ジョーイ・グリムコに紹介された。ビルから、ジョーイはシカゴの全支部のために――自分だけのことではなく――重要な問題に対処していて、おまえはこの先、彼の下につくことになると言われた。

つぎの日の夜、ジミー・ホッファがシカゴにやって来て、ホテルの向かいにある〈ジョー・スタインズ〉で会った。ホッファは実に気さくだった。よくしゃべるが、聞き上手でもある魅力的な男だった。娘のことをあれこれと訊かれた。ジミーによると、組合がＡＦＬ‐ＣＩＯから追放されたのは、向こうの指導者たちが、もしあの「甘やかされたガキ」のボビー・ケネディに逆らったら調査を受けて、ジミーの法廷闘争の巻き添えになると懸念したからだそうだ。プレッシャーがのしかかっていただろうに、あの男は見るからに悠々としていて、たこつぼ壕にはいるならこいつと同じ壕がいいと思わせる男だった。

ウェイターが来たのでキャンティを頼むと、ビルがテーブルの下でおれを蹴り、「やめろ」と首を振った。おれはしたがわずワインを飲んだが、そのあと、おれがグラスを持ちあげるたびにビルの顔がわずかにこわばった。ビルとサムはジンジャーエールしか飲まなかった。あとでビルから、これまでずっとおまえを推していたから、おまえにはジミーにいい印象をあたえてもらいたかったと言われた。

食事中、ビルがジミーに言った言葉は一生忘れられない。「このアイリッシュマンみたいに、人混みのなかを誰にもぶつからず一直線に歩ける男を見たことがない。誰もがおのずと道をあける。まるで紅海を割るモーセだ」

ジミーはおれを見て言った。「しばらくシカゴにいるといい」

どんな町かは徐々にわかった。シカゴで金を稼げなければ、どこに行っても稼げない。あそこの連中は道端に死体を転がす。犬を連れていたら、犬も道連れだ。

おれはシセロに行って、問題をかかえているジョーイ・グリムコに会うよう指示された。途中で道に迷ってしまい、ある酒場にはいった。シセロはかつてアル・カポネが君臨していた町だ。道を尋ねるつもりで酒場にはいったとたん、二〇人ほどの強面の男に囲まれ、見れば全員が銃を持っていた。どうやら目指す地域にはたどり着いていたようだった。男たちに友人を探していると話すと、何本か電話をかけるから坐って待っていろと言われた。ジョーイ・グリムコ本人が酒場に現われ、会う予定になっていた酒場におれを連れていった。グリムコは貨物運送業者がらみの問題をかかえていた。業者が組合に反発し、それまでに解雇した労働者代表の再雇用を拒んでいるとのことだった。そのためグリムコは組合員たちに示しがつかず、おれに事態の収拾を頼みたいとのことだった。おれは彼に、誰かの家にペンキを塗る必要はないと伝え、そこにある古いコカコーラの壜《びん》をひとケースぶん用意してくれと言った。くわえて、部下をひとり貸してもらいたい、あとはふたりで対処するからと。おれは運送会社の近くの橋にのぼった。トラックが会社から出てきて橋の下をくぐる瞬間、グリムコの部下とふたりでコーラの壜をトラックめがけて落とした。爆音もどきの音がして、トラックは何が起きたかもわからないまま橋台に衝突した。しまいに運転手たちがトラックを出すことを拒否しはじめ、運送業者は労働者代表を復職させたが、未払給与は払わなかった。コーラをふたケース使えばよかった。

夜はホテルで過ごした。ジミー・ホッファが自宅のあるデトロイトを離れてシカゴに来たときは、たいていおれの部屋に泊まった。サムとビルとおれはスイカに穴をあけて、なかにラム酒を注ぎ、ジミーに何を飲んでいるか悟られないようにした。「なんとまあ、おまえたちはほんとうにスイカが好きだな」ジミーはよく口にした。ある晩、ジミーが来る予定がなかったので、ワインを四リットルほど冷やそうと窓辺に置いておいた。こっちが眠っているあいだにジミーが部屋にはいってきて、その物音で目がさめた。ジミーはベッドにはいるなり言った。「窓のところにあるのはなんだ?」おれは言った。「月でしょう、ジミー」サムとビルに言わせれば、おれほどジミーに無礼を大目に見てもらえた者はいないらしい。

朝はジミーが最初に起きた。朝食は七時きっかりで、それまでに起床して身仕度をととのえなければ、朝食にありつけなかった。彼の息子、若きジミーもよくふらりとホテルに現われた。できた子で、父親を尊敬していた。ジミーは息子がロースクールをめざしていること——目標は達成された——を心から誇らしく思っていた。現在、息子はチームスターズの会長を務めている。

何人もの重鎮に会った。サム・〝モモ〟・ジアンカーナは、頻繁にエッジウォーター・ビーチ・ホテルにやって来た。こっちは彼らのビジネスのためにいたわけではないが、ジミーのスイートでジアンカーナを出迎えた。彼は当時、著名人と浮き名を流してしょっちゅう新聞の紙面を騒がせていた。世間の評判からすると、ラッセルとは正反対だった。

しばらくしておれの仕事のことがジミーの耳にはいり、それ以降、おれは何か案件があるときは、いつも部屋にいるようになった。ジアンカーナはときおり、ジャック・ルビーというダラス在住の男をともなっていた。ジャック・ルビーには何度か会った。ジミーの息子もホテルで彼に会っていたようだ。ルビーはジアンカーナの部下で、ジアンカーナはレッド・ドーフマンの部下だった。あるとき、全員で食事に出かけた際、ルビーはジアンカーナのためにダラスからブロンド女を連れてきていた。ジミー・ホッファはたまたまジャック・ルビーと顔をあわせたわけでは絶対にない。面識があった。それもジアンカーナからだけではなく、レッド・ドーフマンからも紹介されていた。❝

一九七八年九月、『ホッファの闘争』の著者ダン・E・モールデアは、ジミーの息子ジェイムズ・P・ホッファとの会話を録音していた。モールデアは綿密な調査と論理に基づいた、ジミー・ホッファと彼の闘争に関する自著のあとがきに、こう記している。「［息子のジミー］ホッファに、彼が父親とジャック・ルビーの関係に言及していたことを思い出させると、ホッファは［その話は］事実だと言った。私はわが身の安全のために、ホッファに気づかれないようこっそりと、この彼との電話での会話を録音した」

❞ジミーとサム・ジアンカーナのあいだで頻繁に出ていた話題のひとつは、目前に迫った上院議員ジョン・F・ケネディの大統領選挙運動だった。ふたりは真剣に話しあっていた。ジアンカーナはケネディの父親から、ボビーは自分が手綱をにぎるし、ジョンが当選したらボビーのことはいっさい心配する必要はないとの約束を取りつけていた。この父親は禁酒法時代、イタリア人と結託して酒の密輸で金を儲けていた。カナダからウイスキーを持ちこみ、イタリア人たちに流していたんだ。何年もイタリア人と連絡を取りつづけ、ウイスキーを持ちこみ、不倫関係にあったグロリア・スワンソンのような映画俳優に融資するといった合法的な商売に手を広げた。サム・ジアンカーナはニクソンと対抗するジョン・F・ケネディを支援するつもりだったし、ジアンカーナの友人フランク・シナトラをはじめハリウッドのほぼ全員が同様の意志を示していた。ジアンカーナは、ケネディがイリノイ州で勝てるように、同州の選挙で不正工作をすると言った。ジミーは耳を疑った。彼はジアンカーナを説得して、やめさせようとした。ボビーは頭がおかしいのだから、あいつを制御できる者などいないと。マクレラン委員会の聴聞会が開かれたとき、あの父親のもとを何人もが訪れたが、自分の金持ちの息子の片割れ相手に何ひとつできなかったらしい。

ジアンカーナはジミーに、カストロをキューバから追い出してカジノを取りもどすのに、ケネディが協力することになっていると話した。ジミーは、マクレラン委員会の聴聞会での仕打ちを考えれば、ケネディの若造たちを信用するなど頭がどうかしていると言った。ついで、ニクソンがケネディを打ち負かすだろうし、そうなればキューバの一件はニクソンが手を貸してくれると。ジアンカーナは、キューバでのことはすべてアイゼンハワーとニクソンの時代に起きた、それで共和党がなんの役に立つ？　と言いかえした。聞きごたえのあるやり取りだった。アパラチン会議がきっかけで、コーザ・ノストラのような組織の存在が公になってから、まだ二年しか経っていなかった。それなのに、ふたりはシカゴ・アウトフィットが大統領選挙で不正工作をするか否かを話しあっていた。どこで育とうとも、地元の選挙で不正工作があれば誰だってわかる。地元フィラデルフィアで選挙やら何やらで不正工作がおこなわれているのは明らかだったが、このときの一件はおおごとで、まさに目のまえで高次元の議論がかわされていた。

一九六〇年の選挙で、結局ニクソンを支持した労働組合はチームスターズだけだった。最近になって〈ヒストリーチャンネル〉が赤裸々に報じたが、ケネディが選挙で勝利したのは、ひとつにはイリノイ州でサム・ジアンカーナが物故者の名前を墓から拝借して不正票を投じたからだ。

東部のわが友人たちにとっても、全国の彼らの友人にとっても、キューバがどれほど重要かはわかっていた。ラッセルに連れられてキューバを訪れたのは、ちょうどカストロが彼らをひとり残らず追放し、カジノや競馬場、住宅、銀行口座などキューバで所有している一切合切を没収しだしたころだった。キューバへ向かうときほど激怒したラッセルは見たことがない。もっとも、友人であるフロリダのサント・トラフィカンテが共産主義者に逮捕されて留置所に拘束されたため、さらに激怒してキューバに飛んだ最後の旅には同行しなかったが。噂によると、サム・ジアンカーナはジャック・ルビーをキューバに送り、サントを救出するために金をばらまいたらしい。

そのころ、おれは組合の仕事をいっそう任されるようになり、フィラデルフィアの一〇七支部とシカゴの七七七支部を行き来して、ビルやサムやジョーイ・グリムコと会っていた。ピケにくわわったり、労働者に組合員証の署名をもらったりするだけではなかった。ちゃんとピケが張られているか確認する立場にあった。いわゆるピケラインの「用心棒」だ。ピケが正しく張られるよう手はずをととのえた。もしストライキの参加者が姿を見せず、義務を果たさなければ、その日のピケの時間ぶんの給与は支払われない。おれはその日のストライキに参加しなかった者が不当に給与を受け取っていないか確認した。

フィラデルフィアの一〇七支部は国内で四番めに規模が大きく、いつも問題をかかえていた。大きすぎて管理しきれなかったのだ。汚職疑惑で上院に調査されていたから、支部長のレイモンド・コーエンはいつも苦境に立たされていた。それに派閥争いが絶えなかった。ジョーイ・マクグリールには用心棒もどきの取り巻きがいて、自分がのさばるために、いつも争いの種をまこうとしていた。おれはレイモンド・コーエンに我慢がならなかった。やつは容赦なくまわりを支配したがった。他人への敬意などかけらもなかった。毎月、おれはやつから車か必要経費か何かしら奪って、嫌がらせをした。コーエンは表向きにはジミー・ホッファの熱心な支持者で、おれに対する不満をジミーに訴えていた。

しかし、コーエンが知らなかったのは、おれがビルとサムに言われてホッファからの命令を果たしていたことだ。コーエンはチームスターズの大物で、三人いる理事のひとりだった。公にはジミー支持を表明していたが、組合内では、ジミーが何かしようとするたびに声高に異を唱えた。たとえば、ジミーが何より目指していた全国規模のトラック運転手関連の協定——基本運送協定——に反対していた。コーエンは面倒の種で、最後には横領罪で起訴され、ようやく組合は彼を追放するにいたった。

ジミーには、プエルトリコにフランク・チャベスという名の熱烈な支持者がいた。しかしフランク・チャベスは文字どおりトラブルメイカーで、短気だった。ジョン・F・ケネディが暗殺されたその日に、プエルトリコの支部からボビー・ケネディに手紙を送りつけた。手紙には、おまえがジミー・ホッファになした全悪行に敬意を表して、わがプエルトリコ支部はリー・ハーヴェイ・オズワルドの墓前に花をたむけ、今後もずっと新鮮な花をそなえつづけるとあった。なんだかぞっとするだろう。死者は安らかに眠らせてやれ。死者を敬え、とりわけあの男は。オズワルドは、あの高速哨戒魚雷船で部下の命を救った戦争の英雄だ。ボビーはくそ野郎だが、兄を失ったばかりで、暗殺事件が自分と関係していることも、自分の過ちであることも自覚していたはずだ。

フランク・チャベスはプエルトリコで、規模の大きいポール・ホール率いる船員労働組合と縄張り争いをしていた。ポール・ホールはAFL‐CIOの一員で、AFL‐CIOは、埠頭《ふとう》から船荷を運ぶ運転手たちは波止場地区にいるのだから、自分たちが代表であるべきだと主張していた。かたやフランク・チャベスは、彼らは運転手だからチームスターズの一員だとして譲らなかった。ホッファとホールは犬猿の仲だった。ホールはAFL‐CIOからのチームスターズ追放にひと役買った人物で、ホッファのほうは、ホールはいかなる手を使ってでも自分とチームスターズを叩きつぶしにかかってくると考えていた。血なまぐさい戦争だった。双方とも殺し屋集団をかかえていた。

ある夜、おれはフィラデルフィアにいたんだが、ジミーから電話があって、翌朝の便でプエルトリコに飛んで問題を二件片づけ、その足でシカゴに飛び、そこでも一件問題を処理し、午後八時にサンフランシスコのフェアモント・ホテルで彼と落ちあうよう言いつけられた。

あいつを殺してこいとはっきり言葉にするのは、映画かマンガのなかくらいだ。実際は、問題を片づけてこいと言うにとどまる。事を処理するためなら手段は問わないとも言う。目的地に着いたら、現地の者がすべて手はずをととのえていて、こっちは正すべきことをし、それを命じた者が誰であれ、その者のところに戻って報告をおこない、引きつづき命令がないか確認する。まあ、戦場で夜間のパトロールから戻って報告をするようなものだ。すべてが終われば地元に帰る。

一日のうちに、まずはプエルトリコにわたって問題を二件処理した。それから空路シカゴにはいり、問題を一件片づけた。そのあとサンフランシスコに飛び、フェアモント・ホテルに向かう途中でバーに寄ってワインを二杯ひっかけた。ホテルでジミーに会って報告をしているときは酒が飲めないとわかっていたからだ。午後八時ぴったりにジミーの部屋を訪れると、おれを待たせたなと怒鳴りつけられた。

「時間どおりだ、ジミー」おれは言った。「八時だ」

「おまえが早く来るわけがない」ジミーは怒鳴った。❝

同年後半、ジョン・F・ケネディは大統領選に僅差《きんさ》で勝利した。彼が最初にしたのは、弟を司法長官に任命することだった。これでボビーは司法省と全米の弁護士、FBIおよびFBI長官のJ・エドガー・フーヴァーを管理下におさめた。そしてボビーが最初にしたのは、兄の選挙を真に支援した者たちに背を向けることだった。アメリカ史上初めて、司法長官が省をあげて組織犯罪撲滅に乗り出したのだ。

目標達成に向けて、ボビー・ケネディは司法省内に弁護士と捜査官からなるチームを組織し、その指揮官にマクレラン委員会の聴聞会で右腕だったウォルター・シェリダンを据えた。メンバーはボビーみずからが選んだ。任務はごくかぎられ、チームはなんとも言いがたいが、〝ホッファ捕獲部隊〟と名づけられた。

❞すべての、言葉通りすべての事のはじまりはこれだ。❝

15　封筒を持って敬意を表する

”所属した一〇七支部で仕事をしているときは、故郷ダービーの仲間や両親と一緒に過ごすこともあった。ジョン・ケネディの大統領就任が決まり、おれがアイルランド系カトリック教徒を思って、頬をゆるめることができたのはこのときだけだった。懐かしいダービー界隈に戻ってヤンク・クインのような古い友人とつるんでいると、アイルランド系の新大統領ジョン・F・ケネディを少しばかり喜ばしく思えた。彼はアイルランド系カトリック教徒で初めて大統領までのぼりつめた人物だ。言うまでもなく、ケネディはおれたちと同じように軍隊経験がある。おれがまだ子どもだったころ、もうひとりアイルランド系カトリック教徒でアル・スミスという名の政治家がいて、大統領をめざしていた。彼はニューヨーク出身で、「私は大統領であるよりも正しくありたい」という名言を吐いた。あのときばかりは国民の多くが、アル・スミスはカトリック教徒だからローマ法王の指図を受けるのではないかと懸念した。だからあの男は選挙で負けたのだと、巷では囁かれている。

当然ながら、ジミー・ホッファと一緒のときは、ジョン・ケネディについていいことは言わなかった。彼がボビーを司法長官に就任させると発表してからは、名前さえ口にしなかった。ジミーはその発表があるまえから、ケネディの大統領選勝利で形勢が不利になるとわかっていたが、ジミーもラッセルもほかの者たちも、ボビーに関する発表を、旧友でありジョンの父親であるジョセフ・ケネディからローブブローをまともに食らったように感じた。ジミーは、自分に対する法的行為がいっそう厳しさを増すのは時間の問題だと察していた。

　ジミーはよくこんなことを言っていた。「あのイタチ野郎のボビーは、自分が司法長官になれたのは兄貴の七光りでしかないと重々わかっている。兄貴がいなければ、からっきしの役立たずだ。ボビーは自分たちの票が増えるのを見て、舌なめずりをしていた。あいつらは最低の偽善者だ。シカゴのわれらが友人連中は愚かな甘い汁を吸い、あのハリウッドの色気女やあのフランク・シナトラのろくでなしの言いなりになった。おれはジアンカーナに言おうとした。チンピラ集団だ。能なしのチンピラの集まりだと」

　ラッセル自身はフランク・シナトラに用などなかった。ハリウッドの色気女に骨抜きになどなっていなかった。シナトラの大口たたきで小賢《こざか》しい振る舞いを黙認する気はなかった。フランク・シナトラは、ラッセル・ブファリーノのまえではおとなしかった。ある晩アトランティックシティの〈５００クラブ〉で、ラッセルがシナトラにこう言うのを聞いた。「坐っていろ、でないとおまえの舌を引っこ抜いてケツに突っこんでやる」シナトラは酒がはいると馬鹿まるだしだった。酔っ払うと、よくゴリラのまねをした。誰かがとめてくれるとわかったうえで、あたりにいる男と殴りあいをした。あいつは酒癖が悪かった。おれか、おれは酒がまわると歌って踊りたくなる。シナトラは、自分がすでに歌手でダンサーだと思っていたんだろう。

ビル・イザベルが言うには、ジミーはボビー・ケネディと出会ってから、がらりと人が変わったらしい。まるで白鯨を追いつづける男を描いた昔の小説のようだった。ボビーとジミーはたがいに顔をあわせたときだけ、どちらも白鯨を追う男になった。同時に、追われる白鯨でもあった。実際、ジミーが好んでしたことだが、彼は一時期、深海釣りに夢中になっていた。チームスターズはジミーのために、マイアミビーチに全長およそ一二メートルの釣り用ボートを用意した。常勤の船長がいて、六人泊まれる寝室があった。一度、ジミーから深海釣りに誘われたことがある。そのときおれは言った。「歩いて戻ってこられないところには行かない」

一九六一年、ある日の夜、おれはフィラデルフィアにいて、ラッセルと夕食をともにした。たしかイースターまで、まだかなり日があったと思う。というのも、毎年イースターとクリスマスは、パーティでボスに挨拶をし、封筒を持って尊敬の念を示すことになっていたからだ。その年、ラッセルにはいろいろと世話になったので、パーティでクリスマス用の封筒をわたした。イースターの封筒はまだわたしていなかった。クリスマス・パーティから二、三週間というころだった。翌年、ラスはおれから封筒を受け取るのをやめた。反対に、プレゼント――たとえば宝石類――をくれるようになった。

この特別な夜、ラッセルと〈クス・リトル・イタリー〉というレストランで食事をしていたとき、ケネディ大統領がキューバがらみで何かするらしいと聞かされた。ジミーとサム・

ジアンカーナのあいだでかわされたメモ——伝言——を運んだことがあったので、キューバでよからぬことが起きているのにはうすうす気づいていた。

ラッセルの話によると、禁酒法時代、ケネディの父親は密輸したスコッチを一本一ドルで売っていたらしい。大統領の手綱を握っていたから、キューバの件で支援をとりつけ、マクレラン委員会の聴聞会を中止させ、政府の連中に手出しをさせないようにするはずだったとか。

いま考えると、ケネディ大統領がキューバの件を引きうけて、選挙で世話になったサム・ジアンカーナに謝意を表したのは、父親の指示だったのだろう。キューバは自分たちがしてもらったことを尊重していると示す道具だった。要するに、封筒をわたすようなものだ。ケネディはジアンカーナたちがキューバに持っているカジノや競馬場や企業を取りもどすのに手を貸すふりをした。彼らはあらゆるもの――エビ漁船や合法的な企業――を所有していた。

ラッセルは白内障を患っていて、車の運転を避けていた。おれは東部に行くと暇な時間はたっぷりあったので、ラッセルに車で遠出する必要が生じたときは、車を出した。フィラデルフィアの一〇七支部で、常時仕事があったわけではない。あったとしても、レイモンド・コーエンがさせなかっただろう。当時の一〇七支部では、火災の発生にそなえて待機している消防士のようなものだった。おれがいたときのシカゴやデトロイトは、いつもどこかで火災が起きていた気がする。二カ月後、一〇七支部は騒動に見舞われた。

ラッセルはリンカーンに乗るとすぐに居眠りをした。どこでも眠れる男だった。そういう習慣を身につけていた。彼にとって薬みたいなものだ。よく午後に仮眠をとっていた。おれにも同じことをさせようとしたが、こっちはどうにもそれができなかった。戦後は夜でも三時間か四時間しか眠れなかった。戦争を経験して、少ない睡眠でもやっていけるようになっていた。戦場ではいつなんどき飛び起きなければならないかわからなかったから、そういった癖を身につけざるをえなかった。フィラデルフィア競馬場の近くにあるおれのアパートメントに、ラッセルが泊まることがあったが、そんなときは一緒にボクシングを見て、あっちは一一時になると寝室にはいってベッドに直行した。おれは午前二時を過ぎるまで、ラジオを聴いたりワインを飲んだり、本を読んだりしていた。

ある晩、デトロイトまで送ってもらいたいと言われた。彼は車に乗り、表通りに出たときはすでに寝息をかいていた。市民ラジオがあったので、検問や警官たちの情報がないか耳をかたむけていた。車は少なく、時速一五〇キロくらいでずっと飛ばした。ラッセルがふと目を開けたときは、もうデトロイトに着いていた。彼は腕時計を見て言った。「つぎは飛行機にする」

おれが知るかぎり、ラッセルはおれに運転をさせて、東部のピッツバーグ近郊のニューケンジントンにいる親友ケリー・マナリノのもとを訪れるのが好きだった。ふたりはよく一緒にトマトソース――彼らはグレイヴィーソースと呼んでいた――をつくり、ソースを一日中、ときには夜通し火にかけていた。ディナーでは、ラッセルがつくったものもケリーがつくったものも食べるはめになる。どちらか片方だけというのは許されなかった。どれほど腹がふくれていても、最後は皿に残ったグレイヴィーソースをパンにつけて食べた。ラッセルのつくるプロシュートのグレイヴィーはうまかった。ケリーも負けてはいなかった。まるでコンテストだった。だが、勝者はいつも自家製のワインと、のんびりとした時間だった。ふたりともユーモアのセンスに長けていて、たがいに相手の料理についてジョークを飛ばしあっていた。ラッセルはおれを息子のようにあつかってくれた。彼とキャリーには子どもがいなかった。彼にとって自分が息子だったのかどうかはわからない。おれをそばに置いておきたがったのはたしかだ。でなければ、いまここに坐っていない。とっくにいなくなっていただろう。

ラスが感情をあらわにするのを見たのは一九八〇年、フィラデルフィアでおれの初めての裁判がおこなわれる直前、ケリーが癌にかかったときだけだ。半年ほどするとケリーは体重が四五キロ近くまで落ち、ラッセルはただ彼を見つめて泣いていた。

ケリーはキャンディ会社を所有していた。特大サイズで、なかにココナッツのヌガーやピーナッツバターのヌガーのはいったチョコレートがけのイースターエッグは絶品だった。服役中、このエッグを弁護士たちの女房にたびたび送った。

ケリーと彼の弟はマイヤー・ランスキーと組んで、ハバナのサンスーシ・カジノを経営していた。いわゆるギャングというと、人はマフィア、つまりイタリア系ギャングを想像するが、イタリア系は大きな存在の一部でしかない。ユダヤ系ギャングや、また別系統のギャングもいる。しかしいずれも同じ存在の一部だ。ケリーもラッセルもマイヤー・ランスキーと親しく、彼を崇拝していた。

ヴィンセント・〝ジミー・ブルーアイズ〟・アロ――キューバから脱出する船の上で、ラッセルが煙草をやめられないほうに賭けた男だ――は、マイヤー・ランスキーと手を結んでいた。ジミー・ブルーアイズはイタリア系で、ランスキーの親友だった。ケリーとラッセルのような間柄だった。

フロリダ州ハリウッドにあるジョー・ソンケンの店〈ゴールド・コースト・ラウンジ〉で、マイヤー・ランスキーと顔をあわせたことがある。ラッセルに会うために店にはいると、マイヤー・ランスキーがちょうど席を立つところだった。顔をあわせたというだけで言葉はかわさなかったが、おれの服役中、おれの弟が癌で死に瀕《ひん》していて、ヴァージニアの医者がモルヒネを投与しようとしなかったとき、ラッセルが刑務所からランスキーに電話をかけたところ、彼は医者を手配して弟の痛みをやわらげてくれた。マイヤー・ランスキーとケリー兄弟はラッセルと同様、キューバに多々所有している施設や会社を没収された。

ラッセルはケリーと共同で、さまざまな事業を展開していた。ふたりともアンジェロと同じく、ドラッグには断固反対していた。彼らのいるところにドラッグはなかった。ケリーはラッセルやアンジェロのように心根が優しかった。ラッセルは地元の貧しい人たちの面倒をよくみていて、感謝祭やクリスマス、それに必要なときはいつでも食料品を、冬には石炭を配っていた。ケリーもそうだった。

ジョー・ソンケンの〈ゴールド・コースト・ラウンジ〉での会合に出るラッセルを乗せて、

フロリダ州のハリウッドへ何度も車を飛ばした。急を要するときは飛行機を利用することもあったが、たいていは車だった。ソンケンはラッセルのファミリーの一員だった。会合のために、あらゆる人があの店に会した。全国各地からさまざまな人があの店に会した。ラッセルはソンケンの店で年に何度も、フロリダのサント・トラフィカンテやニューオーリンズのカルロス・マルセロと会っていた。そこでトラフィカンテの弁護士フランク・ラガノに出くわしたことがある。ラッセルたちはラガノに、ジミーがボビーと〝ホッファ捕獲部隊〟のせいで裁判にかけられるので手を貸してやってほしいと頼んでいた。

カルロス・マルセロのお抱えパイロット、デイヴ・フェリーにもソンケンの店で会ったことがある。あとであいつはゲイだと聞かされたが、もしゲイだったとしても、言い寄られたことはない。出会ったときは、まだ気骨があった。じきに頭のネジが少々ゆるんだようで、化粧道具一式を持ち歩くようになったらしい。カストロへの嫌悪もあらわで、フロリダの反カストロのキューバ人と親しくしていた。

デイヴ・フェリーと出会った〈ゴールド・コースト〉での会合から二週間後の朝、フィラデルフィアの支部にいるとジミー・ホッファから電話があって、話していた件について調べて来てくれと言われた。つまり、いつも利用していた公衆電話のところに行って、電話がかかるのを待てということだ。公衆電話まで行くとベルが鳴り、ジミーの声がした。「おまえか？」おれは言った。「ああ」

彼は言った。「おまえの友人と話をしたんだが、おれから伝えろと。明日、目立たないトラックを用意して、ボルティモア郊外のイースタン通りにあるハリー・C・キャンベル・セメント工場へ行ってくれ。行けばわかる。誰か助っ人を連れていけ。長距離になる。それから、友人に必ず電話をしておけ」

電話を切って同じ公衆電話からラッセルにかけ、いま聞いたことを伝えると、彼はそいつはよかったと言い、たがいに電話を切った。

フィラデルフィアへ車で向かい、マイルストーン運輸のフィル・マイルストーンに会いに行った。彼は返済しきれない額の金を借り入れていたので、こちらの頼みに便宜をはかってくれた。たとえば、実際に仕事はしないが、おれを雇ったことにするとか。彼はかつて酒類の密輸に手を染めていた。いいやつだった。トラックを手に入れるのにもってこいの相手だった。彼は密告などしない。のちにフィルは、内国歳入庁《IRS》の職員への贈賄罪で刑務所送りになった。

フィルがトラックを一台都合してくれ、おれはジャック・フリンという若い男に連絡をとって同行を頼んだ（ジャックはおれが宣誓釈放違反で再度投獄された一九九五年に、車の運転中に心臓発作を起こし、若くして死んだ。おれは彼の恋人に電話をかけ、組合の死亡給付金の手配をした）。ボルティモアへとマイルストーン運輸のトラックを走らせ、キャンベル工場にたどり着いた。このあいだボルティモアへ行って、その工場を探したが、ボンサルという名前に変わっていた。建物も三棟ほど増えていたが、昔の石造りの建物も残っていた。一九六一年に訪れたときは、狭い滑走路があった。小型飛行機が一機駐まっていて、少しまえに〈ゴールド・コースト〉で会ったカルロス・マルセロのパイロット、デイヴ・フェリーが飛行機から降りてくると、おれたちのほうに近づいてきて、何台か並んでいた軍用トラックの脇までバックするよう指示を寄こした。トラックを後退させると突然、兵士の一群が建物から現われ、軍用トラックから軍服や武器、銃弾を降ろして、こっちのトラックに載せはじめた。

デイヴ・フェリーによると、積みこんでいる軍用品はメリーランド州兵からのものだった。彼は途中で停められたときのためにと積み荷に関する書類を差し出し、フロリダ州のジャクソンヴィル近郊のオレンジグローヴにあるドッグレース場へ届けてもらいたいと言った。ついで、向こうではハントという名の耳の大きな男が出迎えると。

古くからある一三号線を南下した。かつて、〈フード・フェア〉の仕事でフロリダまでコーヒーを運び、帰りはオレンジを積んで走ったことが何度もあった。途中で〈ラムズ〉に寄り、チリドッグを食べるのが楽しみだった。北部には〈ラムズ〉がなかった。二一時間ほど車を走らせてレース場にたどり着くと、ハントと反カストロのキューバ人たちに積み荷をわたした。ジャック・フリンはトラックで帰るためにフロリダに残り、おれは空路フィラデルフィアに戻った。のちにハントはウォーターゲート事件での不法侵入者、E・ハワード・ハントとしてテレビに登場することになるが、当時はなんらかの形でCIAとつながっていた。ハントは両耳に何か手術を受けていた。つぎに会ったときは、耳が以前よりも頭のほうに寄っていた。

ケンジントンまで車を走らせ、ラッセルに状況を報告すると、彼はキューバで何かが起きていて、それでジミーがおまえに電話をかけてトラックでフロリダに行くよう指示したのだと言った。くわえて、ジミー・ホッファはケネディ兄弟に対して寛容な姿勢を保っていると。このときジミーが協力したのは、サム・ジアンカーナやラッセルを尊敬していたからだし、共産主義者からキューバを奪還するにあたって、皆の役に立てるからだ。たとえそれがケネディ兄弟のためになったとしても。

つぎにテレビで知った事件は、四月にケネディ大統領がカストロ転覆をはかったピッグス湾侵攻で大失策を演じた一件だ。土壇場になって、上陸作戦の歩兵部隊への空軍の支援を拒否したのだ。みずからの軍隊経験から、拒否するのが賢明だと判断したのだろう。海からの侵攻は、空からの援護がなければ成しえない。上陸した反カストロのキューバ人部隊には、沖合から上陸拠点の前方を砲撃する船さえいなかった。上陸部隊は浜で敵のいいカモになった。そこで死ななかった者は共産主義者側に捕らえられ、そういった大勢の仲間がどうなったかは誰も知らない。

ケネディ兄弟にまともなことができるわけがない、とおれは思っていた。

ラッセルとともに空路フロリダ入りし、〈ゴールド・コースト〉でサント・トラフィカンテをはじめ何人かと会った。ケネディ政権と組んでカストロを毒か銃かで暗殺する計画について、ラッセルはもとより誰も口にしなかったが、それから一〇年ほどして、新聞でその一端が報じられた。昔、ギャングには自分たちと同じギャングしか殺さないという不文律があった。カストロにはギャングに通じるものが多いと考えていたのだろう。カストロは自分の流儀を押しとおすボスだった。組織を率い、縄張りがあり、そこを支配したうえ、さらに人の縄張りに踏みこみ、貴重な財産を奪い、そこにいる者たちを追い出した。それでのうのうと生きていられるボスなどいない。

ジョー・ソンケンの店に集まった者のなかには、父親のケネディを自分たちと同類と見ている者がいた。それに多少なりとも、息子のジョンとボビーを父親の一味だと思っていたのはたしかだ。❝

一九七五年の夏、上院はピッグス湾侵攻作戦とフィデル・カストロ暗殺計画——まずは毒で——へのギャングの関与について、非公開で聴聞会を開いた。上院特別委員会はアイダホの上院議員フランク・チャーチが議長を務めたため、チャーチ委員会として知られるようになった。委員会は宣誓証言を聞き、疑いが持たれている一九六一年四月のピッグス湾侵攻作戦とギャングとの繋がりや、ギャングとCIAが共謀したとされるカストロ暗殺計画に関する証拠を提示していった。驚いたことに、一九七五年の最初の聴聞会でCIAはチャーチ委員会をまえに、ピッグス湾侵攻作戦でのギャングの関与や支援、およびギャングとCIAによるカストロ暗殺計画の存在を認めた。後者はいわゆるマングース作戦の一部である。

サム・〝モモ〟・ジアンカーナもチャーチ委員会の聴聞会で証言することになっていたが、その数日まえに殺害された。彼の証言は永久に得られない。しかし、ジアンカーナの側近が証言をおこなった。閉じられた扉の奥で、ハンサムで粋なジョニー・ロッセーリが宣誓のもと、詳細な証言をした。その数カ月後ロッセーリは暗殺され、死体はドラム缶に詰められていた。

チャーチ委員会が非公開の聴聞会を開いているさなか、一九七五年六月九日発行の《タイム》誌が、ラッセル・ブファリーノとサム・〝モモ〟・ジアンカーナはCIAや反カストロの侵攻作戦、カストロ毒殺計画に関わりのあるギャングの黒幕とも言うべき犯罪組織のボスだと報じた。

この当局とは無関係の調査結果とCIAの供述により、チャーチ委員会はCIAの国事への関与を制限する法案を提出した。法案は可決された。チャーチ委員会の働きや成果、CIAに関する法律の改正は、九・一一の悲劇のあと議論の的となり、一部の評論家はチャーチ委員会がCIAに課した活動の制限は度を超していたと主張した。

❞キューバのこととは関係なく、組合は以前と変わらず動いていた。一九六一年の七月ごろ、ジミーからフロリダ州マイアミビーチのドーヴィル・ホテルで開催される総会で守衛官を務めるよう言われた。総会は五年ごとに、役員の選出や諸問題を話し合うために開かれた。討議中、聞いた瞬間に関心を惹かれた事項のひとつ——おそらくこのときの総会で最も有意義な議題だろう——は、必要経費の大幅な拡大だった。裕福ではない環境で育ったおれは、まえから必要経費は何よりもすばらしい代物だと思っていた。

一九六一年の総会は、おれが初めて参加した総会だった。レイモンド・コーエンはいい顔をしなかったが、おれの参加はジミーの要望だったから口をはさめなかった。守衛官の仕事は、会場にはいる人たちの参加資格を確認することだった。AFL‐CIOがスパイを送りこもうとしていたし、当然ながらFBIも侵入をはかっていた。しかし、連中に煩わされることはなかった。一度は入場を試みて、門前払いを食らうと、会場の周辺に残って聞き耳を立てたり、離れたところから覗き見をしようとしたりしていた。いまから考えると、AFL‐CIOもFBIも会議室内にまえもって盗聴器をしかけていたにちがいない。正面突破をはかることで、こっちに自分たちを締め出したと思わせたかったのだ。

対処に難儀したのは、新聞社のカメラマンだった。開いている入り口から押し出しても、フラッシュを焚きながらまたどうにかはいろうとした。うんざりするほどしつこいのがひとりいた。

おれは入り口に配置されていた警官に向かって言った。「外科医が必要になりそうだ。無線で外科医を呼んでくれないか？」

「外科医？」警官は訊きかえした。「どうして医者が必要なんだ？」

「単なる医者じゃない」おれは言った。「手術をして、あのカメラマンのケツからカメラを取り出す外科医が必要だ。あいつがもう一度フラッシュを焚いたら、カメラがそこに行きそうなんでね」

これには警官も笑った。

たしか一九六一年の総会の一カ月ほどまえだったと思うが、ジミーは親しい友人オーウェン・バート・ブレナンを心臓発作で失った。ボビーが調査していたジミーとの商取引のことで心配がつのって、発作を起こしたと思った者もいた。

友人ブレナンの死を受けて、ジミーはチームスターズの副会長だった彼の後任を見つけなければならず、最終的にクローガー食品会社のストライキでストロベリー・ボーイズの一員だったボビー・ホームズではなく、フランク・フィッツシモンズを選んだ。コイントスで決めたのだ。のちにジミーが服役したとき、フィッツが彼の後釜に坐ることになったそもそものはじまりは、このコイントスだ。ボビー・ホームズは文字どおり忠実なホッファの部下だった。イングランドの出で、元炭鉱作業員だ。クローガー食品会社でのイチゴを利用したジミーの最初のストライキに参加していた。ボビーだったら、ジミーを裏切ってフィッツがしたような仕打ちは絶対にしなかった。もしジミーがコイントスではなく直観にしたがっていれば、事はすべての人が満足する形におさまっていたはずだし、おれもチームスターズのオルグとして引退の日を迎えていただろう。

総会でジミーはマイクのスイッチに手を置き、意に沿わない発言があるとスイッチを切った。そのたびにこんなことを言った。「あんたは頭がどうかしている、兄弟、口を閉じていろ」また、この総会でこんな台詞を吐いた。「私には欠点があるかもしれないが、そのなかにまちがいを犯すという項目はない」

ジミーの推薦があって、フィッツは一九六一年の総会で副会長に選任された。フィッツはマイクをにぎり、ジミー・ホッファの話を延々とした。ホッファに「忠誠の誓い」を立てたも同然だった。だがその結果がどうなったかは、知ってのとおりだ。

もうひとつ空いていた副会長の席も、ホッファが埋めた。彼の意向を受けて、代表団はニュージャージー州北部を仕切っていたアントニー・〝トニー・プロ〟・プロヴェンツァーノこと、〝ザ・リトル・ガイ〟を指名した。こちらもその結果がどうなったかは、知ってのとおりだ。❝

16

メッセージを届けてきてくれ

”総会のまえに、ジミーの指示でシカゴを訪れ、総会が終わるとすぐにシカゴに戻り、ジョーイ・グリムコからじかに仕事を受けた。反対派の一群がジョーイ・グリムコの管理下にあるタクシー組合の支部を乗っ取り、独立をはかっていた。AFL‐CIO傘下のポール・ホールを長とする船員労働組合が裏で反対派を操り、支部が独立した際は自分たちのものにしようと目論《もくろ》んでいるのは誰もが知るところにあった。標的になっていたのは、チームスターズの七七七支部だった。反対派のリーダーはドミニク・アバタといった。そいつは独立の是非を問う投票をおこなえるだけの署名入り組合員証を、反対派から集めていた。

反対派には、ジョーイ・グリムコから離れたい彼らなりの理由があった。だが、ジョーイはシカゴで支部一五カ所を掌握していただけでなく、チームスターズ内の他業種の全支部と全労働組合を裏で牛耳っていた。ジョーイ・グリムコはそれらの支部が危機にさらされている状況で、七七七支部の反対派にチームスターズから大手を振って出ていかせるという悪例をつくるような男ではなかった。どのみち彼らを失うことにはなるが、出ていく連中に痛い思いをさせる必要があった。グリムコ配下の支部のほかの者たちに、反対派が自由と引き換えに払った代償を見せつけ、そのままおとなしくしているのが賢明だと知らしめる腹づもりだった。

ジョーイ・グリムコはジミーよりもさらに背が低かったが、がっしりとした体格で腕力もそうとうなものだった。身長は一六三センチとされていた。若いころはそうだったかもしれないが、人は年齢とともに背が縮む。おれは一九三センチあった。いまは身長など測りたくもない。グリムコはかぎ鼻で、鷹のような目をしていた。数年まえに二件の殺人容疑で起訴されたが、懲罰を免れた。語り口はアル・カポネのそれを思い起こさせた。

ジョーイは健啖家で、カードゲームではジンラミーに熱中していた。しょっちゅう、ジミー・ホッファをこてんぱんにやっつけていた。ゲーム中に、ジミーがカードを六組引き裂いたことも何度かあった。ジョーイがおれからフットボールくじを買ったのを機に、ほかの者たちも買いはじめた。シカゴには気のいい連中が多く、なかでもジョーイはひときわ気のいいひとりだった。まわりからとても尊敬されていた。シカゴでは誰がボスだとは特定しづらかった。というのも全員が良好な関係にあって、年来の友人どうしばかりだったからだ。古株のなかには、シカゴのまえのブルックリン時代からのつき合いの者もいた。

シカゴでは、ジョーイにかぎらず、食うことが好きな者ばかりだった。シカゴ・アウトフィットの連中の食いっぷりには、ラッセルもケリーもアンジェロもかなわない。目を瞠《みは》るほどだ。よく蒸し風呂に集まって食事をしていた。自分たちが所有している蒸し風呂が、お気に入りの食事の場だった。そこならよそ者がいないから争いは起きない。一般人を締め出して食べ物やワイン、酒をあれやこれやと持ちこんで、広いラウンジに何卓か置かれていた大きなテーブルに広げていた。子牛肉や鶏肉、干し鱈《バッカラ》、ソーセージ、ミートボールなどのメインディッシュ、何種類ものパスタ料理、野菜、サラダ、数種のスープ、新鮮な果物、チーズ、あらゆる種類のイタリアのペイストリー――カンノーリだけじゃない――がずらりと並び、まるで宴会だった。全員がバスローブ姿で、ビーチのような眺めだった。そこで食事をし、酒を飲み、太い葉巻を吸っていた。カードゲームをしながら、メッセージのやり取りをしていたようにも思う。ゲームが終わると、また食っていた。最初から最後までセックスがらみのジョークを飛ばし、なんだかんだと滑稽な話を披露し、ときおりふたりほどが場を離れて壁際で仕事の話をしていた。ひとしきり宴会に興じると蒸し風呂にはいって、腹におさめた料理や酒を汗と一緒に体から出す。シャワーをあびて戻ってくると、見るからに元気溌剌《はつらつ》としていて、また料理に手を伸ばす。あれは一見の価値がある。映画に登場するローマ風呂を見ているようだった。

話は戻るが、そもそもタクシー運転手は組織化するのが難しいし、反対派の署名入り組合員証も数がそろわなかった。デトロイトでは、おれが参加した最初の組織化運動はすでに失敗に終わっていて、こっちに反発する組合はなかった。レズビアンのタクシー運転手にはお手上げだった。タクシー運転手はたいてい、仕事をかけもちしている。ポン引きをしたり、何かしら荷物を配達したり。時間外営業の酒場やどこかのレストランで客に押し売りをしたり。あのころは、宝石の押し売りをしていた者もいた。上司は自分の仕事に忙殺されてろくに見ていないから、上司相手に波風を立てたいとは誰も思わなかった。いずれにしろ、運転手は渡り労働者だ。

だが、ジミーがシカゴのポール・ホールを潰すというものだから、おれたちは腰をあげた。ある朝、グリムコの密偵が、ドミニク・アバタは部下二名と一緒にある場所にいると知らせてきた。これはまだ、警察が二四時間態勢で保護にあたるまえのことだ。ジョーイ・グリムコはおれに言った。「ひとっ走りして、メッセージを伝えてきてくれ」つまり銃は携帯せず、メッセージだけを届けてこいということだ。肉体労働だ。おれはフィラデルフィアからジミーが寄こした屈強な男ふたりを連れて、アバタがいるとされる場所へ向かった。金網のフェンス沿いに、軽量コンクリートブロック造りの建物へと歩いていると、突然、建物から五〇人の男が飛び出して、こっちに近づいてきた。連れのふたりは踵《きびす》を返して逃げた。おれはその場から動かず立っていた。男たちがそばまで来た。おれは言った。「おまえたちが誰かはわかってる。おれを追いかけるくらいなら、殺したほうがいいぞ。殺さないなら、おれはまた戻ってきて、おまえらを殺す」

アバタはおれの目を見て言った。「きさまが何者かは承知している」

おれは言った。「いちばん腕っぷしの強いのをふたり出せ。相手になってやる。三人でもいいぞ、それでもおれを倒せるかどうだかな」

アバタは言った。「わかった。行け。肝っ玉の据わったやつだ。が、言っておいてやる、こんどはもうちょっとましな連れを選べ」

エッジウォーター・ビーチ・ホテルに戻り、ジミーの顔を見るなり、おれは怒りを爆発させて言った。「おれがあの腰抜けのくそったれ野郎たちを見つけないうちに、飛行機に乗せてフィラデルフィアへ送り返せ」以降、そいつらに会うことは二度となかった。

その夜、何があったかを伝えると、ジミーは言った。「馬鹿たれアイリッシュ。くその詰まったバケツにはまって、スーツをどろどろにしていたかもしれないんだぞ」

翌朝、グリムコにも彼からあたえられた情報のことで噛みついた。戦時と同じだった。もし、斥候が偵察から戻ってきて、この先にドイツ軍がいると言ったら、そこで奮起せず、連隊に合流するのが賢明だ。でないと、ケツがくそまみれになる。おれはジョーイに言った。「こんどメッセージを届けさせるときには、一度に何人叩きのめしてほしいのか教えておいてくれ」

その夏、主にやったのは、反対派の印や船員労働組合の印のはいったタクシーを盗むことだった。反対派の運転手がタクシーを停車場に置きっぱなしにしてコーヒーを飲みに行けば、店から出てきたときにはタクシーは消えている。点火装置をショートさせてエンジンをかけたか、運転手がキーを挿したままにしていたかだ。タクシーはミシガン湖をめざし、湖畔でパトカーの横を走りぬける。それから車から降りて、タクシーを惰性で湖のほうへ進ませる。水中に沈んでしまえば運転できなくなる。そうすれば反対派の実入りは減り、出費は増えるというわけだ。そのあとは、まえもって用意しておいた車でパトカーのそばを通り、警官に金のはいった紙袋をわたす。袋に入れるのはただの二〇ドル紙幣五枚とか、まあ中身がなんであれ、人に気づかれないようにするためだ。警官には、タクシーのブレーキがきかなくなったとか、ガス欠したとか言っておけば一笑にふされて終わり。こっちはそのまま走り去って、つぎに湖に沈めるタクシーを探しにいく。

この対立に経営陣は関係なかった。ふたつの組合のあいだでやりあっていただけだ。結局、アバタ率いる反対派は一九六一年の夏、シカゴでの独立を問う投票で勝利した。

おまけに、アバタがタクシー組合の支部を乗っ取ってまもなく、ＡＦＬ‐ＣＩＯの総会が開催され、マイクをにぎったポール・ホールがジミー・ホッファを「密告屋」呼ばわりした。ふんぞり返ったホールはアバタたち反対派に船員労働組合の認可証をあたえて、ＡＦＬ‐ＣＩＯの一員にした。ポール・ホールは度胸があった。ひと目見れば、闘士だとわかる。その気になればたぶん殴り倒せるだろうが、そのあと何日か体を休めなければ、もう一度拳をまじえる気にはなれない。

このあと、ジミーは宣戦布告をした。いや、ジミーではなく、ＡＦＬ‐ＣＩＯのほうが狼《のろ》煙《し》をあげたというべきか。ＡＦＬ‐ＣＩＯの幹部全員の賛同がなければシカゴで行動を起こせないポール・ホールに、承認をあたえたんだ。ＡＦＬ‐ＣＩＯには、ホールの戦術はジミーのそれと似通っているとわかっていた。シカゴでのこのタクシーがらみの一件は、火に火で応じる闘いに発展することになる。

ジミーから、問題を二件処理してこいとのお達しがあった。ひとつはミシガン州のフリントで、もうひとつは同じくミシガン州のカラマズーでの問題だった。場所はミシガン州だったが、なぜか、どちらもシカゴのタクシー運転手かポール・ホールがからんでいる気がした。船員労働組合が殺し屋グループをかかえているのも知っていた。

ポール・ホールが反対派に認可証をあたえたあと、ホールとドミニク・アバタはシカゴ市内にあるハミルトン・ホテルのカクテルラウンジで祝盃をあげた。ジョーイ・グリムコはホテルの表でピケを張り、チームスターズの組合員二〇名あまりが「不当だ」と連呼しだした。組合員のひとりがラウンジに乗りこみ、ホールとアバタに大声でありとあらゆる罵詈《ばり》雑言《ぞうごん》をあびせた。そいつはアバタを警護していた警官たちから出ていくよう言われ、うちひとりに散々殴られた。組合員は逮捕されて表にひきずり出され、そのうしろからアバタとホールが出てきた。これはすべてジョーイ・グリムコが計画したことだった。アバタたちを罠にかけて、ホテルの外におびき出したのだ。グリムコの部下たちは警官やホール、アバタに飛びかかり、パトカーが現われるまでの数分間、夜の大乱闘を繰りひろげた。

シカゴで騒動が起きているあいだ、おれは週末にいったんフィラデルフィアに戻り、〈ダンテズ・インフェルノ〉に顔を出した。すると、バーカウンターに紛れもなくあのジェイ・ファレン——客に銃を突きつけたことで、おれが店から放り出した男——が坐っていた。おれはバーテンダーに、どういうことだと訊いた。彼は肩をすくめ、店の所有者ジャック・ロピンソンが出入りを許可したんだ、と答えた。客に銃を突きつけて一生出入り禁止を食らった男を店に入れるなど、何か魂胆があってのことだ。おれはファレンをひと目見るなり、何かがおかしいと気づいた。直観がそう告げていた。あるいは、ファレンがマクグリール――おれが売っていたフットボールくじの胴元――の部下で、マクグリールは、ファレンはろくでもないことばかりしゃべるからと、彼を遠ざけていたのを知っていたからかもしれない。

おれはおやすみと言い、週末用に借りている部屋へ帰った。午前二時、ラジオが〈ダンテズ・インフェルノ〉で二名が処刑スタイルで殺害されたと報じた。ジャック・ロビンソンの妻ジュディスと、ジャックの「会計士」ジョン・マリートが、何者かに銃で撃たれて死亡し、ロビンソンが腕を負傷したとのことだった。おれはパンツをはいた。

「なんてことだ」おれは思った。「メイム・シーランの三人の子のうち誰が、殺人課の刑事に部屋のドアをノックされるか考えてみろ」

取調室のまぶしいライトにさらされて、夜を過ごす気はさらさらなかった。おれは足音をしのばせて部屋を出るとモーテルに移り、月曜日の朝、シカゴに戻った。地方検察官のオフィスに連絡を入れると、折りかえし電話があり、階下に住んでいる女大家が、シーランと思しき人が一〇時ごろ帰ってきて、二時ごろ階段を降りて出て行くのを聞いていたと知らされた。彼女は殺人課の刑事に、シーランへ夕食にと思ってミートボール・スパゲティを入れた鍋を九時ごろドアのところに置いておいたが、鍋は空になっていたと話した。目がさめたら、ドアの外に空の鍋が置いてあったと。殺人課の刑事は女大家の話にいい顔をしなかった。連中は、こんどこそ確実におれを逮捕できると思っていたんだ。内々に得た情報によると、このあとおれは召喚されて検視官の審問を受けることになり、殺人課はおれを告訴しようと捜査をつづけているとのことだった。

だが、検視官による審問がおこなわれるまえに、警察がジェイ・ファレンやジャック・ロピンソンをふくむ目撃者を多数捜し出し、大きな部屋に集めて身元を確認し、事情聴取をおこなった。全員を集めたのは、あの夜店にいて、いまもまだフィラデルフィアにいるのは誰かを突きとめるためだった。ジェイ・ファレンも部屋にいて、警察の目が自分に向いていないと感じていた。聞こえてくるのは、おれに関する質問ばかりだった。彼はやにわに立ちあがって言った。「どうしてフランク・シーランのことばかり訊くんだ？　やったのはおれだ」

のちに、ジャック・ロピンソンがファレンを雇い、ブロンド女と一緒になるために妻のジュディスを、高利貸しのジョン・マリートから借りた金を返さなくてすむようにマリートを殺害させたと判明した。ロピンソンはファレンが二階にあがってきたら彼を撃ち、ファレンが強盗を働こうとして、妻と友人を殺したと主張するつもりだった。ところが、馬鹿で頭のイカれたファレンに出し抜かれた。ファレンは、ロピンソンが二階で待ち伏せしているのに気づいた。そこで、階段をあがるまえに店内の明かりをすべて消し、ロピンソンの腕に怪我を負わせてから逃走した。

ジュディス・ロピンソンは気立てがよく魅力的な女だった。ロピンソンはただ離婚すればよかったんだ。ジョン・マリートのことはよく知らないが、好人物らしかった。ファレンに殺させたりなどせず、さらなる借金を頼んでも、きっと了承しただろう。

このナンキンムシ野郎たちは犯した罪でふたりとも刑務所送りになった。おれはと言えば、シカゴの殺人課から検視官の審問を受けろとお呼びがかかることはなかった。

ちょうどそのころ、フィラデルフィアに戻るたびに、二番めの妻となるアイリーンとデートをするようになっていた。おれより若く、たがいに愛しあっていた。あいつは家族を持ちたがっていた。おれはメアリーのところへ行って話をし、離婚の承諾を得た。その後すぐにアイリーンと結婚し、翌年、娘のコニーが生まれた。アイリーンと一緒になって、生活が変わった。方々へ飛びまわる日々は終わった。フットボールくじを売るのをやめた。それまでに何度か逮捕されて、罰金を払っていたからな。ファレンの友人ジョーイ・マクグリールのような連中と仕事をするのにも嫌気がさした。ダウンタウンで詐欺まがいの行為で金を稼ぐ日は、おれの人生に必要なかった。参加していたチームスターズの世界でも、以前ほど精力的に活動しなかった。ビル・イザベルやサム・ポートワインとつるんで、デトロイトからカナダのウィンザーにかかる橋をわたるのもやめた。アメリカが六〇年代に門戸を開くまえ、あらゆるものがウィンザーに集まった。あそこは流行の先端を行く活気あふれる町だった。しかし、新たな所帯を持ってから、おれは傍観者になった。ジミー・ホッファが示した手本に倣っていた気がする。アイリーンと結婚して以来、チームスターズの仕事をいくつもこなして、充分な額の定収入を得るようになった。まだ組合の活動が違法とされるまえの話だ。末娘のコニーは金に不自由のない生活を送ったが、上の娘たちはそうではなかった。

メアリーは実に優しい女で、実に敬虔なカトリック教徒だった。離婚のことはすまなく思ったが、おれたちが元の鞘《さや》に収まることはないと向こうも納得していた。メアリーは卑猥《ひわい》なジョークを飛ばしていいような女ではなかった。いまはアルツハイマーで州立の介護施設にまかせるしかなく、見舞いに行った娘が泣いて帰ってくるのを見ると胸が締めつけられる。

シカゴでアバタと諸々の悶着があった年、フィラデルフィアの一〇七支部では対立が激化しだした。反対派が形成され、「チームスターズ一〇七支部の声」を略して「ヴォイス」と名乗った。連中はアバタがシカゴでしたのと同じことをしようとし、ジミーはヴォイスの背後にはまたもやポール・ホールとAFL－CIOがいるのではないかと勘ぐった。

ポール・ホールはごろつき集団をフィラデルフィアに連れてきて、オレゴン通りと四番街の角にある船員労働組合会館で寝起きさせた。おれはジミーの指示で、シカゴの者数名とともにフィラデルフィアに戻った。連中の組合会館を偵察し、侵入経路を探った。正面のドアもにフィラデルフィアに戻った。当時はよく見られた車道と歩道を隔てる生け垣のうしろに身をひそめ、覗き魔《ピーピング・トム》よろしく、なかの様子をうかがった。四番街側は全面ガラス張りで、休憩室と思しき部屋に二段ベッドがずらりと並んでいるのが見てとれた。

いったんそこを離れると、一〇七支部の駐車場にあったパネルトラックを借り、八、九人の男を乗りこませた。彼らに白い帽子を配って、言った。「帽子をなくすな、なくしたらどっちの味方かわからなくなる」ついで、ひとりに現場からトラックで逃走する役割をまかせ、ほかの者たちには自分の足で逃げろと指示した。午前六時三〇分、四番街にトラックを走らせ、右にハンドルを切って道路沿いの生け垣に突っこんだ。そのまま縁石を越え、いまもまだ残っている二本の木のあいだを抜けて板ガラスの壁に突進した。ガラスが飛び散った。組合会館を寝所にしていたごろつきたちはまだ眠っていて、おれたちはベッドから跳び起きるあいつらに殴りかかった。拳だけで充分だった。連中はパンツがずり落ちた恰好で押さえつけられた。寝起きで足もとがふらつき、勝ち目はなかった。四方八方から警官が駆けつけた。トラックは無事その場を去り、残るおれたちは急いで逃げた。

船員労働組合会館での一件は、メッセージにすぎなかった。相手に重傷を負わせるつもりはなかった。逮捕された場合にそなえて、保釈金をわたせるよう判事を待機させておいたが、逮捕者はひとりも出なかった。ヴォイスとの抗争中、二四時間で二六回逮捕された日が一度あった。たいていはモコ刑務所に連行され、保釈金を払ってピケラインに戻り、またヴォイスとの乱闘を繰りひろげた。

一〇七支部では、組織化運動や抗議活動、通常の組合の仕事を以前と変わらずおこなっていた。ある時期、おれはフィラデルフィアのレストランチェーン〈ホーン・アンド・ハーダート〉の組合をつくろうとしていた。別のレストラン〈リントン〉の組合はすでに組織化されていて、経営陣がライバル会社の〈ホーン・アンド・ハーダート〉は組合が定める賃金も扶助金も払わなくてすんでいるから得だと不満を訴えていた。そこでおれたちは〈ホーン・アンド・ハーダート〉の従業員に働きかけ、組合員証に署名をもらおうと奔走したが、成果は得られなかった。従業員の多くは郊外に住む主婦で、組合には反対していた。ある日、おれはパンツの両脚の折り返しを紐で縛って、〈ホーン・アンド・ハーダート〉にはいった。紐の端をつかんだ状態で、レストランを奥へと進んだ。なかほどまで行ったところで紐を引っ張ってほどき、パンツのなかにいた白ねずみの群れを放った。孫娘のブリタニーは中学生のときにこんな作文を書いた。「ねずみは女の人のスパゲティの上を走り、その人は悲鳴をあげ、ねずみはウェイトレスの脚をのぼり、彼女は悲鳴をあげてトレイを落としました。祖父は笑いころげて逃げるのを忘れ、逮捕されました」ああ、ブリタニーとその弟ジェイクに逮捕されたことを話したし、〈ホーン・アンド・ハーダート〉には自分のしたことを深く反省している、もう二度としないと伝えた。

ジミー・ホッファはフィラデルフィアのことを、ひどく気にかけていた。おれをそこに留めておく期間がどんどん長くなった。反対派のグループが新たにふたつ結成された。連中は一枚岩になることすらできなかった。ジョーイ・マクグリールが反対派のグループをおこしたが、合法ではなかった。名称もなかった。あったとしても、おれは聞いたことがない。そのごろつきのなかには、レイモンド・コーエンの座を奪って、あいつがしていたように金をくすねとろうとしていた者がいた。支部を運営していれば、会社から金を巻きあげるのは簡単だ。従業員をおとなしくさせておけば、そのあいだ雇い主から袖の下をもらえる。袖の下がなければ、雇い主にとって厄介なことがつぎつぎと起こる。こうなると、哀れな組合労働者は捨て駒だ。マクグリールはそういった取引を自分でしたがった。一九六六年にジミー

・ホッファからデラウェア州ウィルミントンの支部をまかせられたとき、雇い主たちはおれに敬意を示した。誰ひとり、おれに金を巻きあげられたことがなかったからだ。改善委員会という反対派グループもあった。ヴォイスみたいに過激ではなく、ごろつきどころか知性派だった。兄弟愛の街と称されるフィラデルフィアで、おれたちとポール・ホール、その配下のペテン師たち、多様な反対派グループ、それに何よりレイモンド・コーエンとのあいだで怒りの炎がめらめらと燃えていた。

ヴォイスのせいで、一〇七支部で投票をおこなうことになった。そこでおれたちは支持を集めるために大きな会場を借りて決起集会を開き、ジミー・ホッファを呼んで、彼が組合員のためにしてきたことを、組合員たちのまえで話してもらった。ジミーが到着すると、警察は彼を裏口からはいらせようとした。通路には、ヴォイスの連中が棍棒代わりにしていた木の棒につけたプラカードをかかげて押し寄せていて、警察はジミーがそこを通らず、すんなりとステージにあがれるようにしたかったんだ。

ジミーには、裏口からはいる気などさらさらなかった。彼は警官に言った。「ホッファは裏口を使わない。それに、わが組合員のいる通路を、警官につきそわれて歩く気もない。アイリッシュマンがいれば、それでいい」ジミーとそろって通路を進むと、左右どちら側からも怒声は飛んでこなかった。集団のうしろのほうでブーイングは起きていたが、通路のきわでは、いかにもこちらを攻撃しようという動きはまったくなかった。ジミーは図抜けてすばらしい弁士だった。話術の才はもとより、彼は真実を語った。組合員の益になることを公明正大におこない、目標を達成するために団結を求めた。そうすれば、全員の暮らし向きがよくなるからと。その姿勢に全員が賛同していたわけではないが、異を唱えようと決起集会に詰めかけた者の多くは、彼に敬意を表してその場を去った。投票はおれたちの勝利で終わった。圧勝ではなく、二、三〇〇票ぐらいの差だっただろうが、ともかくこちらが勝った。ヴォイスは解散しなかったが、勢いは衰えた。レイモンド・コーエンは敗北寸前まで追いつめられたうえ、ジミーの助けを得て救われるという屈辱を味わい、ほんのわずか扱いやすく、ほんのわずか愛想がよくなった。

あの日のジミーの演説で最も感銘を受けたのは、ジミーとバート・ブレナンがそれぞれの妻名義で設立した車の運搬会社〈テスト・フリート〉がタフト・ハートリー法違反を犯したとして、テネシー州ナッシュヴィルで起訴されている話だった。ジミーは、故バート・ブレナンが「二十二」――二〇万ドルを意味する俗語だ――を着服した罪を問われていた。だが、フィラデルフィア一〇七支部の面々をまえに演説をおこなったとき、それを気にかけているそぶりはかけらも見られなかった。ジミー・ホッファは鋼の精神力と鉄の肝っ玉を持っていた。とはいえ、どれほどしゃかりきになっても、一〇〇〇以上の重要な案件を同時に処理することはできない。

あの時期のジミーは注目に値する人物だった。全国のチームスターズのいざこざ――大半が反対派相手だった――の対処にあたっていた。そのかたわら、チームスターズが二五年まえから求めていた基本運送協定の締結に向けて奮闘し、協定を阻止しようと反対派の動きを巧みに利用しているトラック運送会社に目を光らせていた。同時期、ボビー・ケネディが一三の州の大陪審で、ジミーに対する起訴の是非を審理していた。おれが知るかぎり、ジミーは毎晩、一日の仕事がすべて終わったら、それが午後一一時であろうが午前一時であろうが、とにかく彼にとっての一日が終わったらベッドに直行した。そして頭が枕に触れると同時に、棍棒で殴られたかのように、すとんと寝入った。その点ではラッセルよりも上だった。朝は目覚まし時計なしに五時に起きた。ジミー・ホッファとつきあっていると、自宅で傷をゆっくり癒《いや》す暇もなかった。

17　形骸化してしまう

一九六二年、ある夏の日の夜、ジミー・ホッファは怒りをあらわにして、チームスターズ幹部に、プラスチック爆弾について知っていることはないか尋ねた。「大理石の宮殿」――ワシントンDCのチームスターズ本部――にあるホッファのオフィスにいた幹部ふたりは、窓外に目をやった。ついでホッファは、銃のサイレンサーはどこに行けば入手できるかは知っていると言った。幹部の話によると、ホッファはこう言ったらしい。「あの忌々しいボビー・ケネディをどうにかしなくちゃならない。あいつには消えてもらう」さらに、ボビー・ケネディは自宅にいるときもろくに安全対策をとっていないし、警護特務隊もついていない、おまけに、しょっちゅうひとりでコンヴァーティブルに乗って出かけるから、やつを殺るのは簡単だと。

ホッファが話をしていた幹部は、エドワード・グレイディ・パーティンだった。ルイジアナ州バトンルージュのチームスターズ五支部の支部長だ。保釈金を払って釈放されていたが、支部のトラック運転手を巻きこんでの、親権をめぐる口論から発展した誘拐の罪で起訴されていた。ほかにも、組合の基金から一六五九ドルを、個人的な用途に使ったとして訴えられていた。巨漢で見るからに屈強な男で、若いころの犯罪歴はそうとうなものだった。ホッファはこの男への判断を誤った。巨漢で屈強で犯罪歴があり、保釈中の身で、カルロス・マルセロの本拠地ルイジアナの出身だから、そこらの家にペンキを塗る類の男のはずだと思ったのだ。ホッファはパーティン本人のことを何ひとつ訊かず、半ば脅すような、半ばそそのかすような口調で仕事の話を持ち出した。パーティンが言っていた。「ホッファは、おれがルイジアナ出身だから、マルセロの息がかかってるとずっと思っていた」

パーティンは、ウォルター・シェリダン率いるホッファ捕獲部隊にあれこれ暴露した。「信じがたい話だった」シェリダンは自著に書いている。話を聞いたあと、シェリダンはFBIに依頼してパーティンを嘘発見器にかけたが、疑いの余地はまったくなかった。シェリダンはボビー・ケネディに、身の危険が迫っていることを知らせた。

大統領のジョン・F・ケネディは、ワシントンで内輪のディナー・パーティが開かれた直後、新聞記者のベン・ブラッドリーに、ホッファが弟のボビー殺害をくわだてていると話した。おそらく、尊敬を集め影響力のあるベン・ブラッドリーに情報を流し、それを公に報じてもらえば、ホッファは暗殺計画を思いとどまると考えたのだろう。のちにブラッドリーはウォーターゲート事件のおり、「ディープ・スロート」(内部情報提供者)の協力を得てリチャード・M・ニクソン大統領の失脚にひと役買った、《ワシントン・ポスト》の編集者として名を馳せることになる。その日の夜、彼は個人の日記に、「大統領は真剣そのものだった」と書いている。また自叙伝では、暗殺の脅威についてボビー・ケネディにじかに尋ねると、自分が指揮する組織犯罪の裁判で証人になりうる人たちが脅《おび》えるので、報道は控えてもらいたいと懇願された、と述べている。当時、ボビー・ケネディは全国民の知るところとなった組織犯罪の撲滅を訴える最大規模の運動を率いていた。ブラッドリーは暗殺計画の情報を闇に葬った。

〈テスト・フリート〉のタフト・ハートリー法違反で起訴されたジミー・ホッファの裁判は、一九六二年一〇月二二日に予定されていた。のちにホッファ捕獲部隊は、ホッファが出廷する際、エドワード・グレイディ・パーティンを側近グループにくわわらせるような、ホッファの憲法上の権利を侵害する行為はしていないと主張した。理由はどうであれ、パーティンはナッシュヴィルへ赴き、ホッファのスイートの外で警備にあたった。しかしウォルター・シェリダンは、パーティンに録音装置をわたして、ホッファとの電話での会話をすべておさめるよう指示したことを認めている。さらに、ナッシュヴィルに到着したら、陪審員を買収しようとする動きがないか監視しろと言ったことも認めている。

ボビー・ケネディはすでに三度、ホッファと法廷で争っていたが、有罪に持ちこめたことは一度もなかった。いずれの裁判でも、陪審員の買収が疑われた。〈テスト・フリート〉の一件で、ホッファが問われた罪は軽微なものだった。もし陪審員の買収が発覚すれば、重罪に問える可能性が浮上する。

〈テスト・フリート〉に対する起訴内容には、自動車運搬会社をジミー・ホッファと故オーウェン・ブレナン両者の妻名義にしたこともふくまれていた。さらには、五年まえにけりがついていた案件や、マクレラン委員会と司法省が調査しつくした案件も盛りこんであった。検察官のチャーリー・シェイファーは陪審員への冒頭陳述で、〈テスト・フリート〉の設立は「長期計画の一部であり、これによってホッファは経営者から継続的に給与を受け取れることになった」と述べた。検察側の主張は、〈テスト・フリート〉が設立されたのは、業務提携をすることになる経営者に有利な形で、ホッファがストライキをおさめた直後だったということを根拠にしていた。

それに対しホッファは、弁護士がブレナンと自分と妻たちに、妻が会社を所有するのは合法で、マクレラン委員会にその合法性を問われたら、妻は〈テスト・フリート〉から身をひけばいいと言われたと答弁した。弁護士はホッファのために進んで証言し、法に基づいた助言を最初に受けたのは一九四八年だというホッファの言い分を裏づけた。〈テスト・フリート〉はタフト・ハートリー法が可決された一〇日後に設立されており、弁護団は先例のない法律を基に見解を述べていた。さらにホッファは、自分が収拾したストライキは反対派による違法なもので、経営者と協力して事をおさめたのは、チームスターズがいわゆる「実にゆゆしき訴訟」を起こされないようにするためだったと証明する手はずを整えていた。

ホッファにとってこの裁判は、ボビー・ケネディの復讐心の産物で、陳腐な起訴内容はどれほどホッファ捕獲部隊が自棄《やけ》になっているかを露呈するものだった。ホッファ捕獲部隊は全国各地で開かれた一三の大陪審のいずれにおいても、ホッファを起訴するにいたっていなかった。

ジミー・ホッファは、得られるかぎり最強の弁護団を結成した。主任弁護士は、ナッシュヴィル随一のトミー・オズボーンが務めた。議席配分改正をめぐる画期的で複雑きわまりない裁判でみごとな弁護をおこない、最高裁判所に「ひとり一票」の原則を支持する判決をくださせた若き弁護士だ。ナッシュヴィルで補助についた弁護士のなかには、チームスターズの顧問弁護士であるビル・ブファリーノや、サント・トラフィカンテ、カルロス・マルセロの弁護士であるフランク・ラガノがいた。

判事のウィリアム・E・ミラーは公平な裁きで評価が高く、どちらか一方の肩を持つことはなさそうだった。

ジミー・ホッファは連邦裁判所からほど近い、豪華なアンドリュー・ジャクソン・ホテルを拠点とした。裁判所でもホテルでも、弁護団がそばに控えていた。待機している弁護士たちは、相談役や調査員の役割を担った。それにくわえ、やはり裁判所にもホテルにも、彼のために動く大勢の支持者や友人が詰めていた。そのなかには、ホッファの「養子」として知られるチャッキー・オブライエンや、年金基金にたずさわる部下である元海兵隊員のアレン・ドーフマンがいた。ナッシュヴィルには法律家以外の支持者も大勢いて、陪審員選任手続きのあいだ、陪審員に関する情報を提供したり、彼らを鋭く観察したりしていた。あの時代には、まだ選任時専門のアドヴァイザーはいなかった。

ホッファの支持者の多くがナッシュヴィルのアンドリュー・ジャクソン・ホテルに滞在し

ていたが、その目的はひとつではなく、いくつもあったと言っていいだろう。

その後二カ月にわたって、裁判所ではふたつのドラマが同時に展開された。ひとつは裁判そのものだ。証人の召喚、反対尋問、弁護士間の論戦、異議、申し立て、判事の裁定、休廷、サイドバー（陪審員に聞こえないところで判事と弁護士がおこなう協議）、宣誓。しかし結局、裁判はB級映画でしかなかった。もうひとつのドラマはA級映画だった。当初から露骨な陪審員の買収がおこなわれていて、密告者となったエドワード・グレイディ・パーティンは随時、ホッファ捕獲部隊に詳細な情報を流していた。最終的にホッファを刑務所送りにしたのは、陪審員の買収だった。

非の打ちどころのない弁護士、入念に準備された答弁、周囲から尊敬を集める有能なトミー・オズボーンが指揮をとり、ビル・ブファリーノとフランク・ラガノが強化をはかった弁護団、さらには裁判所とホテルに待機している法律家、公平な判事、それだけそろっていて、なぜジミー・ホッファは不正をはたらいたのか？　なぜ軽罪ですむところを、重罪まで犯したのか？

❞ジミーの我欲《エゴ》だ。暴行やその類のことをのぞけば、明らかな違法行為で有罪を宣告されたことはなかったし、軽罪でさえ厭《いや》がっていた。汚点のない経歴を築こうとしていた。ボビー・ケネディに、真の犯罪に関与したという烙印を押されまいとしていた。

いいか、これは憶えておいてもらいたいのだが、ボビー・ケネディが司法長官に就任したとき、ＦＢＩは依然として、いわゆる組織犯罪に目を向けていなかった。くれぐれも言っておくが、アパラチン会議よりまえ、おれがダウンタウンの連中とつき合いだしたとき、自分がどんなことに関わるようになるのか知りもしなかった。禁酒法が廃止されて以降、何年ものあいだ、俗に言うギャングが敵対していたのは地元の警官だけだったし、その多くに賄賂をつかませていた。スキニー・レイザーとつるんでいたころは、ＦＢＩのことなど考えたこともなかった。

　そこにアパラチン会議とマクレラン委員会の聴聞会があって、連邦政府が小うるさいことを言いはじめた。ボビー・ケネディが登場して、悪い夢は、おれたちにとって最悪の悪夢に変わった。突如、自分の店を切り盛りしていた者たちが片っ端から告訴されだした。実際に刑務所送りになった者もいるし、国外退去させられた者もいる。緊迫した時代だった。

　そして、一九六二年の終わりにナッシュヴィルでおこなわれた〈テスト・フリート〉の裁判で、ジミーはボビーと相対し、ボビーが司法長官になって以来つづく対立が、大戦争さながらの様相を呈しだした。

　一九六一年二月二二日、二日まえに司法長官の任に就いたボビー・ケネディは、内国歳入庁《IRS》をはじめ連邦政府の二七の機関すべてに、国内のギャングと組織犯罪に関する情報をすべて保存しておくよう言いわたした。

〈テスト・フリート〉の裁判までの数ヵ月間に、ＩＲＳの長官がこう記している。「司法長官から、大物ギャングに対する税務調査を最優先でおこなうよう指示があった」名前の挙がったギャングは、「集中砲火」をあびるかのごとく徹底的に調べられた。長官は、いっさい容赦はしないと明言した。「利用できる電子機器や技術支援を最大限に活用する」

IRSの最初のターゲットのひとりが、ジョニー・ロッセーリだった。彼はハリウッドやラスヴェガスで華やかな生活を送っていたが、仕事はしておらず、収入源と思しきものはなかった。それまでの司法長官の時代には、政府に対して自分が弱い立場に立たされるとは思ってもいなかった。ロッセーリはロサンジェルス前市長の兄弟に言った。「年から年じゅう、おれのことを調べている――国民を威嚇し、敵を捜し、味方を捜してばかりだ」ロッセーリが怒りをつのらせたのは、反カストロの作戦でCIAと結託していることをボビー・ケネディは知っていると気づいたからだ。のちにロッセーリはこう言ったらしい。「おれは政府に協力し、国を救っているというのに、あのくそ野郎は牙をむいてきやがった」

同じころ、IRSはカルロス・マルセロに、八三万五〇〇〇ドルの追徴税および罰金を科した。そのときマルセロは国外退去をめぐって係争中だったうえ、偽証罪と出生証明書の偽造でも起訴されていた。ラッセル・ブファリーノも同じく、国外退去の是非を争っていた。ナッシュヴィルでの裁判に先だち、ボビー・ケネディは将軍が部隊を視察するように、みずから全国をめぐり、配下の部署に犯罪組織に集中するよう檄《げき》を飛ばした。また、FBIと司法省がターゲットにすべき組織のリストを作成し、随時、新たな名前をくわえていた。連邦議会に出席して、FBIがターゲットを盗聴し、裁判所でも盗聴器を使用しやすくなる法案を可決させた。さらにいくつか法案を通過させ、協力をとりつけた証人に、自分の裁量で免責をあたえられるようにした。

キューバ危機が発生した二日め、〈テスト・フリート〉裁判の陪審員選任手続きがはじまった。ボビー・ケネディはナッシュヴィルにいなかった。兄のジョン・F・ケネディのそばにいる必要があった。ジョンはソヴィエト連邦の最高指導者ニキータ・フルシチョフに立ち向かい、攻撃用核兵器を搭載してキューバに向かうソ連の船舶を一隻残らず引きあげさせろ、でなければ海軍による砲撃を開始すると通告した。世界じゅうが核戦争の危機に瀕していた。ウォルター・シェリダンがこう書いている。「差し迫った核戦争の脅威や、ナッシュヴィルでジミー・ホッファも私もしまいには殺されるのではないかという思いが頭のなかを駆けめぐり、明け方まで眠れなかった」

しかし、翌日を迎えたシェリダンは、陪審員買収の実例に初めて出くわすことになる。陪審員候補の保険仲介人がミラー判事に、週末に隣人と会ったところ、一〇〇ドル紙幣で一万ドルを差し出され、もし陪審員に選ばれたら無罪に票を投じるよう言われたと証言したのだ。ホッファ側が保険仲介人を選んだのは、もっともなことだった。なぜなら保険仲介人――詐欺師に金を騙し取られたりカモにされたりしていないかと、とことん疑ってかかる仕事に就いている連中――は、被告側弁護士たちに疫病神と思われているからだ。たいてい彼らは、座席を暖める暇もなく除外される。候補者に保険仲介人がいる場合、検察側が除外することはめったにない。

ミラー判事はその保険仲介人から隣人の名前を聞き出し、陪審員候補からはずした。その後、何人もの陪審員候補が、《ナッシュヴィル・バナー》紙の記者を名乗るアレンという男から電話があり、ジミー・ホッファに対する意見を求められたと明かした。同紙にアレンという名の記者はいなかった。何者かが自分たちの側に有利になりそうな陪審員を求めて、不法に候補者の意向を探っていた。不正に関わった候補者は全員、除外された。

陪審員が選任され、裁判がはじまってまもなく、エドワード・グレイディ・パーティンがウォルター・シェリダンに、チームスターズのナッシュヴィル支部の支部長が、テネシー州のハイウェイ・パトロール隊員の妻に賄賂をわたそうとしていると報告した。その妻は陪審員席に坐っていた。シェリダンは陪審員たちのデータを調べ、パトロール隊員の妻を見つけ出した。捜査官がチームスターズ幹部のあとを尾けたところ、閑散とした通りに州警察官の乗ったパトカーが駐まっていた。捜査官たちが見張っていると、男ふたりはパトカーのなかで話をしだした。

この情報をつかんだ連邦検察官は情報源を伏せたまま、州警察官の妻を陪審員団からはずすよう求め、ミラー判事は検察局の要求に応じて聴聞会を開いた。検察局は、チームスターズのナッシュヴィル支部長を尾行して、州警察官との密会現場を目撃した捜査官を呼び出した。捜査官は判事に事情を聴取された。ついで検察局はチームスターズの幹部を召喚し、脇の部屋から入廷させた。ウォルター・シェリダンによると、ジミー・ホッファが素早く五本指を見せて合図を送り、幹部は憲法修正第五条を行使した。つづいて、州警察のハイウェイ

・パトロール隊員を法廷に呼び入れた。ミラー判事の尋問に対し、彼は最初すべてを否認したが、最終的に、チームスターズの幹部から秘密裏に便宜をはかればその見返りとして、ハイウェイ・パトロール隊での昇進と昇給を約束すると言われたと打ち明けた。ただし便宜というのがどのようなことかは、ひと言も聞かされていないと主張した。

ミラー判事は警官の妻に退出を命じ、代わりに補欠陪審員を席につかせた。その夜、妻は報道記者をまえに涙を流しながら、退出させられた理由がさっぱりわからないと訴えた。トミー・オズボーンやフランク・ラガノをふくむ弁護団について、弁護士のビル・ブファリーノが語っている。「対応策はなかった。もしあればボビー・ケネディのオフィスから直接、指示が出ていただろう」

若き弁護士のトミー・オズボーンは、最高裁判所で議席配分改正を論じたときとは勝手のちがう裁判にのぞんでいた。先の裁判の功績により、ナッシュヴィル法曹協会の次期会長候補に名をつらね、ついでホッファの弁護にあたるにいたった。もしホッファの無実を勝ちとれば、一気に名前が全国に知れわたるだろうが、反対に、いま関わっている社会の一員になってしまえば、築いてきたキャリアは崩壊しかねなかった。

副業でトミー・オズボーンの調査員をし、合法的に補欠陪審員を調べていたナッシュヴィルの警官はホッファ捕獲部隊に、オズボーンからの指示で、陪審員のひとりを土地開発の取引に引きいれようとしていたと述べた。ホッファ捕獲部隊にすれば彼の話は信じがたく、手もいっぱいだったので、その情報は将来のためにいったん脇に置かれた。

ストライク・スリーを宣告されたのは黒人の陪審員だった。息子が、ホッファの本拠地であるデトロイト支部の黒人交渉委員から接触を受け、一万ドルの賄賂を提示されていたのだ。政府がパーティンに署名させた宣誓供述書によると、賄賂の一部五〇〇〇ドルがすでにわたっており、裁判がはじまり陪審員が選任されるまえに取引は成立していた。パーティンは供述書で、ある日のジミー・ホッファの発言を明らかにしている。「黒人の男性陪審員を味方につけた。交渉委員のラリー・キャンベルが、裁判に先だってナッシュヴィル入りし、手を打った」ミラー判事は認証された供述書に目を通すと、弁護団への開示は認めず、黒人の陪審員をさがらせて補欠陪審員と交代させた。パーティンの裏切りをまだ知らなかった弁護団は、裁判が開始されるまえから政府が自分たちを盗聴していたと思いこんだ。

”ビル・イザベルから電話があり、ナッシュヴィルに来てもらいたいというので車で向かった。電話での話では、反対派がいるだろうから、そいつらがジミーにつっかかってきたら手を貸してくれとのことだった。ビルが電話で言ったのはそれくらいだが、それも会話はすべて盗聴されていると考えていたからだ。まるでサイエンス・フィクションだ。おれを呼び寄せたほんとうの理由は、接触をはかった陪審員が名乗りをあげようという気を起こした場合にそなえて、おれを傍聴席に坐らせ、陪審員におれがいることを知らしめたかったからだ。はっきりと指示されたわけではないが、ときどき陪審員と視線をあわせろと言われたとき、それがどういう意味かはわかった。

おれもアンドリュー・ジャクソン・ホテルに滞在したが、一団にはくわわらなかった。料理人が多すぎて、スープがだめになりかけていた。ホテルのレストランで食べた南部風フライドチキンが、めっぽううまかったのを憶えている。サムやビルはいつ会っても楽しい。レストランでエド・パーティンを見かけたが、それをどうとも思わなかった。フランク・ラガノと一緒に坐っていた。ラガノは自分が密告者と同席しているとは思ってもいなかった。政府があんたの弁護士のオフィスにスパイを送りこんでいる図を想像してみるといい。ホテルの部屋が弁護士のオフィスで、パーティンがそこにいたわけだ。

当然ながら、反対派はひとりも現われなかった。とにかく裁判所はＦＢＩだらけだった。数日後、おれを呼んだビル・イザベルの懸念が現実になりかけた。法廷の後方でビルやサムと話をしていると、与太者がはいってきた。休廷時間中のことで、レインコートに身を包んだ若い男はそのまま室内を進み、背後からジミーに近づくと銃を抜いた。発砲音が聞こえ、両側にいた弁護士たちがわれ先にと、たこつぼ壕に駆けこむかのように机の下に潜りこむのが見えた。かたやジミー・ホッファは、銃を持った男に向かっていった。あとでわかったことだが、男が持っていた銃は実銃そっくりのペレットガンだった。リスやうさぎを仕留めるのに使う類の銃だ。男は引き金を引き、数発がジミーの背中にあたったが、ジミーは厚手のスーツを着ていた。ジミーは男に迫り、まともにパンチをあびせた。ついで、チャッキー・オブライエンが飛びかかって床に押し倒した。チャッキーは巨漢だったから、相手を殴り放題だった。ようやく保安官が到着し、ひとりがリヴォルヴァーの床尾で男をぶちのめしたが、チャッキーはまだ殴りつづけていた。保安官とジミーが、ふたりがかりで彼を引き離した。そうしていなければ男を殺していただろう。

おれはビル・イザベルに、こんど手に負えない反対派の話をするときは、言葉を選んでくれと言った。あとから聞いた話だと、与太者は神からジミー・ホッファを殺せとのお告げがあったの一点張りだったらしい。まあ、誰にでもボスはいる。

ペレットガンの男が暴れていたとき、陪審員は法廷にいなかったが、弁護団は審理無効を申し立てた。レインコートの与太者の一件を見れば、ボビー・ケネディと取り巻きが起こした裁判がらみの政府の反ホッファ運動が、いかにジミー・ホッファに対するナッシュヴィル市民の怒りをあおっているか一目瞭然だと主張した。おれにはもっともな要求に思えたが、判事は却下した。

ビル・イザベルの話だと、ジミーはこんなことを言っていたらしい。「いついかなるときも、相手がナイフを持っていたら逃げろ、銃ならば向かっていけ」それはどうだかな。状況を読むことだ。銃を持った相手の不意をつける場合、ジミーの言い分は正しい。こっちが攻勢に出るとは予期していないからだ。ジミーのとった行動が功を奏したのは、そういう状況だったからだ。だが、虚をつけないならば、距離を詰めれば詰めるほど、こっちは恰好の的になる。ナイフの場合はたいてい、実際に斬りつけられるまでナイフは見えない。最善の策は、世間知らずの青二才のふりをすることだ。

ジミーは、保安官は「ひとりひとりボディチェックをしていた」と言っていた。そのとおりだ。おれもされた。法廷にはいる者は全員、ボディチェックを受けた。ジミーは、あの与太者が背後まですんなり近づけたのはたまたまじゃない、と言った。政府がそいつを使って、おれを殺そうとしたんだと。もっとも、あの与太者は救いようのない馬鹿で、ほんものの銃を入手することもできなかった。誰かが何かの目的で、そういった与太者を使うことがあるのは、ジミーも知っていた。ナッシュヴィルでの裁判があった年、サム・ジアンカーナの友人フランク・シナトラが出演する『影なき狙撃者』が、全米の劇場で公開された。共産主義者が頭のイカれた男を使って大統領候補の暗殺をはかる話で、見ごたえのある映画だった。

しかし現実の社会では、アメリカやシチリアで与太者を使えば、そいつはすぐに、ときには犯行現場で消される。後年、クレイジー・ジョーイ・ギャロが黒人のチンピラを使って、ブルックリンのコロンボ・ファミリーのボス、ジョー・コロンボの命を狙ったときがそうだった。セントラル・パークの近くのコロンバス・サークルでおこなわれたイタリア系アメリカ人の公民権獲得同盟の決起集会で、そいつはジョー・コロンボに向かって三発放った。そのチンピラからすれば、万事細部まで計画どおりだっただろう。そのあとどうやって車に飛び乗り、無事逃走するかは事細かに教えられていた。言うまでもなく、そいつはコロンボを撃つという仕事を終えたあと、道端でくたばった。

ラッセルはそんなことを――ジョー・コロンボにチンピラをさし向けたクレイジー・ジョーイ・ギャロを決して許さなかった。そもそもクレイジー・ジョーイはケツの青いガキだと、おれはずっと思っていた。哀れにも、ジョー・コロンボは昏睡に陥って植物状態になり、何年も経ってから息をひきとった。それが半端者を使ったときの問題だ。連中は正確さを欠く。多くの苦しみをもたらしかねない。チンピラがジョージ・ウォレスを狙撃して、下半身不随にしてしまったのがいい例だ。ほかにも、レーガンと大統領報道官のブレイディを撃った馬鹿たれの例がある。〟

ナッシュヴィルでの裁判は四二日つづいた。クリスマスまであと四日というときになってようやく、陪審員が評議にはいった。評議がおこなわれているあいだもウォルター・シェリダンは、買収された陪審員をすべて排除できてはいないのではないかと気を揉んでいた。エドワード・グレイディ・パーティンのまえで明かされなかっただけで、賄賂を受けとった陪審員がまだひとりふたりいたかもしれない。

陪審員たちは隔離され、ミラー判事に、膠着《こうちゃく》状態で評決をくだすのは無理だと三日間繰り返し訴えて、やっと義務を解かれた。ただし、彼らが陪審員席につくと、退廷の許可をあたえるまえに正面に向きなおり、見解を述べた。それ以外の発言で、つぎのような見解が記録に残されている。

そもそも、陪審義務を課せられて招集された候補者から陪審員を選任する時点で、すでに陪審員候補への不適切な接触がなされ、それがずっとつづいている節はあった。今回の裁判に関して、一個人あるいは複数の者——それが誰であれ——が陪審員および補欠陪審員に影響をあたえたり、起訴状を推定原因が存在するところへ戻したりするような違法行為を示唆する事柄を、これから一年かけてすべて精査し、再度大陪審を開けという命令書に署名をした。陪審員による裁判のシステムは……もし不道徳な者がこのシステムを不適切かつ違法な手段で堕落させるのを見逃せば、形骸化してしまう。わが国の陪審員制度を穢《けが》すそのような恥ずべき行為を、この法廷で看過するわけにはいかない。

いっぽうジミー・ホッファはクリスマスイヴに、テレビの視聴者に向かって言った。「陪審員は買収されていたと主張するなど、恥さらしもいいとこだ」

18 一介の弁護士でしかない

❞一九六三年、ジミー・ホッファは、何がなんでも年内に基本運送協定締結にこぎつけると言った。ジミーにとってこの年は煩わしい出来事が多かったが、年末には協定を結ばせていた。最初の交渉で、時給四五セントの賃上げを勝ちとった。さらに、年金も右肩あがりになりだした。いまや引退すると、ひと月三四〇〇ドルもらえる。それに社会保障制度による給付金があれば暮らしていける。すべてあの年にジミー・ホッファが、厄介ごとがつづいたにもかかわらず礎《いしずえ》を築いたのだ。協定が成立すると、ジミーはおれを組合の全米交渉委員会の一員にした。

基本運送協定という夢が生まれたのは大恐慌時代だ。全国のチームスターズにおよぶ協定があれば、すべての従業員が一律の時給や一律の給付金、一律の年金を手にすることができる。しかし最大の利点は、交渉の窓口がひとつになることだった。全国各地の運送会社が個別に交渉をするのではなく、組合の全米交渉委員会が代表して経営交渉委員会とかけあうことになる。折り合いがつかずストライキを実施するとなれば、全国規模のものとなるが、そういう手段をとったことは一度もない。ジミーは全国的なストライキはしなかった。だが、経営者や政府がストライキを警戒している状況で、交渉をやってのけるのがいかに難しいかは想像できるだろう。ジミーは運送会社すべてと組合の全支部の合意を得なければならなかった。窓口がひとつだから、運送会社のあいだで意見を対立させて争っているわけにはいかず、レイモンド・コーエンのような盗っ人が袖の下をもらって、なれ合いの契約を結ぶこともできなかった。コーエンはそういうやつだった。

だからジミーは、おれたちに反対派と徹底抗戦をさせ、ときにはすべきことをさせたのだ。ジミーは一枚岩の組合を望んでいた。かち割る相手として、フィラデルフィアがいちばん堅い木の実だった。まず、コーエンが権力を放棄するのを頑として拒んでいた。つぎに、ヴォイスを筆頭に反対派グループが気炎を吐きつづけて、混乱を生じさせていた。フィラデルフィアのトラック運転手たちは、一〇七支部の状況を巧みに利用した。区域全体にわたる協定に、協力する気などさらさらなかった。コーエンがストライキをすることはない、とわかってもいた。ジミーは、フィラデルフィア郊外のターミナルでストライキをして営業できなくしてやると脅して、運転手たちを抑えつけた。❝

一九六三年二月、ナッシュヴィルの大陪審が陪審員買収の証拠を集めているさなか、ジミー・ホッファはフィラデルフィアの運送会社について語っている。「彼らはここでわれわれと協調してやっていくか、いたるところで闘うかのどちらかだ」

反対派のヴォイスにまつわる問題にも言及した。当時ホッファは、ＡＦＬ－ＣＩＯやボビー・ケネディがヴォイスを支援して焚きつけていると信じていた。「ヴォイスの連中を改心させて、こちらの考え方に倣わせなくてはならない」

また、ナッシュヴィルでの法的手続きにも触れている。「ボビー・ケネディの名のもと、この国でとんでもないことが起きている。おれを狙って、ひとりの男が二三人の司法長官代理からなるエリート集団を動かしている」

ナッシュヴィルのアンドリュー・ジャクソン・ホテルに滞在するホッファ軍団と同様、エド・パーティンも大陪審に召喚されたが、ほかの者たちに倣って黙秘を貫いた。ビル・ブファリーノは、文言を事細かに書いたカードを大陪審室に持ちこんだ。検察側は、パーティンの背信行為を伏せる戦法をとった。いっぽう、州警察のハイウェイ・パトロール隊員のような者は事実を認めだし、陪審員買収の罪を問う裁判は政府に勝ち目があるように思えた。

ジミー・ホッファはフィラデルフィアのウォーウィック・ホテルに一四週間滞在し、来たる四月の投票に向けて、反ヴォイス運動を展開した。数カ月まえに組合員数一万一〇〇〇人の支部でおこなった投票では、ヴォイスが六〇〇票の僅差で敗れた。その投票は、反ヴォイス派の暴力的な行為が結果を左右したとして無効になった。今回ホッファは暴力に頼らず、精力的に運動をおこない、チームスターズのために立てた計画がもたらす昇給や年金について説いた。一九六三年四月の投票でホッファ派は、四番めに規模の大きい支部を味方につけたヴォイスを再度負かした。ホッファは「過ぎたことは問わない」という姿勢を示した。ヴォイスに勝利したことにくわえ、ホッファが重く見ていたのは、基本運送協定の件でコーエンから真の忠誠を得たことだった。

一九六三年五月九日、ジミー・ホッファはナッシュヴィルで陪審員買収の罪を問われ、起訴された。ホッファは無罪の答弁に先だって記者会見を開き、ボビー・ケネディは「私に個人的な恨みを持っており、マスコミに根も葉もない話を流して、私を有罪にしようとしている……言うまでもなく、私は無罪だ。起訴状には一〇人の名前が挙がっているが、そのうち私が知っているのは三人だけだ」と述べた。

同年六月四日、コーエンは組合の基金を横領したとして有罪を宣告された。これで基本運送協定の夢に影を落とす者はいなくなった。コーエンは一〇七支部長の座からおろされ、服役することになった。ホッファとフィラデルフィアのトラック運送会社との交渉で、裏工作をはかれる立場にはもういなかった。

コーエンが有罪宣告を受けた日の午後、シカゴの大陪審は、ジミー・ホッファをセントラル・ステイツ年金基金を個人的利益のために不正使用したとして、起訴する決定をくだした。ホッファにかかる第一の容疑は、フロリダのサンヴァレー土地開発への個人的な融資を確保するために、組合の基金から無利子で四〇万ドル借り入れたことだった。その投機的事業で、収益の二二パーセントを得る権利を内々に持っているとされた。かたやホッファは、そのような内密の権利はいっさい有していないと主張した。

❞コーエンが投獄されてまもなく、ワシントン郊外のヴァージニア州アーリントンのモーテルで、ジミーとともに会社との交渉の席についた。おれはカレッジの若造を何人か捕まえて五〇ドルずつわたし、公衆トイレをすべて占領し、エレヴェーターを動かしつづけるよう頼んだ。ついで、コーヒーメイカーのひとつに下剤を入れた。組合側でコーヒーがいる者は、別のメイカーでつくったコーヒーを飲んだ。会社側は半数が細工したコーヒーを口にした。しばらくして、ひとりが交渉をおこなっている部屋のトイレに駆けこみ、なかなか出てこなかった。ほかに何人かが空いているトイレを求めて、ホテルじゅうを駆けずりまわった。その者たちは交渉会議に戻らず、休憩をとり服を着替えた。これで群れの頭数が減った。人数が少なければ少ないほど、交渉しやすい。ジミーはそうとうプレッシャーを受けていただろうが、おれたちの部屋に戻ると、それまで見たことがないほど大笑いした。

夏から秋にかけて、ジミーにあまり会わなかった。彼はまたもや起訴されたので、弁護士との面会を重ねていた。ひとつめは俗に言う陪審員買収に関してだった。裁判は一〇月にナッシュヴィルで開かれる予定だった。おれも行って、公開ラジオ番組の『グランド・オール・オプリー』を観るつもりだった。サンヴァレーの事業がからむシカゴでの年金基金の裁判は、一九六四年の春に予定されていた。何かしら口実をもうけて、シカゴにも行く気だった。弁護士のフランク・ラガノは書籍や〈ヒストリー・チャンネル〉で、ジミー・ホッファからサント・トラフィカンテとカルロス・マルセロへのメッセージ――ジョン・F・ケネディ大統領にキスを（大統領を始末しろの意）――を託されたと明かしている。ワシントンのジミーのオフィスで、裁判の準備をしていたときに預かったらしい。ジミーがそのような内容のメッセージを人に頼むとは、おれには思えない。〟

いかにもな話だが、フランク・ラガノは一九九四年に『ギャングの弁護士』という回顧録を出版した。そのなかで、一九六三年前半、ナッシュヴィルとシカゴで大陪審がおこなわれているさなか、まだ判決にいたっていない時期にジミー・ホッファとジョーイ・グリムコ、ビル・ブファリーノたちの会話を耳にしたことがあると述べている。グリムコとジンラミーをしていたホッファが、ブファリーノに訊いた。「もしブービー（馬鹿の意）に何かあったら、どうなると思う？」（ホッファはいつも自分の宿敵をブービーと呼んでいた）

三人は、もしボビーの身に何か起きれば、兄のジョンが犬どもを解き放つだろうということで意見の一致を見た。しかし、ジョンに何か起きれば、副大統領のリンドン・ジョンソンが大統領になるだろうし、リンドンがボビーを嫌悪しているのは周知の事実だ。リンドンはまちがいなくボビーを司法長官の座からおろすというのが、三人の見方だった。フランク・ラガノの回顧録によると、ジミー・ホッファはこう言っている。「絶対そうなる。あいつはおれと同じくらい、ボビーを忌み嫌っているからな」

ラガノの話では、それから数カ月後の一九六三年七月二三日、火曜日――ケネディ大統領が暗殺される四カ月まえだ――五月と六月に判決がくだった裁判のことでホッファに会ったとのことだ。ホッファは怒りで我を忘れていた。彼はラガノに言った。「何か手を打つ必要がある。あんたの友人とカルロスが連中を片づける、あのくそったれのジョン・ケネディを消す時が来た。絶対に殺さなくちゃならん。いま言ったことを、必ずふたりに伝えてくれ。もう時間がない――何か手を打つんだ」

❞そう、フランク・ラガノの様子からすると、彼らはパーティンのことに気づいていなかったと思われる。ジミーはナッシュヴィルでの裁判の際、身内にスパイが潜んでいると確信していた。アンドリュー・ジャクソン・ホテルに集まった全員を疑っていた。フランク・ラガノとのつき合いは、あの裁判のときからだ。ビル・ブファリーノとはちがう。ブファリーノは長年の知己で、協力して事にあたり、たがいへの尊敬の念を築いた。ジミーはいつでも好きに使える自家用ジェットを所有していた。もし、あれほど重大なメッセージを届けたいと思えば、自分でフロリダに飛んだだろう。マイアミビーチに豪華な邸宅も持っていた。電話で会う約束をかわす方法も、当然知っていた。おれがジミーと会ったときのやり方――事前に、スキニー・レイザーの店の電話にかける手はずを整えていた――と同じだ。いいか、誤解しないでもらいたい、フランク・ラガノは好人物だと言われているし、サント・トラフィカンテもカルロス・マルセロも、彼を弁護士として大いに信頼していた。もしフランク・ラガノが、記憶によるとあれはこうだったと言えば、そうだったんだと納得すべきだろう。だが、ジミーが口にしたとラガノが言ったような内容の話は、頭がまともな者なら言わない。もしラガノがジミーから伝言を預かって、それを仲介したとすれば、トラフィカンテたちは、そんなことを声にしてフランク・ラガノに言うなど、ジミーはまともに頭が働いていたのかと訝《いぶか》しんだはずだ。もちろん、それを聞いた者の立場も考えてのことだが。かつてカルロスは、オフィスに「三人のあいだで秘密が守られているとすれば、うち二人は死んでいる」という標語をかかげていた。

一九六三年、まだ騒動が足りないとでもいうように、ＦＢＩがジョゼフ・ヴァラキという名のソルジャーを寝返らせたという噂が広まった。ヴァラキは組織を売った最初の人物だ。あいつはニューヨークのジェノヴェーゼ・ファミリーのソルジャーでしかなかった。ジェノヴェーゼは、その昔ラッキー・ルチアーノやマイヤー・ランスキーなどが抗争をおさめたとき、ルチアーノが設立したファミリーだ。ヴァラキは幹部の誰とも親しくはなかった。おれはこの男のことを聞いたことがなかったし、ラッセルを介して会ったことも当然なかった。おそらく、裏切り行為が発覚するまで、ラッセルも聞いたことがなかったはずだ。しかし、ヴァラキはマフィアのあらゆる過去に通じていた。誰が誰を、どのような理由で殺したかを知っていた。ヴィト・ジェノヴェーゼはある人妻と結婚したいがために、一般人である夫を屋上から投げ落としたと話していたが、実際ジェノヴェーゼは男を投げ落とし、その妻と結婚している。すべてのファミリーの内情に通じ、イタリア系の組織内で何がどのように計画されたか逐一知っていた。

ヴァラキは生まれながらのチクリ屋で、麻薬の売人でもあった。ボスのヴィト・ジェノヴェーゼと同時期に連邦刑務所に収監されたのだが、刑務所内の内通者、つまり情報を流しているのではないかと怪しまれてヴィトに始末されることになる。疑いが生じたら、それを真実だと思え、というわけだ。

ヴァラキは、四人のひとりに命を狙われていると勝手に思いこんで、そいつを殺してしまった。それからというもの、誰彼かまわず、とにかく知っていることを片っ端からしゃべりまくった。どうすれば正式な構成員《メイドマン》になれるかとか。おれでさえ知らない、イタリア連中の秘密もべらべらとしゃべった。どうしてカルロス・マルセロはマルディグラのときでさえ、ほかのファミリーの者たちが何よりも彼の許可なしにニューオーリンズに近づくのを禁じたかといったような、ささいなことまでしゃべっていた。マルセロは危険を冒さないボスだった。組織を厳しく管理していた。

ジミーの陪審員買収を問う裁判が開かれる二週間まえ、ボビー・ケネディはテレビで中継されたマクレラン委員会の聴聞会に、ジョゼフ・ヴァラキを何度か登場させた。戦時国債の宣伝のような、戦時中の宣伝活動を見ている気分だった。ヴァラキはといえば、まるで喜劇王ボブ・ホープだった。ヴァラキが聴聞会に姿を現わしてから、いわゆる組織犯罪に対する反対運動が以前にも増して激しくなった。全国の浴場や会員制のイタリア系クラブでは、関わりのある連中が大勢テレビに釘づけになっていた。”


一九六三年九月、ジミー・ホッファの陪審員買収がらみの裁判がおこなわれる一ヵ月ほどまえ、ジョゼフ・ヴァラキはテレビカメラがはいったマクレラン委員会の聴聞会に召喚され、ボビー・ケネディの言う「アメリカの組織犯罪史上、最高に成果をあげた情報作戦」の詳細をつまびらかにした。

地位の低い「三下《ボタンマン》」で服役囚だったヴァラキが、マスコミの注目の的であり、ボビー・ケネディの広告塔になったそもそもの発端は、一年まえの一九六二年の夏、アトランタの連邦刑務所にある。ボスのヴィト・ジェノヴェーゼが服役していたとき、ヴァラキも麻薬密売の罪で刑務所送りになった。連邦麻薬局の捜査官はヴァラキに揺さぶりをかけようと、彼のもとを定期的に訪れ、当局に協力していると周囲の囚人が思うよう仕向けた。狙いは、ジェノヴェーゼにヴァラキに対する異様なまでの疑心をいだかせることだった。そうなればヴァラキは死を恐れ、のしかかる重圧に負けて寝返ると考えたのだ。これはのちに、サンドストーンの刑務所でFBIがフランク・シーランに、ホッファ失踪事件について口を割らせようと用いた策略と同じだ。こちらは失敗に終わったが、ヴァラキとジェノヴェーゼの場合はうまくいった。

ヴィト・ジェノヴェーゼは自身のソルジャーであるジョゼフ・ヴァラキに歩み寄り、ヴァラキの供述によると、ゆっくりと思案ありげに言った。「わかっているだろうが、もしひと樽のりんごがあって、うち一個が傷んでいたら……丸ごと腐っているわけではなく、ほんの少し傷がついている程度だが……それを排除しなければならない。でなければ、残りのりんごが全部傷む」

ジェノヴェーゼは両手でソルジャーであるヴァラキの頭をつかみ、口に「死の接吻」をした。

そのあとヴァラキが、最初に近づいてきた服役囚を鉛のパイプで殺害したのは、策略が功を奏しだしていた証拠だ。ジョゼフ・ヴァラキが死刑を免れて終身刑ですむように動いたことで、ジミー・ホッファと彼の仲間にボビー・ケネディを嫌悪する理由がまたひとつ増えることになった。

一九六三年九月の聴聞会で、マクレラン上院議員はジョゼフ・ヴァラキに先だって、ボビー・ケネディを最初の証人として呼んだ。ボビーは委員会と全国のテレビ視聴者をまえにして述べた。「ジョゼフ・ヴァラキから得られた情報により……コーザ・ノストラは全国委員会《コミッション》によって運営されており、主要都市の犯罪組織のボスが委員の任にあたっていることが判明しました……また、現在誰がコミッションで活動しているのかも把握しています」

❞ヴァラキの聴聞がおこなわれた直後、ジミーの弁護団は陪審員買収の裁判を一九六四年一月まで延期させた。その後、なぜか判事はナッシュヴィルで何かが起きているからと、裁判地をチャタヌーガに変更した。おれたちは「チャタヌーガ・チュー・チュー」のリズムにのって踊りながら、新年を迎えることになった。❝

一九六三年一一月八日、ナッシュヴィルでの〈テスト・フリート〉裁判でトミー・オズボーンの件を訴えた警官が、またしてもオズボーンが一九六四年初めに予定されている陪審員買収の裁判にからんで、ナッシュヴィルの陪審員のひとりを抱きこもうとしている、とホッファ捕獲部隊に伝えた。このときホッファ捕獲部隊は証言を録音し、裁判長を務めるミラー判事に報告した。

ミラー判事はトミー・オズボーンを判事室に呼び、ナッシュヴィル警察から、きみが警官に陪審員候補を探り出して、一万ドルと引き換えに無罪票を投じるよう丸めこめと言ったとの報告が来ている、と言った。陪審員に選ばれたら五〇〇〇ドルわたし、残りの五〇〇〇ドルはそのあと、陪審員が評決不成立を告げてから支払う手はずになっていた。最初、オズボーンは否定した。するとミラー判事は、お粗末な買収工作についてホッファ捕獲部隊に報告した警官は、証拠となるきみとの会話を密かに録音していたと述べた。ついで、きみの弁護士資格を剝奪すべきではない理由を提示せよと命じた。オズボーンはこの件を、ビル・ブファリーノとフランク・ラガノに伝えた。そして判事のところに戻り、録音されているのは自分の声だが、この話を持ちだしたのは警官のほうで、自分は最後までつき合うつもりはなかったと言った。つまり、自分はふんぞりかえって強気な発言をしていただけだと。結局、彼は分離審理で有罪を宣告され、短期刑に処せられた。一九七〇年、絶望に打ちのめされた彼は、出所するや自分で自分の頭を撃つことになる。だが一九六三年末、来たる陪審員買収の裁判でジミー・ホッファの主任弁護士を務める予定だったオズボーンは、再度の陪審員買収の罪により法曹界を追われるかどうか、決定がくだされるのを待っていた。

判事は、ナッシュヴィルは修復不可能なまでに堕落しているとして被告側の要求に応じ、一九六四年一月の裁判の場所をチャタヌーガに移す許可を出した。

一九六三年一一月二日の何日かまえか、一週間ほどまえのある朝、ジミーから電話があって、公衆電話へ行くよう指示された。公衆電話まで行くと、ジミーはひと言だけ言った。

「友人に会いに行け」

ラッセルの家へ車を走らせると、こんどはドアのところでこう言われた。「ブルックリンの友人に会いに行け。ボルティモアへ届けてほしいものがあるそうだ」ラッセルらしくなかった。どんな用向きかを言外に匂わせていた。

おれはUターンをして、ブルックリンにある〈モンテズ・レストラン〉へ向かった。そこはジェノヴェーゼ・ファミリーのたまり場で、ニューヨークで最古のイタリアン・レストランだった。サウス・ブルックリンにあって、ゴワナス運河からさほど離れていなかった。料理が抜群にうまかった。レストランの左側に店専用の駐車場があった。車を駐めて店内にはいり、バーカウンターのところに立っていた。するとトニー・プロがテーブルを離れて奥へ行き、ダッフルバッグを持って戻ってきた。それをおれにわたして、言った。「以前トラックで行った、ボルティモアのキャンベル・セメント工場へ行ってくれ。われらが友人のパイロットが来ているはずだ。そいつがこれを待っている」

戦闘の経験があれば、ダッフルバッグの中身がライフル三挺であることはすぐにわかる。ライフルだとはわかったが、どんなライフルかまではわからなかった。

工場に着くと、カルロスのパイロット、デイヴ・フェリーが待っていた。かたわらには、モンテの店で見かけたジェノヴェーゼ・ファミリーの男がいた。そいつはもう死んでしまったが、いい家族を持っていた。名前は言わなくていいだろう。やつは言った。「友人はどうだ？」おれは言った。「元気でやってる」やつは言った。「おれたちにわたす物があるだろう？」ラッセルが暗に示したように、おれは車から降りさえしなかった。鍵をわたした。そいつがトランクを開けてバッグを取り出すと、挨拶をかわし、家路についた。❞

このモンテの店での一件があったころ、プロヴェンツァーノは一九六三年六月一三日に労働搾取をめぐる裁判でくだされた有罪判決に、不服申し立てをしていた。配下の取立屋《バッグマン》であり、ともに被告となったハドソン郡の元検察官、マイケル・コムナーレも有罪を宣告された。結局、この一九六三年六月の有罪判決により、プロヴェンツァーノはルイスバーグ刑務所に四年半、服役することになる。労働法違反だったため、出所後五年間、組合での活動を禁じられた。裁判がおこなわれている最中、《ニューヨーク・ポスト》の記者マレー・ケンプトンは、プロヴェンツァーノを「アメリカの組合で最も高給とりのボス」と称した。当時、プロヴェンツァーノはチームスターズで三つの役職についていて、ジミー・ホッファよりも、アメリカ合衆国大統領よりも高収入を得ていた。

労働搾取の罪でプロヴェンツァーノに有罪判決がくだるよう、ボビー・ケネディが動いていたのは明らかで、彼もマスコミのまえでそのことを公然と認めていた。それに対しプロヴェンツァーノは、ボビーは調査員を使って、友人や隣人はもとより、何よりも許しがたいことに子どもにまで質問をあびせるようなまねをしたと非難した。《ニューヨーク・タイムズ》によると、プロヴェンツァーノは「とてもではないがテレビでは流せないし、そのまま活字にもできない淫らな言葉」でケネディを罵倒したとのことだ。一九六三年一一月二〇日、ナッシュヴィルで、ミラー判事はトミー・オズボーンから弁護士資格を剝奪した。

その二日後の二二日、ジョン・F・ケネディ大統領がダラスで暗殺された。

兄を亡くしたボビー・ケネディは、暗殺への関与が疑われる者についての情報を得るべく何本も電話をかけ、その際、ウォルター・シェリダンにもかけている。彼はシェリダンに、ジミー・ホッファが関わっている可能性がないか調べるよう頼んだ。

❞当時、デラウェア州ウィルミントンの組合会館は、鉄道駅の近くにあって、まだフィラデルフィア一〇七支部の管理下にあった。そこで組合の仕事があったので、途中、トラックターミナル二カ所に寄ってから行った。組合会館にはいっていくと、ケネディが撃たれたとのニュースがラジオで流れていた。ダラスでの事件を最初に聞いたときは、世界じゅうの人びとと同じく動揺をおぼえた。ケネディのことは好きではなかったが、個人的にふくむところは何もなかったし、彼にはすばらしい家族がいた。ルビーがオズワルドを殺害する以前から、モンテの店での一件と関わりがあるのではないかという思いが頭をよぎっていた。当然ながら、そんなことは誰にも訊けない。❝

ケネディ暗殺のニュースが報じられると、ワシントンじゅうの国旗が半旗になり、政府関連の仕事に従事している者は全員、帰宅させられた。ジミー・ホッファは、チームスターズの副会長であるセントルイスのハロルド・ギボンズがチームスターズ本部の旗を半旗にし、建物を閉鎖したと聞いて烈火のごとく怒りだした。

❞ジミーは、旗を半旗にしたハロルド・ギボンズを決して許さなかった。おれはジミーに言った。「やつはどういう気なんだ？　どこの建物の旗も半旗になっている」おれの言葉が耳にはいっていないようだった。のちにジミーが刑務所にはいるとき、おれはフィッツではなくハロルド・ギボンズに当座の会長をまかせてはどうかと言った。ハロルド・ギボンズほど熱心で有能な組合員はいなかった。ジミーはただひと言、こう言った。「くそくらえ」❝

ケネディ大統領の葬儀がおこなわれ、世界じゅうがアメリカ合衆国大統領の早すぎる死を悼んでいた日、ジミー・ホッファはナッシュヴィルのテレビ番組に出演し、政府はトミー・オズボーンを陥れ、弁護士資格を剝奪したと激しい口調で非難した。ホッファは言った。「あの裁判は茶番だ。政府、地元当局、判事が結託してオズボーンをだまして罠にはめ、裁判で私の代理を務める敏腕弁護士を排除しようとたくらんだのだ」

ついで、この日の悲痛で厳かな葬儀を暗に示し、ジミー・ホッファはナッシュヴィルの視聴者に向かって、ほくそ笑みながら言った。「もはやボビー・ケネディは一介の弁護士でしかない」

19　わが国の精神を冒瀆《ぼうとく》した

　早くも一九六三年一二月九日——兄が暗殺されてからわずか一七日後——ロバート・ケネディは、ピュリッツァー賞の受賞経験のある歴史家であり、元ハーバード大学教授のアーサー・M・シュレジンガー・ジュニアに、ギャングが関与している可能性について手短に語った。シュレジンガーはケネディ大統領の特別補佐官でもあった。自身が著した二巻からなる伝記『ロバート・ケネディとその時代』のなかで、ロバート・ケネディと一二月九日の夜をともに過ごしたと述べている。「私はつい口が滑って、彼にオズワルドのことを尋ねた。彼は、オズワルドが罪を犯したのはまずまちがいないが、単独でしたことなのか、それとももっと大きな陰謀——たくらんだのがカストロであれギャングであれ——のコマとしてやったのかは議論の余地が残ると言った」

　ウォーレン委員会が一九六四年の報告書を発表した二年後、ボビー・ケネディは兄の政権時のホワイトハウス補佐官リチャード・グッドウィンに言った。「あれがキューバ人の仕業だとは、一瞬たりとも思わなかった。もし誰かが関与しているとしたら、犯罪組織だ。だが、それについて私にできることは何もない。いまのところは」

ボビー・ケネディがこの話を、気心の知れた元ホワイトハウス高官たちに語ったとき、犯罪組織間の駆け引きについて、国内のいかなる「部外者」よりも多くの知識を得ていた。抗争中でなければ、ボスはほかのファミリーのアンダーボスを決して殺害しないことも認識していた。そんなことをすれば、途轍《とてつ》もない復讐が待っている。方針を思いどおりに変えたいと思えば、ギャングのボスは昔から——いまもそうだが——アンダーボスではなくボスを抹殺する。変革が国際的規模でおこなわれた場合、政権交代と呼ばれる。イタリア系のボスからすれば、古くからあるシチリアの金言、「犬を殺すなら、尻尾ではなく首を刎ねろ」に倣ったにすぎない。

兄がダラスで射殺されるという悲劇のあった日、ロバート・ケネディはワシントンにいて、スタッフの連邦検察官たちとの二日にわたる組織犯罪に関する会議で議長を務めていた。全米各地の連邦検察局の検察官が、この枢要な会議のために司法省に集結した。会議の目的は、司法長官による反組織犯罪運動のつぎなる作戦を完遂することだった。

ロバート・ケネディがダラスから衝撃的な知らせを受けたのは、会議二日めの昼休みのことだった。

司法省刑事局の組織犯罪課を率いるのは、ウィリアム・ハンドリーという名の弁護士だった。ハンドリーが言うように、「銃弾がジョン・ケネディの頭に命中した瞬間に、すべてが終わった。まさしくその瞬間に。反組織犯罪計画は一瞬にして頓挫した」。

アメリカの組織犯罪の実体を暴き撲滅することに、ボビー・ケネディは取り憑かれたように邁進《まいしん》していた。これは彼にとってきわめて個人的な運動だったが、それをスタッフにとっても、敵である犯罪組織の者たちにとっても、きわめて個人的な運動にした。ボビーはこの運動に闘争の炎を燃やしていた。

六年の予定ではじめた組織犯罪撲滅運動の最初の三年間、ボビーはマクレラン委員会の首席顧問だった。その三年のあいだに、アメリカで最も悪意と復讐心に満ちた男たちを厳しく尋問し、愚弄し、嘲笑した。矢継ぎ早に質問をあびせたが、返ってくる答えは同じだった。「自分に不利益をもたらす恐れがあるので、答えるのを拒否する」あるときこのような尋問で、ボビーはサム・〝モモ〟・ジアンカーナの目を見据えて言った。「きさまはカポネの後を継いだ、ファミリー随一の殺し屋だ」ボビーはフランク・シナトラの仲間や、ネヴァダ州カルネヴァのカジノの共同経営者を追及して、ジアンカーナは敵の死体をトランクに詰めて遺棄するのかどうか探っていた。ジアンカーナが笑って、ふたたび憲法修正第五条を主張すると、ケネディは鼻であしらって言った。「幼い女の子たちがくすくす笑ったのかな、ミスター・ジアンカーナ」

その台詞を吐いたとき、ボビー・ケネディはサム・〝モモ〟・ジアンカーナが殺害手段の非情さで有名であることを充分承知していた。一九五八年一二月、ジアンカーナは部下に命じて、ガス・グリーンバウム夫妻をアリゾナ州フェニックスの自宅で、残忍な手口で殺害した。夫妻は拷問されたあげく、喉をかき切られた。ガス・グリーンバウムはマイヤー・ランスキーの共同経営者だった。バグジー・シーゲルが暗殺されたあと彼の後釜となり、ラスヴェガスのフラミンゴ・ホテルとカジノのオーナーの座についた。殺害されたときは、同じくラスヴェガスにあるサム・ジアンカーナのリヴィエラ・ホテルと、カジノの運営にあたっていた。ジアンカーナは、グリーンバウムが組織の金を横領しているのではないかと疑いの目を向けた。グリーンバウムと彼のまったく罪のない妻を拷問して殺害することで、ジアンカーナは彼のもとで働く者全員に、ルールにはしたがえとのメッセージを送ったのだ。

一九六一年、ジアンカーナは配下の者たちへ再度メッセージを送った。ウィリアム・〝アクション〟・ジャクソンは、ジアンカーナに仕える体重一四〇キロの高利貸しだった。ジャクソンは政府への情報提供者ではないかと疑惑が持たれていた。彼は精肉工場に連れていかれ、肉用の一五センチのスティール製フックに吊されて、二日間拷問を受けた。全身を殴られ、斬られ、火で焼かれ、膝を撃たれ、牛追い棒で殴打された末に死んだ。その姿は写真に撮られた。シカゴからラスヴェガス、ダラス、ハリウッド、フェニックスへと広がるジアンカーナの巨大な犯罪帝国に身を置く者は全員、その写真を見るよう命じられた。

ボビー・ケネディはマクレラン委員会にたずさわって三年めの終わり、大胆不敵な運動を推進するために、のちにベストセラーとなる本を出版した。より多くの国民に向かって、組織犯罪について詳細に説き、実名を挙げて、その者が何をしたかを綴った。ボビーは組織犯罪を指して、その本に『内部の敵』というタイトルをつけた。

組織犯罪撲滅運動を展開するつぎの三年間、ボビー・ケネディは法執行官の長であり、FBI長官のJ・エドガー・フーヴァーから報告を受ける立場である司法長官の任についた。

ターゲットとなるギャングのリストを作成し、ひとりずつ狙いを定めて刑務所送りにした。情報提供者や盗聴器を、以前にも増して活用した。連日のようにアメリカ国民や連邦政府、なかでもフーヴァーFBI長官に組織犯罪の存在を示し、アメリカにおける犯罪組織根絶の必要性を訴え、そのために、まだ眠っている連邦政府の強大な力をどのように駆使すればいいかを説いた。

ボビー・ケネディの念頭にある最大のターゲットであり、国家への最大の脅威だったのはジミー・ホッファだった。だがそれまでのところ、ホッファはずっと網の目をくぐり抜けていた。

そうこうしているうちにダラスで暗殺事件が起き、ボビー・ケネディの動力源のプラグが抜かれた。ジミー・ホッファと彼の仲間が将来犯しかねないいかなる不法行為に対しても、ボビー・ケネディは兄であり親友でもあるジョンの政権下で就いていた、最高権力を有する司法長官という地位であたれなくなった。

とはいえ、ホッファが過去に犯した罪――すでに起訴されている罪――に関しては、司法長官に相当する権限を維持していた。

経緯はわからないが、ボビー・ケネディとリンドン・ジョンソンは意見の相違に折り合いをつけ、ホッファの裁判が終了するまで、ケネディが司法長官を務めることになった。ホッファ捕獲部隊も存続し、監督官である最高戦略責任者もそのまま指揮をとりつづけた。ジミー・ホッファの来たる陪審裁判はいずれも、一九六四年の前半に予定されていた。陪審員買収の裁判は一月二〇日にチャタヌーガで、サンヴァレーがらみの年金基金の裁判は四月二七日にシカゴではじまることになっていた。ホッファ捕獲部隊は、いずれの裁判でも正義が貫かれ、ホッファに実刑判決がくだるものと思っていた。

❞一月半ば、基本運送協定の最終的な調印のため、ジミーとともにシカゴにいた。おれはチームスターズのために働いていて、この日シカゴでも忙しく立ち働いた。あのころは地区が四つ、つまり代表団が四つあり、それぞれに統轄《とうかつ》責任者がいて、全員が顔をそろえた。労働運動を展開するにあたって歴史的なことだった。独創性にすぐれてもいた。支部の承認は必要だったが、基本事項はおおむねシカゴで決定された。各支部は引きつづき地元の問題に関して自治権を持ち、代表団は自分たちや会社の必要にあわせて、全国的な協定への補足事項を交渉することができた。自分たちにとってより有利な条件を求めての交渉は可能だったが、基本運送協定でうたわれていること以外は談判できなかった。残念ながら、その後も不正行為はあとを絶たなかった。ニューヨークは労働者に規定の賃金を払わないことで有名だった。全国的な協定にくわわってはいるが、その恩恵を被《こうむ》れるかどうかは、上に立つ者しだいだった。トニー・プロは組合員から謝恩パーティを開いてもらえたことは一度もなかった。多くの組合員は規定以下の給与しかもらっていないか働かないかで、プロは経営者から袖の下を受けとっていた。

ジミーは基本運送協定に署名した四日後、陪審員選任手続きのため、チャタヌーガの隠れ家に戻った。おれは裁判がはじまってからチャタヌーガに行き、ビル・イザベルやサム・ポートワインとともに傍聴席についた。弁護士資格を剝奪された弁護士に代わって、新たに地元の弁護士がくわわった。ビル・ブファリーノとフランク・ラガノは、弁護団に残っていた。ほかの被告にもそれぞれ弁護士がつけられた。年金基金を管理していたアレン・ドーフマンも、ジミーの陪審員買収に加担したとして被告人席にいた。チャッキー・オブライエンもジミーと並んで坐り、傍聴席に銃を持ったならず者がいないかと、あからさまに視線をめぐらせていた。

驚いたことに、チャタヌーガの裁判には傍聴人が殺到した。法廷はすし詰め状態だった。二日ほど傍聴したところで、もう法廷に行く必要はないとの指示があったので、チャタヌーガを離れ、職場に戻った。おれがテネシー州を発った時点で、政府は被告の何人かに関して証拠をにぎっていると誰もが思っていたが、ジミーを有罪とするに足る証人は得ていなかった。ジミーたちは、ボビー・ケネディにさらにパラシュートを送るとかなんとか話していた。パーティンのことはまだ知らなかった。政府はパーティンを最後までとっておいた。あいつは政府の隠し球だった。❝

裁判所は政府に、まえもって証人の身元を明らかにせよとの要請は出していなかった。エドワード・グレイディ・パーティンは人目につかないよう、テネシー州のルックアウト山の山小屋に留め置かれていた。

チャタヌーガの陪審員買収の裁判は、連邦検察官のジェイムズ・ニールが証人を呼んでは、ホッファの共犯者——ナッシュヴィルでの裁判時に不正行為をはたらいた者全員——に対する証拠を積み重ね、地道に進められた。ホッファは満面に笑みを浮かべ、自信をみなぎらせていた。

三カ月にわたった裁判の最終日、ホッファの勝利が確実視されたところで、政府は最後の証人を呼んだ。エドワード・グレイディ・パーティンがはいってくると、法廷は騒然とした。すぐさま、被告側の弁護団が異議を唱え、パーティンがおこなう証言を証拠から排除するよう申し立てた。政府は被告陣営にスパイを送りこんで、専門家から助言を得るというホッファの憲法上の権利を侵害したと非難をあびた。もしそれが事実と証明されれば、パーティンの証言は排除され、ジミー・ホッファはまたしても勝者として法廷から出ていくことになる。

検察側は、エドワード・グレイディ・パーティンは政府が送りこんだのではないと主張した。それどころか、彼はみずからの意志で裁判にのぞんでいると。検察官には情報を提供していない。提供した相手は弁護士資格を有していない、元FBI捜査官のウォルター・シェリダンだ。あくまでもシェリダンから、常時つづいている陪審員買収の証拠を探るよう言われていただけだ。収集した証拠をウォルター・シェリダンに提示し、シェリダンが検察官に伝え、検察官が判事に知らせたのだ。〈テスト・フリート〉裁判そのものや、同裁判でのホッファの弁護団の動向に関して、ナッシュヴィルで知りえたと思しきことについて、ウォルター・シェリダンと話をしたことはない。

弁護団の申し立てをめぐる審理は四時間におよんだ。判事は検察側の見解を認めて、エドワード・グレイディ・パーティンが陪審員のまえで証言することを許可し、陪審員団を法廷に呼びもどした。ジミー・ホッファは椅子に坐ったまま、パーティンをねめつけた。パーティンは動じなかった。パーティンは、ホッファが陪審員買収工作について準備段階でも実行中にも、自慢げに話していたと繰りかえし述べ、ホッファが実際におこなわれた買収工作に関与していることを示した。話が進むにつれ、ナッシュヴィルで糸を引いていた黒幕はジミー・ホッファだったことが浮き彫りになっていった。

つぎの休憩時、ホッファは裁判所の弁護団室にあった重たいデスクチェアをつかみ、放り投げた。

パーティンが政府側の証人として証言したあと、弁護団が質問をはじめた。反対尋問はほぼ五日つづき、パーティンは崩れるどころか、日に日に手強くなっていった。あるとき被告側弁護士が、パーティンは宣誓証言を暗記し、まえもって練習していたと非難すると、パーティンは答えた。「もし練習をしていたら、あんたはもっと多くのことを聞けただろう。私はもうあれこれ忘れている」

パーティンの証言がはじまってまもないある日の夜、バトン・ルージュにあるパーティン配下の交渉委員兼親友の自宅が、ショットガンで襲撃された。

パーティンの証言の合間の休憩時間、ジミー・ホッファはウォルター・シェリダンとすれちがうたびに罵詈雑言をあびせた。あるとき、ホッファはシェリダンに向かって、あんたは癌を患っていて（事実ではない）、「この裁判はいつまでつづくんだ？」とこぼしていたらしいな、と突拍子もないことを言った。またあるときは、「おまえの体のなかには、一オンスの肝っ玉もない」と言い放った。ホッファは公衆の面前で、自分の弁護士に毒づくようになった。被告側弁護団が怒鳴りつけられているのを聞いた新聞記者は、「おまえが徹夜になっても、おれの知ったことじゃない」といった発言を報じた。ホッファからこのような扱いを受け、少なくともひとりの弁護士が大声で、ときには判事のまえで怒りを爆発させ、法廷侮辱罪に問われた。ある休憩時間に、ホッファは検察官のジェイムズ・ニールに言った。「おまえが死ぬまでつきまとってやる、ニール。永久に政府にいられなくしてやる」パーティンの証言が終わると、ジミー・ホッファが証言台に立った。しかしこのとき、ホッファはすでに動揺していた。ナッシュヴィルでパーティンに向かって吐いた台詞をおさめたテープを、政府が持っているかどうかは不明だった。だが、まちがいなく入手していると思いこんでいた。ホッファはみずからの信念から、自分に対する訴えの多くを真っ向から否定できなかった。答えをにごし、きっぱりと否認するのではなく弁明に終始した。

自分の悪いことに、陪審員買収に関する検察側の主張はいずれも、買収された陪審員の証言に裏打ちされていた。どれだけ弁明を重ねようと、なんら役には立たなかった。エドワード・グレイディ・パーティンごときに、そんなことは言っていないと明言してさえいれば、陪審員は納得しただろう。しかし、ホッファは電子機器を介して収集された情報を恐れるあまり、そういった選択肢が念頭になかった。チャタヌーガの証言台での答弁では、ホッファ本来の押しの強さがすっかり鳴りをひそめていた。ホッファと弁護団が、爆弾のごとき証人の登場を予測していなかったのは明らかだ。

ほかの被告はさらに弱腰だった。

フランク・フィッツシモンズはホッファを擁護して、黒人の交渉委員ラリー・キャンベルをナッシュヴィルにやったのは、労組組織化運動のためだったと述べた。この証言に、キャンベルは陪審員買収目的で行ったのではないと示せるほどの説得力はなかった。ホッファが「黒人の男の陪審員を味方につけた。交渉委員のラリー・キャンベルが裁判に先だってナッシュヴィル入りし、手を打った」と言ったというパーティンの証言に、なんとか反論しようと思っての策だった。

別の被告側証人が入廷し、エドワード・グレイディ・パーティンは麻薬常用者だと訴えた。誰が聞いても説得力に欠け、検察側はその証言をくつがえすことで、さらに優位に立った。薬物依存症者の治療にあたっている薬物専門の医師二名にパーティンの検査を依頼し、医師たちは法廷で、パーティンには麻薬を使用している痕跡も、過去に使用した痕跡もなかったと証言した。

切羽詰まった弁護団は何を血迷ったか、政府は電子機器や非電子機器を利用して弁護団を監視していたと非難し、審理無効を申し立てた。その裏づけとして、電子機器による監視の専門家の宣誓供述書と、ＦＢＩの監視現場と思しき写真が提示された。ＦＢＩ捜査官の写っている写真が一枚あったが、たまたま車で通りかかっただけだった。ほかはすべて、有名な被告にカメラを向けているチャタヌーガ市民の写真だった。申し立ての審理の最中に、被告側弁護士のひとりジャック・シファーが、検察官のジェイムズ・ニールに食ってかかった。「ろくな証拠もないなら、あんなことは二度と言うな。いつでもどこでも相手になってやる。誰が最初に冷や汗をかくか見てやろうじゃないか」最終的に判事は、FBIが弁護団を監視していたとの憶測に基づく審理無効の申し立ては「考慮に値しない」と断じた。

するとと弁護団は、声高に法的視点を説く被告側弁護士ジャック・シファーの弁が陪審員に聞こえていたとか、何人かの陪審員がシファーの荒々しく好戦的なやり口を悪しざまに言っていたとか、言いがかりをつけて審理無効を求めた。その時間帯、陪審員たちは陪審員室に隔離され、法廷で繰りひろげられていた法をめぐる議論を傍聴することはできなかった。シファーの大声をもってしても、彼がまき散らした言葉が陪審員の耳に届いていたはずはなかった。弁護団は裏づけとして、シファーががなり立てている最中、弁護士のフランク・ラガノが席を離れて陪審員室のドアまで行き、陪審員たちの声に耳をかたむけ、シファーのふるう弁舌が聞こえているかどうか確認したと主張した。判事はラガノに向かって眉をひそめ、それは陪審員室の神聖さを穢す行為であり、審理無効の根拠をでっちあげるのではなく、裁判のあいだもずっと言っていたが、仲間の弁護士に声を抑えるよう言うべきであったと言った。

最終弁論で連邦検察官のジェイムズ・ニールは陪審団に、ナッシュヴィルで起きたことは「広く知られる司法制度への最大の攻撃のひとつ」だと訴えた。さらに検察側の重要証人の信憑性について、ニールは簡潔に述べた。「パーティンはまちがいなく真実を語っていると検察側が判断したのは、供述内容の裏をとり、彼が述べたことはすべて実際に起きていて、今後起きるはずだとしたことも実際に起きていたと確認できたからだ」

ジミー・ホッファの首席弁護士ジェイムズ・ハガティは、検察側の陳述をまったくもって「不当で不埒《ふらち》なでっちあげ」だと指摘した。ついで、ボビー・ケネディという札を切った。ボビーの名を出し、奴隷制度を喚起させる言葉を並べながら、司法省をあげて声高に差別撤廃を訴え、マーティン・ルーサー・キング・ジュニア牧師を支持したボビー・ケネディに対して、南部人が抱いている根深い嫌悪感をあおろうとした。そして法廷のうしろに坐り、裁判で証言をしなかった男ウォルター・シェリダンを、ジミー・ホッファを狙った「極悪な陰謀の立役者」であり、「ロバート・ケネディの下僕」だとののしった。

つぎの弁論でも、ロバート・ケネディと彼の「懐刀ウォルター・シェリダン」を攻撃した。

陪審員は惑わされることなく、真実を見抜いていた。太平洋戦争時の海兵隊員アレン・ドーフマンは、陪審員買収への関与がごくわずかだったとして無罪となった。ジミー・ホッファと、彼の指示にしたがった三名は有罪を宣告された。

ふたつの分離裁判で、ほかにホッファのもとで動いた者二名も有罪となった。

一九六四年三月一二日におこなわれた量刑手続きで、被告側弁護士のジャック・シファーは法廷侮辱罪で懲役六〇日を言いわたされた。弁護士フランク・ラガノは、陪審員室の外でドアに耳をあて、陪審員たちの会話を盗み聞きしようとしたとして懲戒処分となった。

ホッファの共同被告人三名には、それぞれ懲役三年の実刑判決がくだされた。分離裁判のうちいっぽうの量刑手続きで、陪審員買収の実行犯が懲役五年となった。もういっぽうの分離裁判では、ナッシュヴィルの弁護士トミー・オズボーンが、クライアントであるジミー・ホッファに加担し、一線を越えて買収に手を染めたとして懲役三年半に処せられた。すべてをくわだて、そこからの益をすべて自分のものにしたジミー・ホッファは懲役八年となった。

フランク・W・ウィルソン判事は刑の宣告に際して、つぎのように述べた。

ミスター・ホッファ、本裁判の判決により……［一連の陪審員買収事件に関して］ここに有罪を宣告する……被告人は、陪審員買収事件に関して、判事が知りえていることを伝えても［なお］、故意かつ不正に工作［をおこない］……このような状況下で、本件ほど意図的に法律を侵している事例はおよそ思いつかない。本法廷で判決を受けた被告のほとんどは……他者の財産権を侵害したか、他者の人権を侵害したかである。……ここに被告人は、まさにわが国の精神を冒瀆《ぼうとく》した罪で有罪に処する。

20
ホッファ喜劇団

❞パーティンは最低のくそ野郎だった。生かしておく必要はあった。宣誓供述書に署名できる状態にしておかなければならなかった。法廷でのジミーに不利な証言は、ボビー・ケネディ傘下のホッファ捕獲部隊が用意した台本に書かれていた台詞で、すべて嘘だったと言明させる必要があった。すべては誘拐容疑を突きつけられたからしたことで、ジミーがボビーを殺すとぶっそうなことを言い出したからではないとの言質《げんち》をとる必要があった。陪審員買収の裁判において、ジミーにとってそれが最大の勝機だった。パーティンは、時間を引きのばしているかぎり、誰からも命を狙われないとわかっていた。ジミーの弁護士に紙くず同然の宣誓供述書と、おまけに証言録取書までわたした。結局、話をでっちあげてジミー・ホッファを刑務所送りにしたと言わせることはできなかった。やつから得られたのは、「パーティン、おやおや、そいつは『チャタヌーガ・チュー・チュー』か？」とでも言うしかない代物だった。❝

パーティンを何年も生かしておこうとしたのは、ホッファが仮釈放委員会にのぞんだり、大統領恩赦を求めたりするときに必要だからでもあった。ホッファは自叙伝で、一九七一年三月二七日、パーティンは「二九ページにおよぶ証言録取書」を弁護士にわたしたと述べている。ホッファの記述を読んだだけでも、内容を理解できる者には、パーティンと政府がホッファに濡れ衣を着せたという「告白」でないことは明白だ。しかも内容がどうであれ、パーティンは証言録取書と引き換えに、ホッファ陣営が映画俳優であり「第二次世界大戦の最多受章兵士」であるオーディ・マーフィと共同でおこなっている有望な商取引に一枚かめるようになった。

マーフィは戦争の後遺症で悪夢にさいなまれ、辛い日々を送っていた。一九六八年に破産を申請し、一九七〇年には殺意ある暴行の容疑で起訴されたが、無罪判決がおりている。それでもパーティンのような南部人にとって、テキサス州出身の最多受章兵士は光り輝く星だった。ホッファは臆面もなく、オーディ・マーフィとパーティンが取引で利益を得るには、自分が内々に便宜をはかってやらなければならなかったと記している。証言録取書の一件があった直後には、こう綴っている。「［カリフォルニアの共和党員であり元映画俳優の］ジョージ・マーフィ上院議員はジョン・ミッチェル司法長官に［証言録取書を］直接わたし、オーディ・マーフィはニクソン大統領に届けた」

❞オーディ・マーフィには、ジミーと一緒のときも海外でも会ったことはない。戦地では同じ軍事作戦に従事していたが、師団がちがった。戦後、あいつはおれと同じで酒浸りだった。

ジミーと組んで事業を展開しているのは聞いていたが、どんな事業なのかは知らなかった。最後は小型飛行機の墜落事故で死亡した。ジミーは石炭事業を手がけていた時期があるが、オーディ・マーフィは関わっていなかったと思う。

いっぽう、フィラデルフィアでは一九六四年の春に、ヴォイスの反対派たちがチームスターズに対し、もしジミーの裁判費用にこれ以上金を投じるなら訴訟を起こすと脅しをかけた。すでに一〇〇万ドル以上の資金が、チャタヌーガの陪審員買収の裁判に費やされていた。そのうえ、シカゴのサンヴァレー関連の裁判が目前に迫っていた。全面的に分の悪いこちらの裁判に、多額の裁判費用や経費がかかるのは目に見えていた。ジミーはシカゴのシャーマン・ハウス・ホテルのワンフロアを借りきり、フルタイムのシェフを雇って全員の食事をつくらせた。シカゴでの裁判は数カ月におよぶと思われた。弁護士は八名擁した。いずれも無報酬というわけにはいかない。全員に報酬を支払わなければならなかった。

ジミーはチームスターズの執行委員会に、ヴォイスのことは心配無用だと伝えた。チームスターズの弁護士エドワード・ベネット・ウィリアムズに訊いたところ、裁判費用を必要経費として計上するのはまったくの合法だからと。ウィリアムズは、かつてジミーがマクレラン委員会の調査員を買収しようとしたワシントンでの裁判——ジョー・ルイスを法廷に呼び、勝訴後、ボビー・ケネディにパラシュートを送りつけた裁判——で、ジミーの弁護にあたった弁護士だ。報酬として、ウィリアムズはチームスターズでの仕事を得た。今回の裁判もうまく乗り切ってくれるとジミーは思っていた。チームスターズが確認すると、ウィリアムズはそのようなことはひと言も言っていない、ジミーが有罪となれば、組合が費用を負担するのは組合の規約上、違法であると述べた。

たしかにおれ自身、懲役刑を免れたときはいつも費用が払い戻されたが、敗訴したときは自分持ちだった。だがまあ、どこかに利を得たやつがいて、おれのところに金がまわってくるようになっていた。実際、かなりの額の金が内々で手にはいり、負けた裁判二件にかかった弁護士費用や経費はまかなえた。とはいえ、裁判に負ければ金に困るはめになる。

チャタヌーガでジミーに懲役八年の実刑判決がくだった約一カ月後、シカゴでの裁判がはじまった。公判中、シカゴに行ったおりには裁判所に立ち寄り、休憩時間になるのを廊下で待った。ジミーにうまくいくようにと声をかけ、法廷から大勢の人が出てくるのを眺めた。大半がチームスターズの者だったが、ギャングと思しき者はひとりも――組合員だったジョーイ・グリムコさえ――いなかった。バーニー・ベイカーと言葉をかわした。身長一九八センチ、体重一六〇キロ、大食漢な男だった。信じられないかもしれないが、ボクシングのミドル級の選手だった。たぶん、ワシントンでジョー・ルイスを法廷に呼んだことに、ひと役買っていただろう。ジミーはベイカーを気に入っていた。彼はネクタイを売っていて、いつも販売用のネクタイを何本も持ち歩いていた。肝も据わっていた。何度も力を貸してもらった。頼りになる用心棒だった。ウォーレン委員会に調べられたことがある。ダラスで暗殺事件が起きる数日まえに、ジャック・ルビーと何度か電話をかわしていたのを知られたんだ。

ビル・ブファリーノは傍聴人として法廷に坐り、フランク・ラガノはほかの被告ひとりの弁護にあたっていた。ジミーは弁護士の話をほとんど聞かなかった。自分の要求を伝えるだけだった。ジミーは記憶力にすぐれていた。二週間まえに証人が何を言ったか、弁護士がメモを見ながら話すよりも正確に列挙できた。弁護士から聞きたくないことを言われたときは、こう言った。「まあ、うまくやってくれ」だが、廊下で見たジミーは、少しは耳を貸すようになっているようだった。

ジミーから、組合のオフィスで落ち合おうと言われた。シカゴのオフィスに行くと、われらが東部の友人へ、パーティンの身に何かあっては困ると伝えろと指示された。シカゴでは腕ききの弁護士がついているし、チャタヌーガでの宣誓供述書の件は、いまもパーティンにはたらきかけているとのことだった。

くわえて、ローランド・リボンティというシカゴの下院議員を味方につけていた。会ったことはないが、話に聞いたことはあった。サム・ジアンカーナと手を組んでいた男だ。のちに新聞が、リボンティの議員給与名簿にジアンカーナの義理の息子アントニー・ティシの名前があるとすっぱ抜いた。ジミーたちはリボンティを動かし、議会でボビー・ケネディの調査をおこなう決定をくださせた。焦点は、ボビーが不法な盗聴や監視をおこなったり、ナッシュヴィルのアンドリュー・ジャクソン・ホテルの部屋にパーティンを潜りこませたりして、ジミーの憲法上の権利を侵害したことだ。ジミーは「ブービー」と形勢を逆転させ、議会の聴聞会で、やつが憲法修正第五条を持ち出すのを期待していた。ジミーの話では、ボビー・ケネディとマリリン・モンローがセックスしているときの録音テープがあるとのことだった。

ジョニー・ロッセーリとジアンカーナが、マリリン・モンローの自宅に盗聴器をしかけたらしい。テープを聞かせてもらったことはないが、ほんとうにあるとすれば、議会の聴聞会で流してやるとジミーはたくらんでいたようだ。

シカゴを離れて、にぎやかで楽しいフィラデルフィアに戻ると、仲間のあいだにパーティンの噂を広めた。一〇七支部では、反対派やAFL‐CIOの一団との抗争がつづいていた。デラウェア通りに酒場があって、おれたちはそこに着替えのシャツを預けていた。警察の連中が緑のシャツの男を捜していれば、こっちは青いシャツを着て酒場で坐っている。警察官には酒場の勘定書を見せる。そうすれば、朝から酒場にいたように思わせられる。もっとも、一時間で一日ぶんの酒を飲めたがな。〝

ホッファがチャタヌーガで懲役八年を宣告された七週間後の一九六四年四月二七日、ホッファほか計八人の被告に対する裁判がシカゴで開始された。チャタヌーガのときと同様、陪審員候補者の顔ぶれは被告側にも検察側にも、選任手続き当日の朝まで伏せられていた。陪審員の選任はとどこおりなく終了し、年金基金詐欺を問う裁判がはじまった。苛酷にも、宣誓証言や陪審員の検討資料となる一万五〇〇〇点以上の証拠資料の提示だけで一三週間を要した。どの観点から考えても、これは連邦裁判所があつかう事件だった。

年金基金詐欺は主に、フロリダの土地開発事業にからんでいた。この事業は宅地を造成し、チームスターズの者たちに引退後の住まいや別荘のための土地の購入を促して投資させることを目的としていた。のちに開発地は、サンヴァレー・ヴィレッジとして知られることになる。土地はジミー・ホッファをはじめチームスターズの組合員が購入したが、開発業者の手がはいることはいっさいなかった。開発業者は死亡していた。サンヴァレー・ヴィレッジ土地開発事業は破綻し、手つかずの土地は価値を失った。

しかも悪いことに、ホッファはサンヴァレーが一九五八年に破綻する以前に、道路建設や公共設備の敷設《ふせつ》を請けおうサンヴァレーの開発業者のために、ローンの担保として四〇万ドルをフロリダの銀行の無利息口座へ預け入れていた。担保金の四〇万ドルは、自身が所属するデトロイトの支部の年金基金から借りた金だった。サンヴァレーが破産を申請したとき、銀行は四〇万ドルを返却しなかった。その金を取りもどすには、開発業者が死亡時に銀行から借りていた総計五〇万ドルを返済しなければならなかった。

検察当局によると、ホッファは入り用の五〇万ドルを用意するために、一九五八年から六〇年にかけて、年金基金から多額の金を借り入れていた。ホッファと七人の被告人は、借金をしては片っ端から投機的事業に投資したり、仲介業者への斡旋《あっせん》料にあてたり、ホッファにいくらか融通してフロリダの銀行のローンの返済にあてさせたりした。一九六〇年までに目標は達成された。ホッファはローンを完済しただけでなく、二九九支部の年金基金に四〇万ドルを返す際に利息四万二〇〇〇ドルも支払った。

これらはすべて詐欺行為であるという根拠として、検察はホッファがチームスターズの仲間にサンヴァレー・ヴィレッジの土地への投資を勧めておきながら自己の利益を追求していたことや、二九九支部の年金基金の金を担保に入れておきながら自己の利益を追求していたこと、セントラル・ステイツ年金基金を巧みに利用して二九九支部への返済金を調達しておきながら自己の利益を追求していたことを挙げた。そして、ホッファが自己の利益を追求した動機は、彼の署名がはいった文書に記載されていると述べた。さらに、ジミー・ホッファは開発業者と内密な信託契約をかわし、開発計画が完遂された際に、業者の総益の二二パーセントを得られるようにしていたと主張を重ねた。

ジミー・ホッファの答弁は簡潔だった。署名は自分のものではないと否認するつもりだった。開発業者は亡くなっており、信託契約書にはいっている署名はホッファのものだと証言することはできなかった。ホッファのパートナー、オーウェン・バート・ブレナンもすでに他界し、同じく署名はホッファのだと証言できなかった。ブレナンがホッファの名前を記し、加算される二二パーセントの利益を自分の懐に入れようとたくらんだのかもしれない。あるいは開発業者がホッファの名前を使い、ホッファが年金基金から援助を受けて開発計画を支援していると印象づけて、ほかの投資家たちの信用を得ようとしたのか。

検察側は、ホッファが銀行に返済するために一九五八年から六〇年にかけてかき集めた金には、マイアミでエヴァーグレイズ・ホテルを建設するために組んだローン三三〇万ドルに対する、三三万ドルの手数料にあてる金もふくまれていたと指摘した。別途、六五万ドルがブラック建設会社に流れていた。ブラックという建設会社は実在しない。セシル・ブラックは週給一二五ドルの労働者で、そんな金はかけらも見ていなかった。

シカゴの裁判で、ジミー・ホッファがいつにも増して苛立ちを見せたのは、一九五八年から六〇年におこなわれたとされる資金調達はすべて、自己防衛策の範疇《はんちゅう》だと思っていたからだ。デトロイトの支部への返済金の調達はいずれも、マクレラン委員会の聴聞会でのボビー・ケネディの度重なる追及や、無利息口座に預けた担保金四〇万ドルに対してボビーが疑惑の光を投げかけたことに端を発していた。

ジミー・ホッファに対する最重要証人としてFBIの筆跡鑑定人が登場し、信託契約書にある「J・R・ホッファ」という署名はジミー・ホッファ直筆の見本と一致すると証言した。

検察が弁論を終え、ジミー・ホッファが証言台に立った。予想どおり、ホッファは契約書にある署名は自分のものではないと主張した。ついで、こちらは予想外だったが、さらに一歩踏みこみ、生まれてこのかた法的文書に「J・R・ホッファ」と署名したことは一度もないと述べ、法的文書には常に「ジェイムズ・R・ホッファ」と署名すると断言した。

この裁判では意表をつく証人はおらず、検察は山積みになった文書をかきまわして、不意討ちをあたえられる文書を探した。反対尋問でジミー・ホッファは、マイアミビーチでブレア・ハウスの最上階の部屋《ペントハウス》を個人的に借りたことがあるかどうか尋ねられた。ペントハウスの賃借は正当な経費として認められると確信していたホッファは、あると答えた。契約書には自分で署名をしたかと問われると、そうだと応じた。すると検察官は、署名がほんものであることをたしかめてもらいたいと、契約書をホッファにわたした。ホッファが永遠におさまりそうにないほど動揺をおぼえたことに、彼は「J・R・ホッファ」と署名していた。

シカゴの裁判の全容は、ウォルター・シェリダンが的確に語っている。「ホッファは、チームスターズのものである基金を自分のために流用している状況を解消しようと、組合員の年金用に蓄えていた基金を使っていた」組合の仲間の金から総計四〇万ドルを無断借用し、法的な問題が持ちあがらないうちに返済するために、さらに仲間の金を五〇万ドル、密かに使いこんだ。

一九六四年七月二六日、陪審員は短時間で、ジミー・ホッファと部下七名は年金基金詐欺の罪で有罪であるとの判決をくだした。八月一七日、ホッファはチャタヌーガで宣告された懲役八年にくわえ、懲役五年の刑に処せられた。

連邦刑務所で計一三年の実刑判決が出された一週間後の八月二五日、ボビー・ケネディが司法長官を辞職して、ニューヨーク州から上院議員に立候補するというニュースが流れた。ウォルター・シェリダンもボビーの選挙運動を手伝うために司法省を辞めた。

❞ジミーの勝訴が当たり前になっていたので、立てつづけにボビーに負ける姿は想像しがたかった。もっとも、彼は敗北を甘んじて受けるような男ではない。

とはいえ、テネシー州でおこなわれた最初の裁判と同じく、軽微な罰が最終的に重い懲役刑となった。彼は何度逮捕されても、現金を持って陪審員のもとに通いつづけた。言ってみれば、カンガルーに後頭部を繰りかえし殴られても、まったく気づかず前に出つづけるようなものだ。

仲間のなかには、よく知りもしないエド・パーティンに大声で洩らすジミーの判断に首をかしげる者もいた。おれたちの世界で信用を得たいならば、口は閉じていることだ。誰も周囲からの尊敬の念を失いたくはないだろう。

のちにハロルド・ギボンズから聞いた話だが、シカゴの一件のあと、ジミーは署名をするときに細心の注意を払って、必ず「ジェイムズ・R・ホッファ」と書くようになったらしい。"

ボビー・ケネディが上院議員への立候補を発表したのは、ホッファとチームスターズを標的にしだして三年半後のことである。彼は躍起になって二〇一人のチームスターズ幹部を起訴し、うち一二六人を有罪に追いこんだ。

ボビーのせいで、全国各地のギャングは世間の厳しい目に晒されだし、一般のレストランに集結するたびに、警察に踏みこまれるようになった。一九六六年九月二二日、ニューヨーク市クイーンズのフォレスト・ヒルズにあるレストラン〈ラ・ステラ〉に集い、昼食をとっていた各地のギャングが警察に逮捕された。連行されて執拗な尋問を受けた末、無罪放免となったギャングのなかには、カルロス・マルセロやサント・トラフィカンテ、ジョー・コロンボ、カルロ・ガンビーノがいた。一カ月後、警察に挑むかのように、同じ顔ぶれが〈ラ・ステラ〉に再結集した。ただしこのときは、弁護士のフランク・ラガノを同席させた。

ボビー・ケネディの組織犯罪撲滅運動や、とりわけ彼自身が発案した手法——情報を集め、ターゲットを絞り、情報提供者と取引をし、高性能の電子機器を用いて監視し、さまざまな、ときにはライヴァル関係にある政府機関に情報を保管させる——は、今日にいたる連邦政府の組織犯罪対策の礎を築いた。現在、組織犯罪の存在や、連邦政府およびFBIの犯罪撲滅をめざした活動を疑問視する人はいない。組織犯罪は地元警察が対処する事件だと考える人がいなくなったのも、ボビー・ケネディがいたからこそだ。頭を刎ねても、犬は決して死なない。ボビーが犯罪組織の大物やチームスターズのギャングにあたえたダメージが消えることは決してない。

❞ジミー・ホッファは金に無頓着だった。湯水のごとく使った。だが、権力欲は強かった。服役中であろうがなかろうが、権力は手放さなかった。まずは刑務所送りを免れるために、打てる手はすべて打とうとした。懲役刑に服しても刑務所から指示を出しつつ、出所できるようあらゆる手段をめぐらせた。出所したら全権を取りもどそうとした。そして、おれはその手助けをした。❝

一九六五年、チャタヌーガの裁判で被告側は、陪審員が売春婦と寝たことを理由に裁判のやり直しを申請し、売春婦は連邦保安官が陪審員をそそのかして検察側につかせようと手配した女たちだと訴えた。申請書にはチャタヌーガの売春婦四人の供述書が添えられていた。マリー・マンデーという通り名の売春婦は、チャタヌーガの判事がどんな手を使ってでも

「ホッファを捕獲」してやると言ったと主張した。このちょっとした法律がらみの「即興劇」に、チャタヌーガの神聖な法の殿堂には笑い声しか起きなかったのは言うまでもない。判事は申し立てを一笑にふした。検察当局は売春婦のひとりを裁判にかけ、偽証罪で有罪とした。マリー・マンデーは即座に供述を撤回した。

一九六六年七月、マイアミビーチで開催されたチームスターズの総会で、ジミー・ホッファは全米トラック運転手組合の規約を改正し、新たな役職——副会長職——を設けた。会長が服役した場合、組合の運営に必要な権限はすべて副会長にゆだねられる。ホッファは初代副会長に、彼の操り人形と言われていたフランク・フィッツシモンズを指名した。そして自分の年収を七万五〇〇〇ドルから、合衆国大統領と同額の一〇万ドルにあげた。規定により、会長であるホッファだけは服役中も給与はとどこおりなく支払われる。

獄中にいても給与が支払われる理由について、服役は健康維持のために休暇をとって旅行をするようなもので、給与は深海釣りの旅に要した経費に相当するとうそぶいた。さらに代表団に迫り、それまでの裁判費用と経費も、勝敗に関係なく全額補填《ほてん》されるよう手を打った。経費は総会のあった時点で、合計一二七万七六八〇ドルに達していた。以降の裁判でも、結果がどうであれ、費用は組合が負担するという承認もとりつけた。

いっぽう、チャタヌーガでの申し立ては最高裁判所に提出された。最高裁判所は、申し立ては専門家から助言を得るというホッファの憲法上の権利や、その権利がアンドリュー・ジャクソン・ホテルにパーティンがいたことで侵害されたか否かといった、それまでに論じられたことのない争点を提起しているとして、申請を受けつけた。これは「刑法の改革」が推進されていた時期――以前は影も形もなかった犯罪者の権利が確立されつつあった一九六一年から七一年の一〇年間――のことだ。申し立ては、ホッファ陣営が新たに雇った上訴専門のベテラン弁護士ジョゼフ・A・ファネリによって、手抜かりなくなされた。最高裁判所で口頭弁論がおこなわれたあと、ウォルター・シェリダンは、検察当局は「判事がどのような裁定をくだすか、皆目見当がつかなかった」と述べている。

かたやホッファ喜劇団は確実を期して、自由主義者である最高裁の判事ウィリアム・ブレナンに圧力をかける策を講じることにした。ウォルター・シェリダンは、この上訴をめぐる突拍子もない「即興劇」について、こう記している。「チームスターズの幹部は、最高裁の判事ウィリアム・ブレナンの弟に接触した。ビール工場を所有している弟は、もし兄がホッファの裁判で正しい判決をくださなければ、ビール工場は閉鎖に追いやられ、二度と再開できなくなると脅された」

この強引な策略をよそに、最高裁判所は申し立てに対し、ジミー・ホッファに不利な判決をくだした。ブレナン判事は、ポッター・スチュアート判事が示した多数派の意見にくみした。アール・ウォーレン最高裁長官は少数派の意見を述べ、ホッファの有罪判決破棄を提案した。ウォーレンは検察がパーティンを秘密裏に利用したことを、「連邦法執行機関の質と公平さに対する冒瀆」だと断じた。

ポッター・スチュアート判事は見解を示した九日後、学生時代の親友からジミー・ホッファを擁護する手紙を受けとった。差出人は、ニューハンプシャーの有力な新聞社《マンチェスター・ユニオン・リーダー》の所有者兼発行者であるウィリアム・ローブだった。ローブは友人であるスチュアート判事に、ある政府高官の証言によると、ボビー・ケネディはホッファを捕獲したいと願うあまり、違法な盗聴器を使用していたと伝えた。だが、自分がチームスターズの年金基金から多額の借り入れを確約され、実際に受領しているという重要な事実は伏せた。もしホッファの弁護団がローブにこの手紙を書かせたことが証明されていれば、倫理を問う訴訟を起こされていただろうが、この一件は追及されなかった。

弁護団はスチュアート判事の判断の再審理を申請した。そのような申請は珍しくないが、影響力のある人物からの不正な手紙があったとしても、認められることはめったにない。

再審理の要請は宙に浮いていたが、ホッファ陣営は最高裁判所に、法律には明記されてないこと——彼ら曰く、「検察当局による盗聴器設置、電子機器による盗聴、ほか不法侵入に対する救済申請」——を申し立てた。申し立てには、ベンジャミン・〝バッド〟・ニコルズというフリーランスの盗聴請負業者であり電子盗聴装置の専門家の供述書が添えられていた。供述書のなかで、ニコルズは陪審員買収の裁判がはじまる直前、チャタヌーガでウォルター・シェリダンと会ったと述べていた。シェリダンに金で雇われ、各陪審員の部屋の電話を盗聴するよう指示されたので、盗聴器をしかけたという。この前例のない申し立てにはいささか問題があった。チャタヌーガであれどこであれ、アメリカでは陪審員の部屋に電話はない。

嘲笑は、ジミー・ホッファがペンシルヴェニアのルイスバーグ連邦刑務所に収監された一九六七年三月七日、午後三時三〇分までつづいた。陪審員買収の罪で有罪判決がおりてから、三年と三日が経っていた。三月一七日発行の《ライフ》誌には、「囚人33298－NE、ジェイムズ・リドル・ホッファ——長くて寒い通路を闊歩《かっぽ》する男」と題した写真つきの論説が掲載された。そこにはヴァレンタインデーのハートマークの真ん中にジミー・ホッファがいて、マークのまわりに「いつもあなたのことを思っている」と書かれた写真もあった。何年ものあいだ、ヴァレンタインデーは司法省のウォルター・シェリダンのオフィスのドアにまとわりついていた。ヴァレンタインデー、二月一四日、アル・カポネが君臨するシカゴで聖ヴァレンタインデーの虐殺があった日、ジミー・ホッファの誕生日。論説は疑問を呈していた。「これは巨大労働組合でのホッファ支配の終焉《しゅうえん》を告げているのか——それとも、小休止にすぎないのか。現時点で、ホッファが復活しないほうに賭ける組合員はさほど多くはない」

21　あいつがしたのは一方的に電話を切ることだけだった

《ライフ》誌が問うように、一九六七年三月七日のホッファの収監は「巨大労働組合でのホッファ支配の終焉を告げているのか――それとも、小休止にすぎないのか？」フィッツシモンズへの指揮権の譲渡は表向きでしかないのか、それとも実質的な変化の風が吹くのか？一九六七年、フィラデルフィアにおける組合の闘争と暴力行為の最前線にいたフランク・シーランにすれば、チームスターズの指導者であり「ホッファの腹心」とされる者のなかで、新風の冷たさをまっ先にあびたのは自分だと感じていただろう。

❞ジミーが刑務所にはいるまえの晩、ウィルミントンからワシントンまで車を飛ばして、ジミーに会いにいった。彼は二万五〇〇〇ドルを差し出し、一九六四年に一〇七支部の組合会館でジョン・ゴーリーと恋人のリタを撃った罪で起訴されている、ジョニー・サリヴァンと被告二名の弁護士にわたしてくれと言った。ゴーリーはヴォイスのメンバーで、FBIは彼が反対派だから殺害されたと主張していた。恋人はただ悪い男と悪い時に悪い場所にいた、それだけだ――一般市民の犠牲者だ。

ゴーリーがヴォイスの一員だったのはたしかだが、それを言えば、ゴーリーよりも殺しの標的になる大物は何人もいた。まず始末するとすれば、ゴーリーではなくチャーリー・マイヤーズだろう。マイヤーズはヴォイスのボスだ。ゴーリーは下っ端だ。それに、どんな違法行為を暴露するというんだ？　暴露できるものは何ひとつなかった。違法行為のことは、誰だって知っていた。

ゴーリーはギャンブラーだった。よくあることだが、ギャンブルで借金をつくれば、貸し手は過激な行動には出ず、まずそいつと話し合いをする。もっとも、すべては状況しだいだが。男が楯突いて、不遜な態度をとることもある。話し合う余地もないほど多額の金を借りていることも。それに話し合いを重ねた末、貸し手が我慢の限界に達することも。景気が悪いとか何かあるときだったら、金を借りはじめたほかの客にメッセージを送る必要が生じるかもしれない。おおかたの場合、ただ殴って終わりだ。そいつらがよからぬことをしだして、目障りにならなければな。

だが、ゴーリーの一件は不要な問題を生んでいた。ゴーリーは誰かをひどく煩わせることはなかった。ちょっと小突いてやるくらいでよかったんだ。あそこまでする必要はなかった。恋人まで殺す必要も。近ごろはましになったことがひとつある。もし借金を返さなかったら、そいつには賭けをさせない。そして、その話を広める。そいつは払うまで、どこに行ってもギャンブルができないというわけだ。

ジミーが裏で糸を引いていた、と思うやつもいるだろう。断じて言うが、ジミー・ホッフアは人にあんなこと——組合会館のなかで男とその恋人を殺すこと——はさせない。どうして、おれに銃撃犯の弁護士への金を託したのか？　おれにわかるのは、ジミーが言ったことだけだ。「約束したんだ」それで充分だった。どうしてジミーが弁護士への二万五〇〇〇ドルをおれに預けたのかは、どうだっていい。ジミーにとって、誰かに便宜をはかってやりたいとなれば、あれくらい大した額の金じゃない。およそ寄付を頼まれていたから寄付をした、くらいの話だろう。事件が起きてから、ジミーに寄付を求めてくる者はこぞって、どのみちゴーリーはヴォイスのトラブルメイカーだったと口にした。どうだったのか、おれにはわからないが、ジミーの指示で殺されたのではない。ゴーリーは人目を惹くこともないアイルランド系の男だった。ジミー・ホッファはゴーリーが誰かすら知らなかったはずだ。

ダウンタウンの連中は、おれがワシントンのチームスターズ本部に行って、サリヴァンたちの弁護団への寄付金をもらってくるのを知っていた。フィラデルフィアに戻ってくると、ビッグ・ボビー・マリーノから金をわたせと言われた。自分が代わって弁護士たちに届けるからと。だから、おれが指でできていると思っているのか、と言ってやった。一三年後、おれはビッグ・ボビーの殺害を命じた容疑で起訴されたが、陪審員の評決は無罪だった。

つぎに、弁護士に金を届けるのを「手伝ってやる」と言ってきたのは、ハリー・〝ザ・ハンチバック〟・リコベーネだった。おれは言った。「お断わりだ。この金を手にできるのは弁護士たちだけだ」ハリー・ザ・ハンチバックやビッグ・ボビーのような連中は、裁判にかけられる者のことなど気にかけちゃいない。自分のために金が欲しいだけだ。ダウンタウンの一部の人間のあいだで、裏切りは日常茶飯事だった。

一九六七年、ジミーが刑務所にはいって間もなく、おれがディジョルジュ殺害の容疑で逮捕されると、ビッグ・ボビー・マリーノはワシントンまで出向き、フランク・フィッツシモンズに保釈金を頼んだ。フィッツシモンズは拒否した。マリーノがワシントンに行ってフィッツシモンズに会ったのは、おれを思ってのことじゃない。マリーノと組んで仕事をしたことはない。社交上のつき合いもなかった。あいつがワシントンへ行ったのは、自分のためだ。人の不幸に乗じて、金をせしめようとしたんだ。そういうやつだ。フィラデルフィア拘置所に入れられて四カ月、ようやく判事が保釈手続きをとった。おれは釈放されると、ビッグ・ボビーを追いかけまわした。やつは背丈が二メートル近くあり、体重はゆうに一五〇キロはあった。が、おれといざこざを起こす気はなかった。

釈放後、フィッツに経費を請求したが断わられた。ジミーならすぐに助けてくれただろう。ラッセルに電話をすると、ラッセルは電話を一本かけて、フィッツが経費を出すよう手をまわしてくれた。おれはワシントンで、フィッツから三万五〇〇〇ドル受けとった。金はマーケット・インに置かれた。そこがドライスポットだった。

ドライスポットとは、金が隠されている場所のことだ。しばらく身を隠したいときに使う、誰も知らない隠れ家のようなものだ。ただし、ドライスポットに隠すのは金だ。隠れ家は一般の通りに建つごく普通の家で、そこを知る者はいない。ドライスポットは、金が回収されるまでの一時的な場所のこともある。マーケット・インはそういった場所だった。そこはドライスポットであり、ドロップスポットでもあった。支配人にわたし、回収人が行くまで預けておく。支配人は、包みの中身が何なのか知る必要はない。これで安全に相手にわたる。たしか、マーケット・インはまだワシントンのE通りにあるはずだが、いまでもドライスポットとして使われているのかどうかは知らない。

上院議員や下院議員などが、預けられた小包を引き取りに行くことも少なからずあった。大きなものはやり取りされない。五〇万ドルとかそういった額ではなく、多くても五万ドルだ。あの時代、マーケット・インは豪華な場所だった。三万五〇〇〇ドルのためにそこまで行き、五万ドルつくるための一万五〇〇〇ドルを取りにニューヨークまで行かなければならなかった。弁護士ジャック・シファーのオフィスで一万五〇〇〇ドルはいった包みを受けとった。

ディジョルジュの一件は悪くても故殺だったが、のちに上院議員になったアーレン・スペクターが当時はフィラデルフィアの地方検察官で、名をあげようとしていた。ウォーレン委員会では弁護士として名をつらね、魔法の銃弾説を唱えて、ダラスでケネディ大統領とコナリー知事が負った銃創すべてに説明をつけたことで、ちょっとばかりスポットライトをあびた。

ディジョルジュ事件が起きたとき、おれはデラウェアで支部長をしていた。ジミーが、服役する一年ほどまえに、一〇七支部を三つの支部に分けたのだ。暴力行為が減ると思ってのことだ。おれは許可をあたえられて、デラウェアのウィルミントンに新たな支部――三二六支部――を設けた。三二六支部の支部長のように振る舞っていたが、のちに選挙がおこなわれ、一般組合員からも支持された。ジミーに最初に言いつけられたのは、フィラデルフィアに行って、一〇七支部長のマイク・ヘッションが怖がって解雇できない、規律を乱すオルグ五人を馘《くび》にすることだった。おれは州間高速道路九五号線を走り、マクグリールの部下で、ゴーリー事件で上訴しているジョニー・サリヴァンに馘を言いわたした。ついで解雇したのは、天井に銃で穴をあけ、ヘッションを脅して職を得たスティーヴィー・ブラスだ。もうひとり首を切ったが、名前は憶えていない。当時はそれこそいろんなことが起きたから、すべてを思い出すのは難しいが、ジミーの指示でフィラデルフィアへ行き、何をしたのかははっきりと憶えている。ビッグ・ボビー・マリーノとベニー・ベダキオも解雇した。彼らには仲間がいた。連中におれはあまり好かれていなかったが、天井に銃弾をぶちこもうとするやつはいなかった。

フィラデルフィアで五人全員の首を切ったあと、しばらくそこに残って、反発が起きないか目を光らせていた。それから、南へ五〇キロほど離れたデラウェアに戻った。新たな職務のことを勉強した。おれを信頼して支部設置をまかせてくれたジミーに応えたかった。二週間、デラウェア州ニューアークにあるクライスラーの自動車工場〈アンカー・モーターズ〉で、自動車輸送車の運転をした。自動車輸送車は貨物輸送車と勝手がちがう。それまで貨物輸送車しか運転したことがなく、自動車輸送車のことが何もわかっていないと文句を言われたくなかったのだ。苦情が出たときにどう対処すればいいか知っておくために、トレーラーへの自動車の載せ方を学んだ。

三二六支部では毎朝、わが車庫（トラック運送会社）をすべて見てまわった。外に出ずっぱりだった。じっと坐っていることはなかった。人と接するのは好きだった。相手と話をし、物事の進捗《しんちょく》ぐあいを確認した。相手には、自分は尊重されていると思わせる。尊敬の念は金で買えるものではない。勝ちとるものだ。各会社が年金基金に加入し、それぞれの目標に応じて運営されているか目を配った。もし会社が基金に加入しておらず、こちらがそれを見落としていれば、訴訟を起こされる恐れがある。

だからといって、自分の利になることができないわけではない。どこかの会社に労働組合を設立させれば、最長一年、年金基金への拠出金の支払いを免除することができる。そうすれば、会社は支払いの段取りをつけられる。顧客への料金をあげるか何かすれば、免除期間のあいだに、基金の拠出金という余分な経費を準備できるというわけだ。仮に会社が従業員ひとりにつき、一時間一ドル拠出しなければならないとする。週四〇時間で四〇ドルになる。従業員が一〇〇人いれば、一週間で四〇〇〇ドルだ。支払いが半年免除になれば、一〇万ドルあまり節約できる。もっとも、実際は一時間一ドル以上だが。向こうが金をテーブルの上に置き、こっちとテーブルの下で折半する――誰もがそういうことをしていた。それで損害をこうむる者はいない。チームスターズの年金は、たとえ会社が拠出金の支払いをおこたっても、組合が設立された日までさかのぼって計算される。拠出が免除されたか否かに関係なく、適切な額の年金が支給される。

フィラデルフィアで解雇騒ぎがあったあと、緊迫感が日に日に増した。ジョーイ・マクグリールと用心棒軍団は、一〇七支部を完全に乗っ取って組合の仕事を牛耳ろうと目論んだ。そうすればトラック運送会社から金を巻きあげて、私腹をこやせるからだ。一九六七年九月のある夜、連中はスプリング・ガーデン通りにある一〇七支部のまえで、大規模な集会を開いた。三〇〇〇人はいたと思うが、ほかの派閥の者たちも押し寄せ、入り乱れていた。組合の建物のまえを大声でわめきながら行き来し、そこかしこで殴り合いを繰りひろげていた。ジョーイ・マクグリールはダウンタウンの用心棒――アンジェロ・ブルーノ配下のイタリア人ではない――を集めた。ロバート・〝ロニー〟・ディジョルジュとチャールズ・アモロソは、マクグリールのところの用心棒だ。ふたりは建物を占拠しようとした。オルグや交渉委員、支部役員を脅して辞任を迫る魂胆だった。その夜、騎馬警官は大忙しだった。

おれは現場にいなかった。自宅にいるとフィッツから電話があり、翌朝一〇七支部へ行くよう言われた。あのような集会の翌日は状況が悪化するからと。騒動を起こしてやろうと戻ってくるんだ。フィッツはおれに言った。「事態を収拾しろ」ジミーが同じ台詞を言ったと考えれば、それがどういう意味かはわかる。おれはアンジェロ・ブルーノに電話をかけて、イタリア人の用心棒を数名借りた。ジョセフ・〝チッキー〟・チャンカリーニとロッコ・トゥーラとほか何名かを。頼りになる用心棒を得た。建物内にいる部下に窓から表を見張らせ、通りにも部下を配した。おれは組合の建物を背にして立った。ふたつのグループがスプリング・ガーデン通りの両端から――いっぽうからはマクグリール陣営が、もういっぽうからは組合に忠実なメンバーが――たがいに距離を詰めつつあった。

突然、撃ち合いがはじまった。まずおれの背後で発砲音がし、弾丸がシューと音を立てて頭の脇を飛びぬけた。おれが狙撃の合図を出したと言われている。おれがディジョルジュを指さし、こっちの者が彼を撃ったと。いたるところで銃声がして、誰が誰に向けて撃っているのかも、誰が最初に発砲したのかもわからなかった。前夜は騎馬警官がいたが、朝はまだ現われていなかった。その日の朝は、銃撃戦が繰りひろげられた。チッキーが腹に二発食らった。おれはチッキーをつかみ、引きずって車にのせると、医者を営む母方のおじのところへ向かった。ジョン・ハンセン医師は、致命傷を負っているから、すぐ病院へ連れていけと言った。おれはチッキーを、おじの医院の通り向かいにある聖アグネス病院に運んだ。彼を地面に寝かせると、ごみ容器をガタガタ鳴らして人が出てくるのを待った。

車をデラウェアのニューポートまで走らせた。フィッツに電話をかけて、言った。「一名死亡。二名負傷」フィッツはうろたえ、電話を切った。そこで初めて、フィッツのもとではさまざまなことが大きくちがってきていると気づいた。しかしこのときは、フィッツの指示で動いたこの一件で逮捕されたとしても、彼がおれからの経費の請求を拒否できるとは知らなかった。最終的にはラッセルのところに行って、便宜をはかってもらうべきだという考えも念頭になかった。「一名死亡。二名負傷」そこで、フィッツは電話を切った。

地方検察局はおれの逮捕状を出した。チッキーとジョニー・ウエストという名の黒人、ブラック・パットという白人が逮捕された。おれはしばらくデラウェアにいたが、飛行機代は払いたくなかった。そこで、ウィルミントン警察の重鎮だったビル・エリオットに、車でフィラデルフィアまで送ってもらった。年寄り向けのワンピースと婦人用の帽子を身につけて、《フィラデルフィア・ブルティン》紙の記者、フィル・ガリオソのもとを訪れ、彼に付き添われて警察本部長フランク・リッツォのところに出頭した（想像すると笑えるだろうが、一九七四年、当時市長だったリッツォはフランク・シーラン感謝の夕べに出席している）。

チッキーは一命をとりとめた。鉄のごとき肉体の持ち主だ。検察当局は黒人のジョニー・ウエストに、仲間三人を裏切らせようとした。おれが彼を売ったと吹きこんだんだ。ウエストは言った。「彼以外のやつなら、その言葉を信じよう。だが、彼がというなら、おれは何もしゃべらない」検察はそれから六週間で、逮捕者のうち三人を裁判にかけ、陪審員は三人とも無罪とした。いっぽう、おれはまだ拘留中だった。弁護士のチャーリー・ペルートが休暇でイタリアに行っていたせいで、四カ月間監房にいたおれは痩せ衰え、おまけにフィッツは何ひとつしなかった。きっと、ゴルフをしたり酒を飲んだりで多忙だったんだろう。ウィルミントンの三二六支部での組合員投票を棒に振ってしまった。獄中にいたから、投票に向けての運動ができなかったんだ。敗れたといってもわずか数票の差だったが。ようやく判事が保釈手続きをとり、おれは外に出られた。

ちょうどそのころ、一〇七支部が丸焼けになった。ヴォイスかマクグリール派の仕業だと思ったが、真相はわからずじまいだ。その直後、マイク・ヘッションが支部長を辞任した。

ヘッションは、通りを歩けばすぐに喧嘩をはじめるようなやつだったが、ほかのこととなると荷が重すぎたんだろう。

そのあいだにもアーレン・スペクターは、ディジョルジュ事件でおれを第一級殺人に問う裁判を、部下のなかで最も有能な検察官ディック・スプレイグに担当させようとしていた。スプレイグはスペクターに、故殺の事件でさえあつかったことがないので、敗訴した者でも、そういった裁判の経験がある検察官を使ったほうがいいと言った。スペクターはチームスターズを踏み台にして、政界での自身の評価をあげたかったのだ。

あの現場には人が三〇〇〇人いて、銃弾が飛びかっていた。誰が何を撃ったかなんて、どうやったらわかる？　銃は一挺も見つかっていなかった。おれに対する一連の起訴手続きは、一九六七年から七二年までつづいた。検察はやっとのことでおれを法廷に引っ張り出して、陪審員を選任し、裁判を開始させた。こっちは複数名の性格証人をそろえた。職種の異なる労働組合の者たちで、鉄鋼労働組合員や、屋根職人労働組合のわが友人ジョン・マカロー——一九八〇年の裁判の直前に殺された——などだ。陪審員を選ぶまえに、判事がおれを証言台に立たせ、州が何度裁判の延期を求めたかと問うので、「六八回」と答えた。ついで、おれが何度続行を求めたかと訊かれて、「ない」と言うと、判事はそれを恥ずべきことだとし、申し立てというものは合法であると述べた。

新たな弁護士ジム・モランは、ペンシルヴェニア最速の裁判で、判事に延期の申し立てを却下させた。申し立てをおこなういっぽうで、州は起訴を取りさげようとしたが、おれは起訴を維持するよう言った。なぜなら、起訴が取りさげられればたしかに嫌疑は晴れるが、向こうはいつでも再起訴できるからだ。ひとつ教えておいてやろう、できることなら地方検察局に起訴を取りさげさせるのではなく、判事に申し立てを却下させろ。それがあのときの裁判で学んだことだ。

一九六八年、四カ月間刑務所にいたために投票で敗れたあと、任期が残っていた交渉委員としての仕事に精を出した。やりがいのある仕事だった。組合員の役に立てる。会社が協定に準じているか確認する。会社を見てまわる。苦情を処理する。会社が解雇しようとしている従業員を弁護する。組合が正常に機能していれば、そうたびたび解雇訴訟が起きることはない。こちらの見落としで窃盗事件や事故が起きれば、打つ手はない。会社にも権利がある。

あるとき、ギャンブル問題をかかえているポーランド系の従業員を弁護したことがある。男はオランダ製のハムを盗む現場を押さえられた。審理にあたって、そいつには口はいっさい閉じて、話すのはこっちにまかせろと言いふくめた。会社の支配人が証言台に立ち、ポーランド系の男が積み降ろし用プラットフォームにあったハム一〇ケースを盗み、自分のトラックに積みこむのを目撃したと証言した。ポーランド系従業員はおれを見やり、声に出して言った。「フランク、あいつはとんだ嘘つきだ。七ケースしかなかった」おれはすかさず発言の撤回を求めると、経営代表者を脇へ呼び、男が一身上の都合で退職する旨を書いた辞表を作成した。

いま思うと、フィッツが上に立つと物事はどうなるのかを最初に——ジミーよりも先に——

──痛感したのはおれだ。のちにジミーがフィッツに裏切られて抱いた気持ちを、最初に味わったのもおれだ。ジミーがされたことに較べれば大したことではなかったが、いま思いかえしても腹が立つ。留置されていたせいで投票に負け、支部を失った。刑務所で四カ月過ごすはめになったのは、フィッツのせいだ。釈放されたあと、組合で何の地位もなかった。あいつから尊重されることも皆無だった。そもそもおれを騒動に巻きこんだのはあいつだ。こっちはやつに言われて事態の収拾にあたり、銃撃戦で命を危険にさらしたうえ起訴されたというのに、あいつがしたのは一方的に電話を切ることだけだった。❞

（以下、下巻につづく）

戦場の掟

Big Boy Rules

スティーヴ・ファイナル
伏見威蕃訳
ハヤカワ文庫ＮＦ

イラク戦争で急成長を遂げた民間軍事会社。戦場で要人の警護、物資輸送の護衛などに当たり、正規軍の代役を務める彼らの需要は多く、報酬も破格だ。しかし、常に死と隣り合わせで、死亡しても公式に戦死者と認められない。法に縛られない血まみれのビジネスの実態を、ピュリッツァー賞受賞記者が描く衝撃作。

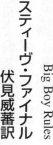

マインドハンター
——FBI連続殺人プロファイリング班

Mindhunter
ジョン・ダグラス
&マーク・オルシェイカー
井坂　清訳
ハヤカワ文庫NF

女性たちを森に放って人間狩りを楽しむ。母親と祖父母ら十人を惨殺——。連続殺人者たちをつき動かすものは何か？　獄中の凶悪犯たちに面接し心理や行動を研究、綿密なデータを基に犯人を割り出すプロファイリング手法を確立し、数々の事件を解決に導いた伝説的捜査官が戦慄の体験を綴る

神話の力

The Power of Myth

ジョーゼフ・キャンベル＆
ビル・モイヤーズ
飛田茂雄訳

ハヤカワ文庫ＮＦ

世界的神話学者と
ジャーナリストによる奥深い対話

世界各地の神話には共通の要素が多く、私たちの社会・文化の見えない基盤となっている。ジョン・レノン暗殺からスター・ウォーズまでを例に、現代人の心の奥底に潜む神話の影響を明かし、精神の旅の果てに私たちがいかに生きるべきかをも探る名著。解説／冲方丁

訳者略歴　甲南大学文学部卒　英米文学翻訳家　訳書にロビソン『ひとの気持ちが聴こえたら』，ボダニス『E＝mc²』（共訳，以上早川書房刊），アープ編『世界の名言名句1001』（共訳）ほか多数

HM=Hayakawa Mystery
SF=Science Fiction
JA=Japanese Author
NV=Novel
NF=Nonfiction
FT=Fantasy

アイリッシュマン
〔上〕

〈NF549〉

二〇一九年十一月十日　印刷
二〇一九年十一月十五日　発行
（定価はカバーに表示してあります）

著者　チャールズ・ブラント
訳者　高《たか》橋《はし》知《とも》子《こ》
発行者　早川浩
発行所　株式会社　早川書房
郵便番号　一〇一 - 〇〇四六
東京都千代田区神田多町二ノ二
電話　〇三 - 三二五二 - 三一一一
振替　〇〇一六〇 - 三 - 四七七九九
https://www.hayakawa-online.co.jp
乱丁・落丁本は小社制作部宛お送り下さい。
送料小社負担にてお取りかえいたします。

印刷・精文堂印刷株式会社　製本・株式会社フォーネット社
Printed and bound in Japan
ISBN978-4-15-050549-3 C0198

本書は活字が大きく読みやすい〈トールサイズ〉です。